1

Förlag: BoD - Books on Demand, Stockholm, Sverige

Tryck: BoD – Books on Demand, Norderstedt, Tyskland

ISBN: 9789179697907

Arne Johansson

TYST SANNING

Tidigare utgivningar:

Med rötter i Småland, en privat släkthistoria

Fången och flöjtspelaren

Stuga uthyres

Gården vid Svarta Halla

Tyst sanning

en spänningsroman

Arild och Jonstorp är byar som finns i verkligheten på den vackra Kullahalvön i Skåne. Det gör däremot inte Björketorp eller en viss stuga, som förekommer i berättelsen. Därmed sagt att handlingen i boken till största delen är fiktiv, med inslag av en del fakta. Som till exempel att kung Gustav VI Adolf var mycket förtjust i vaniljhjärtan.

Strandbaden 2020

Arne Johansson

1995

Sista veckan på sommarlovet verkade bli den bästa. Visst var det trevligt med det vanliga gänget som träffats varje år, men i år var det annorlunda.

De senaste veckorna hade mycket förändrats sedan hon mötte Honom. Han var några år äldre, vilket gjorde det ännu mer spännande. De hade inte berättat för någon om sina kärleksmöten, ingen i gänget visste något. Vid ett tillfälle var det nära att hon hade försagt sig då de hade haft sina aningar, men lyckades bevara deras hemlighet. Inte ens för sin mormor hade hon avslöjat något. Han hade också sommarlov, men bodde inte i samma by som hon, så det var lätt för dem att träffas utan att någon visste.

Snart skulle både vara åtskilda kanske ända till nästa sommar och hon bävade för det. För hennes del var det kärlek på allvar, även om de bara känt varandra fyra veckor. De hade pratat om att de kanske kunde träffas några gånger under terminen, som till exempel på loven, även om det var nästan femtio mil mellan städerna.

Denna dagen hade hon fått ett SMS från hans kontantkortmobil och hon hade blivit glad. De hade träffats under gårdagen och bestämt ett nytt möte om två dagar, så något överraskad hade hon blivit av meddelandet: MÖT MEJ PÅ VÅR VANLIGA PLATS IKVÄLL KLOCKAN ÅTTA. VIKTIGT!

Det var ovanligt kortfattat för att vara från honom, men hon tänkte att han hade haft bråttom att skriva. Viktigt stod det. Hon grubblade under hela dagen medan hon arbetade i kiosken, lämnade gänget nere vid hamnen och begav sig till mötesplatsen, som ingen kände till.

En platt klippavsats, nästan helt insynsskyddad, med täta buskar tre meter över vattenytan var deras hemliga plats. Från stigen gick hon på de kullriga stenarna de sista femton meterna. Hon var tidig, ställde sig och såg ut över havet.

Några änder simmade ut från den steniga stranden och hon funderade drömmande på vad han hade för hemlighet, när hon hörde ett ljud bakom sig. Hon vände sig om, men kunde inte upptäcka något. Hon såg på sin klocka, fem minuter kvar.

Ett nytt ljud, denna gång närmre. Just som hon vände sig om såg hon en rörelse, en hand som höjdes. Hon snubblade till, hann inte skrika innan allt blev svart.

1

Sorlet hördes ända ut på gatan. Dörrarna var öppna den svala sommarkvällen till trots. Snart skulle rummet tillslutas, för att få de som samlats därinne att känna sig som en utvald grupp. Som en storfamilj med gemensamma intressen. Snittar på stora fat stod uppradade, liksom smala vinglas med bubbel i. Många var redan igång, bildade små klungor och balanserade med sina glas, tuggade och försökte konversera samtidigt. En viss vana kunde anas.

Tomas Larke tyckte egentligen inte om dessa tillställningar, speciellt inte i år när Coronaviruset härjade bland befolkningen och alla uppmanades att undvika sociala kontakter. Men nu hade han tackat ja, när Lena skickat en inbjudan till honom. *Välkommen till min bokrelease*, stod det i feta bokstäver på inbjudan, med tillägget att det var en privat träff med personliga vänner. Han stod med sitt vinglas, det andra för kvällen och såg sig om i trängseln. En del välbekanta ansikten kunde han se och nickade mot dem. De flesta stod i små grupper med gnistrande vinglas i händerna, visste att föra sig i finare salonger. De var balanserade och välartade. Han såg värdinnan Lena Rosvall prata med konstnären Lars Severin, som nyligen kommit ut med en barnbok med egna illustrationer. Några skådespelare skymtade i vimlet, Helen Bergkvist och hennes man regissören, Peter Albin med fru och några han inte kom ihåg namnet på.

Tomas längtade redan därifrån och kastade en blick på klockan. I samma stund tog moderatorn för kvällen, Bengt Andersson ordet, och sorlet tystnade i festsalen på Hotell Eggers. Bruset av röster övergick till ett lågmält mummel, för att direkt tystna, när han klirrade i glaset. Han lovordade i målande beskrivningar Lena Rosvall och hennes senaste bok, som nu släppts på marknaden.

  - Denna hennes andra bok är tänkt att ingå i en romantrilogi inom ett år. Hon är en driven författare och det ryktas redan om att ett produktionsbolag söker filmrättigheterna till trilogin när den blir klar.

De inbjudna applåderade, Lena strålade och skålade med alla. I famnen höll hon en stor blomsterbukett. På nytt ökade ljudnivån efter att Lena tackat alla som kommit och förklarat att hon skulle signera böcker till alla som ville köpa under kvällen. Hon hänvisade till en hörna i rummet.

Tomas svepte det sista i glaset och vände sig om för att sätta det ifrån sig. Han kände inte för att stanna kvar längre. Det var för Lenas skull han kommit dit, nu ville han bara kort tacka henne och önska lycka till. De var kollegor, även om Lena nu tagit steget fullt ut och blivit författare på heltid. Själv jobbade han kvar på Mölndals-posten, en anställning han haft sedan sina avslutade studier i systemvetenskap och journalistik på högskolan. Efter ett antal år på sportavdelningen var han sedan en tid etablerad allmänreporter, och recenserade tidvis även böcker av lokala författare. Ibland hade han bistått Patrik Harris, som arbetade som kriminalreporter. Han intalade sig att snarast läsa Lenas bok och skriva ett omdöme. Det förväntas tydligen, för Lena stack till honom ett exemplar med en förtrolig min.

- Ska du gå redan? Lena såg uppriktigt frågande ut.

- Hur går det förresten med din bok? Sist vi träffades sa du att den var nästan färdig och det är väl flera månader sen.

Tomas skruvade på sig och blev plötsligt obekväm. Han förstod inte varför han hade ljugit för henne den gången. Kanske var det för att göra sig lite hemlighetsfull och en smula märkvärdig. Han mindes att de suttit i en bar och druckit tillsammans när orden plötsligt slank ur honom. I själva verket hade han bara börjat skriva på en idé och sedan den kvällen hade inte mycket hänt. Det hade varit så lätt under spritens påverkan att skarva lite. Eller ganska mycket egentligen.

- Jag håller på att avsluta den, ljög han.

- Har faktiskt haft mycket på jobbet en lång tid. Vi får se vad som händer framöver, lade han till.

Han kände sig dum, men hon tycktes inte ha märkt hans pinsamma svar. Lena kände sig skyldig att gå vidare och prata med andra och Tomas kunde andas ut. Kanske skulle han få tid någon gång att göra saker som han tyckte om, följa upp bokidén, sätta sig i en avlägsen stuga och låta tystnaden påverka sitt innersta, det som ibland oroade honom. Slippa fastna i de ytliga behoven och kraven för en tid. Men skulle det vara möjligt? Förr i tiden var allt enklare. I sin ungdom tog han allt med en klackspark, jobbade, reste mycket och hade vänner som han festade med. Livet lekte. Men det var längesedan, en svunnen tid.

Livet hade förändrats. Äktenskap, barn, skilsmässa. Relationer, nya uppbrott. Ibland orkade han inte med sig själv. Men ändå måste han försöka rannsaka sig själv. Försöka komma underfund med vad han gjorde för fel, som inte kunde behålla kvinnan i sitt förhållande. Han kom att tänka på när Anna lämnade honom för två veckor sedan, tog sina saker nerpackade i kartonger och lät honom stå där i tystnaden efter henne.

Hur hade det blivit så här? Något han trodde var kärlek.

Allt hade gått åt helvete och han hade förlorat. Hon hade dömt honom, till och med kallat hans klädval för färglös när hon var som mest arg. Visst, kläderna var mest i grått och svart. Två blå pikétröjor var nog de mest färgglada plaggen i garderoben. Han hade inte behövt mer, hade förklarat att hon stått för färgen i hans liv. Tills nu.

 - Hoppas du hittar någon som förstår dig bättre, eller rättare sagt, att du hittar någon som du kan förstå och verkligen ta hand om.

Med de orden vände hon honom ryggen, startade bilen och försvann, medan han stod kvar i avgaserna och begrundade hennes ord. Inte för att han gick under, men han hade verkligen trott på relationen. Det kändes som om han kastats runt i en cementblandare.

Tomas var på väg mot utgången och kryssade sig fram i salongen, där de som minglade var rejält högljudda.

En knackning på axeln fick honom att vända sig om.

-Larke, det var inte igår!

Mannen som hade tilltalat honom visste tydligen hans namn, åtminstone efternamnet. Tomas stirrade på den något korpulente mannen, men kunde inte erinra sig att de träffats. Ansiktsfärgen hade en något rödaktig ton, kanske för mycket vin under kvällen, tänkte han. De buskiga ögonbrynen höjdes och gav ett undrande uttryck.

- Du känner väl igen mig? Viktor Grede. Vi träffades på Lenas förra boksläpp för ett år sedan.

Tomas mindes honom vagt, men hade totalt glömt bort hans namn. Viktor hade tydligen inte gjort något större intryck den gången och han var övertygad om att det skulle upprepas nu. Han var inte mycket för struntprat och ville bara därifrån.

- Som du kanske vet så kommer jag också ut med en bok inom kort. En lektör läser igenom innehållet just nu och är överförtjust i storyn. Jag är glad att få den klar nu så att de på förlaget blir nöjda. De har varit på mig länge, men som du vet är det svårt att skriva under press.

Tomas visste inte vad han skulle säga. Kom på sig själv att nicka och hålla med. Han irriterade sig själv för det. Men han hade ingen som helst lust att fråga mannen något om hans fantastiska skrivarförmåga, så han valde att tiga.

- Vet du, ibland kan jag bli som uppslukad av skrivandet att jag glömmer tid och rum. Kan oftast sitta flera timmar och känner inte av att jag borde äta, eller sova. Det är väl det man vill uppleva som författare, eller hur?

Tomas hade inte uppfattat att Viktor ställt en fråga. Han hade bara nickat och hummat till svar. Som tur var förväntade inte Viktor något svar, ville bara höra sin egen röst.

- Hur är det med din tjej, förresten? Är det Lisa hon heter?

- Anna. Vi har gjort slut, du jag måste gå på toaletten.

Lögnen var lätt. Han ville inte utveckla sitt privatliv med Viktor, hade fått nog av honom.

- Men vi kan väl ses nån gång och ta ett glas?

Tomas lyfte bara handen till en hälsning medan han avlägsnade sig mot utgången. Viktors röst hade osat av eget beröm och kroppsspråket var irriterande självsäkert. Tomas retade sig på att han hamnat i ett mentalt underläge för en stund. Men han tröstade sig med att det bara var ett uttryck för totalt ointresse för mannens ordsvada. Vissa hade en otrolig förmåga att ställa sig i rampljuset utan att vara det minsta ödmjuka. Eller ens intressanta att lyssna på.

Den ljusa sommarkvällen kändes befriande, när han strövade ute på Avenyn. Snart skulle han ha semester i fyra veckor och kände hur han verkligen behövde den. Han hade inga direkta planer, allt hade förändrats när Anna lämnade honom. Nu var han plötsligt handlingsförlamad och kunde inte tänka klart, de hade ju varit två om allt.

Tomas visste att hans dotter skulle resa till Kreta med några vänner, så han hade inte möjligheten att träffa henne på en tid framöver. Åsa hade ringt för en vecka sedan och berättat att hon träffat en kille och skulle åka med honom och några kompisar från lärarhögskolan, så fort den sista tentan var klar. Han var glad att hon hörde av sig till honom, även om de inte träffades så ofta numera.

På väg hem slank han in på en bar. Han behövde en öl, kände att han för en stund behövde känna pulsen av utelivet igen. Han hade inte varit ute på stan sedan Anna stack, hade inget behov av det. Ville bara tänka igenom vad som gått snett, försöka få nya krafter och ordning på sitt liv.

I baren befann sig ett fåtal personer, kanske på grund av smittorisken. Han satte sig i en hörna av lokalen. Ölen smakade bra, den fick honom att slappna av efter det tråkiga besöket på Lenas boksläpp. Han var inne på sitt andra glas när han plötsligt fick syn på Viktor, som kom inseglande med en kompis. Världsvan slog han sig ner och lät blicken svepa runt i lokalen. Med nöd och näppe lyckades Tomas undvika blickarna genom att vända sig om. Han drack alltför snabbt upp ölen och smög ut bakom Viktor, som tydligen inte upptäckt honom. Han kände sig lite snurrig efter ölen, tänkte ta en taxi, men hittade ingen. Han bestämde sig för att gå de sista kvarteren hem. Lite frisk luft skulle inte skada.

Gatan var folktom, så när som på ett ungdomsgäng utanför kvarterskrogen på hörnan längst bort. Tomas undvek dem genom att gå över till andra sidan gatan. Han märkte att de bråkade om något, högljudda provocerande röster ekade mellan husen. Han vågade inte lägga sig i, tänkte på den senaste tidens många gängvåld i staden. Våld som ofta slutade med att någon dödades. Folk var rädda, många vågade sig inte ut på kvällarna i de mörka delarna av staden. Oron spred sig, polisen stod handfallen med alltför små resurser. Han tryckte in portkoden, slank innanför dörren och kände en lättnad.

Tomas slog upp ett glas whiskey och sjönk ner i soffan. For upp igen när han hörde oväsen utanför på gatan. Avståndet bort till krogen var långt, men han kunde uppfatta att någon låg på marken. Minst fem killar stod i en ring och sparkade på offret. Gänget skingrades snabbt, när en polisbil närmade sig och blått ljus spöklikt svepte över husväggarna.

Tomas sjönk ner igen, hällde upp mer whiskey och letade upp en CD-skiva med favoriten Kim Larsen. I början av hans och Annas bekantskap var de en kväll på Scandinavium och såg artisten. Det var en upplevelse, som tyvärr inte skulle upprepas. Kim Larsen dog för snart två år sedan, men minnet och hans musik levde kvar. Tomas funderade över om det kanske var på grund av sin härkomst, som han tyckte om den danske artisten. Han nynnade med i låtarna och kände sig dåsig av all sprit under kvällen.

 - I morgon är det lördag, då tänker jag sova ut ordentligt, sade han till sig själv.

Kanske var det dags att ta en vit vecka nu före semestern. Det var ju helt upp till honom vad han ville göra med sitt liv.

Hva gør vi nu, lille du... sjöng Kim Larsen med sin skrovliga, hesa röst.

2

Nästan två år tidigare

Gruset knastrade under däcken när hon cyklade hemåt. Två hus till ville hon besöka. Klockan var redan fem på eftermiddagen, dagsljuset började avta och hon hade ingen fungerande belysning på cykeln. Hon hade lovat att vara hemma före halv sex och än så länge var det ljust. Min bror är säkert hemma igen efter fotbollsträningen och sitter med sina läxor vid köksbordet, tänkte hon. Mor hade lovat spaghetti och köttfärssås till middag och hon såg fram mot sin älsklingsrätt.

Träden längs vägen hade börjat tappa sina löv och snart var höstmörkret här, förstod hon. Det blåste upp och hon kämpade i motvinden, lårmusklerna fick bekänna färg. Eftermiddagen hade varit givande, hon hade fått sålt en hel del jultidningar under de tre timmar hon varit ute. Tydligen hade inte hennes kompisar varit i dessa trakterna och försökt sälja. Pengarna och bonusen som hon skulle få för sitt arbete hägrade. Hon visste inte med säkerhet vad pengarna skulle gå till, men en fin julklapp till mor skulle hon köpa.

Hon bromsade in vid en stuga i utkanten av skogen, närmade sig försiktigt och knackade på dörren, efter att ha försäkrat sig om att ingen hund kom och attackerade henne. Hon hade varit med om det en gång och fått ett rivmärke på kinden.

Det rök ur skorstenen, så hon var säker på att någon var hemma. Hon kände genast igen mannen som öppnade, från den gången hon varit i affären och handlat godis för någon vecka sedan. Hon visste inte med säkerhet om han hade någon familj och var inte övertygad om att få sålt något. Mannen som såg ut att vara i hennes mormors ålder, log mot henne och bad henne komma in.

Hon såg sig omkring i stugan, som verkade vara hemtrevlig med ett stort öppet rum med kök. Två dörrar som antagligen ledde till sovrum var stängda. En stor bokhylla upptog en stor del av ena väggen. Två krukväxter som hade sett sina bästa dagar, ropade på omvårdnad i köksfönstret. Diskbänken var överbelamrad med diverse porslin. En ungkarl, tänkte hon och ångrade genast att hon knackat på.

Mannen bröt något vagt på ett annat språk, hon var osäker på vilket. Det solbrända ansiktet sken upp i ett brett leende.

- Har du något med teknik?

Flickan visade katalogen, samtidigt som hon såg sig omkring i rummet. Inredningen var spartansk med furumöbler, kompletterat med en modern Ikeafåtölj En TV stod på en bänk.

Efter en stunds bläddrande fastnade mannen för Världens bilar och en deckare av Leif GW Persson. Hon skrev in beställningen och mannens namn och samlade ihop allt i en kasse. Hon gjorde sig beredd och gick mot ytterdörren.

- Vänta! hörde hon honom ropa.

- Du glömde den här, sa han och höll upp pennan.

Hon rodnade lätt och tog ett steg fram mot mannen. Hon kunde andas ut, nöjd över ytterligare en beställning. Flickan mindes sin mors varningar om att vara försiktig i möte med okända människor. Hon hade känt ett visst obehag inne i mannens stuga, men nu efteråt var hon nöjd med besöket och försäljningen. Hon bestämde sig för att inte säga något till sin mor. Kände att hon inte behövde berätta allt, det skulle bara oroa henne.

3

En ilsken signal väckte honom. Klockradion visade på 07.16. Munnen kändes torr som ett sandpapper efter alltför många glas under gårdagskvällen. Det tog en stund innan huvudet klarnade. Han reste sig från sängen, kände sig yr när han naken tog sig fram över laminatgolvet och hittade mobilen på mattan under soffbordet.

Han såg på mobilens display. Fyra missade samtal. Först då upptäckte Tomas att hans ex-fru ringt tre gånger under kvällen, den sista halv tolv. Han hade haft telefonen avstängd under Lenas boksläpp och inte öppnat den förrän han skulle lägga sig. Han mindes inte när han kom i bingen, men gissade att det inte var förrän vid tre-tiden. Fan, bara fyra timmars sömn! Åt helsicke med sovmorgonen.

Det var minst ett år sedan han pratade med Jennifer senast och undrade förstås vad hon ville. Han visste att hon gift om sig och verkade lycklig med sin Niklas Storm, som tjänat ihop en förmögenhet med sitt företag inom webb och företagsutveckling. Tomas hade hört talas om deras resor till olika delar av världen, något han själv aldrig skulle få råd till. Kanske inte lust heller för den delen. På Facebook hade han sett åtskilliga exotiska bilder, innan hon stängde av honom som vän.

- Varför svarar du inte när man ringer?

- Tack det är bra med mej, hur är läget själv?

- Var inte löjlig. Jag sökte dej flera gånger igår, men kom bara till din telefonsvarare. Det går knappt att kommunicera med folk nuförtiden, man gömmer sig bakom stängda mobiler och skickar bara idiotiska meddelanden i bästa fall.

- Var det något särskilt du vill säga, innan jag lägger på och försöker sova någon timme till?

- Sova skall man göra på nätterna. Men du hade väl annat för dej då, eftersom du inte svarade. Är det slut med Anna?

Tomas svalde en gäspning och väntade. Fortfarande nio år efter skilsmässan kunde de inte prata med varandra som vuxna människor. Trots allt hade de en dotter ihop, han bet ihop ville inte fortsätta käbbla. Det kändes inte meningsfullt med mer bråk, så han bestämde sig för att vara tyst.

Jennifer och Tomas skildes åt efter tolv års äktenskap. Åsa, som då var tretton år, följde med mamman och långt senare fick han delad vårdnad, efter en hel del dispyter mellan advokater. Sista året hade de bråkat en hel del och till sist var det ohållbart. Jennifer tyckte han var en usel make och far, en usel jävla familjeförsörjare och det hade hon gärna talat om för honom. De hade självklart båda haft sin skuld i uppbrottet, men han ville inte uttrycka sig så drastiskt och definitivt inte inför deras dotter. Jennifer var dotter till en förmögen företagsledare och hon hade antagligen förväntat sig mer av äktenskapet. Det enkla liv som han kunde erbjuda henne, lyckades inte leva upp till hennes förväntningar. Äktenskapet var över, det var åtminstone båda överens om.

Under några år hade han Åsa varannan helg och gladdes åt de stunder de fick tillsammans. Men tre år senare bröt hon sig loss från båda föräldrarna och flyttade till egen lägenhet. Han hjälpte henne med flytten och pengar till en soffa, mindes han. Därefter blev det sporadiska kontakter, hon var ofta ute med kompisar och var svår att få tag i. Han ville inte vara alltför påträngande och lät henne vara i fred. Men tankarna fanns alltid där. Hur har hon det? Vem är hennes kompisar? Livet kunde vara både spännande och riskabelt i en stad som Göteborg. Frestelserna var stora. Som förälder kunde han bara observera och lita på dotterns eget omdöme.

Hon tycktes ha klarat av allt bra och pluggade nu till lärare på högskolan i Malmö och bodde i en studentlägenhet. Han hade känt sig något lugnare med tiden.

- Åsa ringde mig igår och berättade att hon var sjuk. Feber och hosta, så hon misstänker att hon är Coronasmittad. Hon lät så ynklig. Vad kan man göra?

- Oj då, det var illa. Har hon ringt till vården?

- Som du kanske vet så har de inga möjligheter att ta prover längre, så hon får finna sig i att klara sig själv. Som tur är har hon en väninna, som köper hem vad som behövs av mat och tabletter. Hennes kille skulle också ställa upp.

- Så skönt, det ordnar sig nog, skall ringa henne idag.

De lyckades avsluta samtalet utan att fler spydigheter utväxlades. Tomas lovade att ringa Åsa och att hjälpa henne med att få pengar tillbaka på sin avbokade resa till Kreta med

pojkvännen. Resan hade blivit inställd, som alla andra char-
terresor runtom i världen denna sommar.

Han hade inte tidigare tänkt tanken på, att han själv eller nå-
gon i hans närhet skulle drabbas. Han inbillade sig att det var
mest personer som var äldre och hade någon underliggande
sjukdom, som skulle förvärras och ta kål på dem. Han tänkte
på sin farbror Erik nere i Skåne, som hastigt gått bort för två
månader sedan. Tomas hade ordnat med en begravning i all
enkelhet.

Han mindes knappt sin farbror. När Tomas föräldrar levde
hade han varit i Danmark tillsammans med dem på något fö-
delsedagskalas, men det var så länge sedan. Huset hade To-
mas aldrig besökt, visste knappt var det låg. Vid dagen för Er-
iks begravning hade han bott på hotell i Ängelholm och bara
kört till kyrkan i Kullabygden när det var dags. Ett fåtal vän-
ner hade infunnit sig och de skildes åt efter ceremonin.

Tomas gick tillbaka till sängen i hopp om att få någon timmes
sömn till, men det var omöjligt. Hans tankar snurrade runt i
huvudet, ville inte ge honom någon ro. Åsa sjuk. Han var väl
medveten om att hon för några år sedan drabbades av körtel-
feber och var sängliggande i tio dagar, innan den med medici-
neringens hjälp gick över.

Solen stod redan högt på himlen. På sin balkong kunde han
normalt njuta av morgonsolens värme vid frukosten, men
idag var han likgiltig för det. Han gick upp och bryggde sig
starkt kaffe och väntade på att klockan skulle bli nio, då han
tänkte ringa sin dotter. Han ville ge henne en chans att sova.

Tomas ögnade förstrött igenom morgontidningen. Trots att många nuförtiden läste bladet på datorn, var han av den gamla sorten som ville ha en papperstidning att bläddra i. Det var visserligen en smula gammalmodigt enligt många, men han tyckte det var tillfredsställande och det uppstod alltid en viss förväntan att vända på sidorna och få nyheter och annat serverat till morgonkaffet. Kanske hade det att göra med hans arbete som skribent på Mölndals-posten. Nu handlade nyheterna mestadels om viruset som spred sig som en löpeld i världen. Utöver våld och presidentvalet i USA.

En kvart i nio öppnade Tomas sin laptop och kollade mejlen som trillat in under gårdagens eftermiddag. Ett av breven var från en advokatfirma, som hade uppgifter efter farbror Eriks bouppteckning. Han öppnade filen.

4

Ett år tidigare

Ted hade låst in sig på sitt rum. Han ville inte höra vad den där polismannen hade att berätta den här gången. Första gången efter systerns försvinnande var Ted med vid förhöret i hemmet. Hans mor hade knappt kunnat redogöra för hur flickan var klädd, hon var alldeles för uppskärrad för det. Ted ville skona henne från alla frågor om Lina, men tyckte inte om polismannen. Vid något tillfälle hade han lagt en mager hand på Teds axel i en slags förtrolig gest. Ted drog sig undan.

- *Kalla mig Eddie,* hade han sagt och fått det att låta som ett privilegium att få prata med honom. Han hade berättat att man tog allvarligt på försvinnandet och skulle göra allt för att hitta henne. Han hade återkommit flera gånger, men hade inget nytt att berätta. Lina var borta. Trots alla sökningar kunde man inte hitta henne. Teds mor blev sjuk av förtvivlan.

Ted mindes så väl dagen då Lina försvann. Han hade varit på fotbollsträningen och väntade på att systern skulle komma hem. Hon hade cyklat iväg för att sälja jultidningar, men lovat att vara hemma vid halv sex. Spaghettin torkade in, köttfärs-såsen kallnade medan de väntade på Lina. De hade försökt ringa på hennes mobil, men ingen svarade. Livet stannade upp och blev inte detsamma igen.

Han saknade Lina. Visst bråkade de ibland, men det var mest om bagateller och de blev oftast vänner igen ganska snart. De gick på samma skola, åkte skolbussen tillsammans med andra kompisar och han trodde inte i sin vildaste fantasi, att det var möjligt att bara försvinna sådär. Rektorn i skolan samlade alla elever en dag och talade om vikten av sammanhållning i en svår stund. Alla förstod allvaret och försökte stötta. Men Ted slöt sig inom sig själv.

Somliga morgnar ville han knappt gå ur sängen. Men hans mor var påstridig med att han måste gå i skolan och såg till att han kom med bussen. Ibland drev han omkring och gick tillbaka till hemmet. Han läste inga läxor längre, betygen sjönk men han brydde sig inte. Snart skulle han vara färdig med skolan och tänkte söka jobb. Kompisarna tröttnade snart på honom, men inte heller det fick honom att ändra sitt beteende.

Han saknade sin far också. Föräldrarna bestämde sig för att skiljas när Ted bara var tio och Lina sju år. Han mindes den dagen när hans far packade sina saker och drog upp till Värmland, som var hans hemtrakter. Sedan dess hade Lina och han bara varit på besök två gånger de första somrarna. Senaste gången hade pappan en ny kvinna, som de inte gillade. Nu hade Ted ingen som delade hans intresse för fotboll och musik. Han knycklade ihop en tom colaburk och slängde den i väggen.

Ett ljud fick Ted att hoppa till. Han rusade ut ur rummet och såg sin mor nersjunken i soffan, kvidande i förtvivlan och verkade helt förkrossad. Hon såg plötsligt så liten och sårbar ut, som om allt liv hade släckts. *Kalla mig Eddie* stod som en staty och såg tafatt ut. Hans uppdragna axlar mellan det vithåriga huvudet gjorde att han fick en flaskliknande form. Ted stod undrande, men frågade inte. Efter en stund, som tycktes som en evighet var det modern som yttrade sig.

- De har hittat hennes cykel. Hon är död, jag känner det på mej.

Den kvinnliga polisassistenten som *kalla mig Eddie* hade med sig gick fram till Ted. Hon kramade honom. Plötsligt brast allt för honom och för första gången i sitt tonårsliv grät han. Han stod kvar, orkade inte röra sig, lät tårarna rinna medan kvinnan strök honom varsamt på ryggen. Ted kände en tröstande värme inom sig.

Senare skulle han minnas den stunden som totalt överrumplat honom. Det var som om han gick ur sin vanliga roll, samtidigt som kroppen fylldes av en brusande ömhet han inte kunde värja sig mot. Det var i den stunden han bestämde sig för att ta hand om sin mor och till varje pris ta reda på vad som hänt Lina.

5

Tomas blev genast klarvaken. Mejlet var kort, med en detaljerad bilaga. De första raderna klargjorde att han, Tomas Larke, som i egenskap av den ende anhörige släktingen till den bortgångne Erik Larke, nu skulle ärva dennes tillgångar. Så följde några paragrafer och hänvisningar. Ett testamente hade hittats och utan tvekan var Tomas arvsberättigad enligt lag. Därefter en förteckning på vad som ingick i arvet. Han ögnade igenom listan och hade svårt att förstå innebörden av allt.

Tomas hade aldrig tänkt på arv, när han fått besked om att hans farbror var död och att han förväntades ordna med begravningen. Men han var förstås fullt medveten om, att det inte fanns några barn som kunde ärva, inga syskon till Erik var i livet längre.

Tomas far hade omkommit i den fruktansvärda tsunamin för sexton år sedan. Föräldrarna hade gjort resan till Thailand ett halvår efter moderns bröstcanceroperation och tänkte ha en skön avkoppling efter en svår tid. Men resan blev ett helvete för dem båda. *Hon hade tur*, var det någon som sade, efter att hans mor klarat sig undan vågornas raseri. Tomas hade rest dit och hämtat hem henne och kunde konstatera, att hon inte såg ut som att hon hade någon tur alls. Faderns kropp gick inte att hitta. Oro och stress gjorde att sjukdomen kom tillbaka och hon förlorade kampen ett år senare.

Det snurrade i huvudet av frågor, som måste ställas. Sist i mejlet stod det att han ombads ta kontakt med advokatkontoret för ett möte angående detaljerna. Han slöt ögonen för en sekund, märkte att kaffet kallnat i muggen. Tomas kände sig både upprymd och osäker på en gång. Han förstod inte hur han skulle kunna ta in allt. Mejlet förklarade att i arvet ingick bland annat Eriks bostad, ett hus i Björketorp.

Han hade ingen aning om var det låg någonstans och googlade på datorn. Han kom fram till att det var ett litet område på Kullahalvön i Skåne, mellan Jonstorp och Arild. Inget samhälle, utan mer en benämning på en plats. Det måste vara i närheten av kyrkan där Eriks begravning hölls, tänkte han och tog fram en gammal kartbok, som samlat damm i bokhyllan. Han drog med fingret längs med kustlinjen från Ängelholm, förbi Farhult och Jonstorp och upptäckte namnet Björketorp strax intill Svanshall.

Förutom på Eriks begravning hade han aldrig varit på den sidan av Kullahalvön tidigare. Han mindes ett bröllop, som han och Jennifer hade varit på i Mölle många år tidigare. Var det på nittiotalet? En kompis till henne gifte sig med en framgångsrik placeringsrådgivare med examen från Handels. Det var ett pampigt bröllop på Grand Hotell med nästan hundra personer, mindes han. De hade övernattat på ett mindre hotell i Helsingborg och kört hem nästa dag, efter en "tura" till Helsingör. Han kom inte ihåg namnen på paret, men trodde sig veta att de var skilda nu. Ännu ett i raden av misslyckade äktenskap, tänkte han. Eller fanns det lyckade separationer? Han var övertygad om att man i Norge hade hittat en bra metod med barnombudsman, som förde barnens talan vid en skilsmässa. Han hade själv medverkat till en artikel i ämnet, men var ingen expert. Men uppenbart borde alla tänka mer på barnens bästa i sådana situationer.

Tomas kom plötsligt på att han skulle ringa sin dotter. Han tog mobilen och tryckte in hennes nummer. Inget svar. Svararen gick igång efter fyra signaler.

 - Tja, Åsa här. Har du nåt viktigt att säga så kläm fram det, eller så ringer jag kanske upp.

Tomas log och avslutade. Han ville inte bara meddela sig opersonligt i en svarare, så han bestämde sig för att ringa senare. Kanske sov hon fortfarande. Innan han gick in i duschen såg han ut genom fönstret. Solen sken från en molnfri himmel och han bestämde sig för att ta en promenad. Borta vid krogen på hörnan såg han blåvita plastremsor uppspända och någon tekniker från polisen fanns innanför avspärrningen.

Tomas sneddade över Chalmersgatan och kom in i Kungsparken, en oas mitt i staden som han gärna promenerade i. Ett antal stigar fanns att välja på, men oftast blev det samma av gammal vana. Efter en stund fortsatte han över Magasinsgatan, följde Fiskkajen längs kanalen, där Paddan gjorde sin sightseeingtur på vattnet med turister. Hans favoritställe när det gällde fiskrätter var Restaurang Gabriel. Det vattnades i munnen på honom när han tänkte på deras mat därinne i Feskekörka.

Klockan var bara halv tolv, men eftersom han vaknat tidigt, började han redan bli hungrig. Det var ännu inte mycket folk där, vilket passade honom bra. Myndigheter hade gått ut med förhållningsregler för folk, att inte ha så stor social kontakt på grund av smittorisken av Corona. Det verkade som man till stor del hörsammat detta, allra helst äldre personer, vilket tyvärr fick restauranger och många företag att gå på knäna. Det var svårt att överleva utan kunder, många företag hade redan varslat personal och konkurser hotade.

Han hade just satt sig ner och beställt en öl och strömmingsflundra med mos och lingon, när han såg Jennifer och hennes man komma in i Feskekörka. Från ovanvåningen där han satt hade han en bra koll över lokalen. Han låtsades att han inte sett dem, men var övertygad om att Jennifer hade upptäckt honom. Han kunde inte göra något åt det. Han sneglade försiktigt bort mot fiskavdelningen där de stod. Hennes nye man var huvudet längre än henne, klädd i en ledig blå kavaj med ljusa byxor. Tomas kunde se hur mannen lade sin arm runt Jennifers midja, när de tydligen valde något gott till kvällens middag. Tomas kunde känna en viss avundsjuka.

Han återvände till sin egen värld, när lunchtallriken landade framför honom. Han beställde en öl till och högg in på maten. Jennifer och hennes man hade lämnat lokalen. Några få personer vågade sig in efter förmiddagens shoppingrunda och satt i spridda grupper i lokalen. Han betalade och gick ut i solskenet, satte sig på en bänk och ringde Åsa. Fortfarande ingen som svarade, så han skickade ett sms. Hoppades att hon var ok och att han skulle ringa senare.

6

Fyra månader tidigare

Mörkret var kompakt och i sin svarta klädsel var han så gott som osynlig. Klockan var två på natten, så det var ingen stor risk att någon skulle upptäcka honom. Inte en människa syntes till, bara en katt som strök längs ett staket. Normalt sov alla skönt i sina sängar vid denna tiden på dygnet och inte förrän bortåt halv fem kom bilen med morgontidningen. Han var alltid försiktig, gjorde inte något av en slump utan att först ha kontrollerat omgivningen. Därför blev hans rörelser långsamma och trevande.

Efter skolans slut hade Ted fått ett tillfälligt arbete på en bondgård under sommaren och hösten, för att sedan gå arbetslös. Han hade hankat sig fram med tillfälliga jobb och insåg, att han inte hade den rätta kompetensen till bra arbete utan betyg från gymnasieskola. Sedan en tid tillbaka hade han fått anställning som reklamutdelare till hushåll i närområdet och det passade honom bra. En koll i alla brevlådor kunde säga mycket om de som bodde i husen han passerade. Om någon nyligen satt upp en skylt om *ej reklam tack,* och det inte låg någon dagstidning i lådan på några dagar, förstod han att de som bodde i huset antagligen var på semester. För säkerhets skull bevakade Ted huset några dagar innan han vågade göra inbrott.

Ett år hade gått sedan de hittade Linas cykel, nästan ett år efter försvinnandet. En man som brukade ta sina promenader med hunden vid stenbrottet, hade satt sig på bänken vid vattenkanten. Då såg han något som blänkte till och gick närmre. Han tänkte på den försvunna flickan två år tidigare. Hon var fortfarande spårlöst borta, liksom hennes cykel. När han kom hem ringde han polisen och berättade om fyndet.

Det var mycket riktigt Linas cykel, som slängts i vattnet vid stenbrottet. Hennes väska låg i ett snår i närheten. Till en början hade polisen olika teorier om hur det hade gått till och en man hade häktats och förhörts. I väskan fanns en lista på beställningar av jultidningar och en penna. Den som stod sist på listan togs in till förhör och man tog DNA-prov på mannen. Det visade sig att hans fingeravtryck fanns på pennan, så hon hade bevisligen besökt mannen. Han förnekade inte detta, men hade alibi för timmarna efter hennes besök. Teds hopp försvann när polisen inte kunde påvisa hans skuld och när man inte hade några andra spår heller. De hade draggat både i stenbrottets vatten och i havet strax intill, men utan resultat. En stor sökinsats sattes genast igång och började noggrant leta igenom kustområdet vid stenbrottet åt båda hållen. Utan resultat.

Ted hade själv försökt att lösa fallet, men tiden gick och ingenting hände. Han letade efter spår i husen han gjorde sina inbrott, men måste vara försiktig. Ibland tog han mopeden och körde till andra närliggande orter för sin verksamhet, mest för att förvilla. Men än så länge hade han inte hittat något.

Kalla mej Eddie hade nyligen gått i pension och Ted hade hört att en ny utredare tillsatts för att lösa gamla olösta fall. Men Ted hade inte några förhoppningar om att de skulle lyckas. Han hade varit inne i den misstänkte mannens stuga en tidig kväll, när han såg mannen köra bort. Det var en enkel uppgift att ta sig in genom ett öppet fönster. Han hade inte stulit något, bara sett sig omkring för att hitta några eventuella ledtrådar. Detta var kort efter att mannen släppts ur häktet. Ted hade sett en del tidningsurklipp, från sidor med uppgifter om Linas försvinnande. Han blev förvånad och var övertygad att mannen mycket väl kunde vara den skyldige, trots sitt påstådda alibi.

Vid den här tiden skulle Lina antagligen gå på gymnasiet, kanske ha en pojkvän och många kompisar att umgås med. Men ingenting av det skulle bli verklighet längre. Ted saknade henne, allt hade plötsligt förändrats i hans liv. Hans mor var sjuk, hade förtidspension och var ofta sängliggande. Egentligen visste han inte vad som var fel på henne, kanske var det sorgen som plågade och förtärde henne. Han såg hur hon magrade och oftast var apatisk. Ted märkte också att hon inte kunde sova, låg och lyssnade på sina egna andetag, som om de tillhörde någon annan. Det var han som fick ta hand om allt och utan någon stor inkomst var det svårt att få det att gå ihop. Därför lämpade sig hans extraknäck bra. Men han var fast besluten att hitta Linas mördare. Han hade börjat förstå att hon var död och att det borde vara någon person boende i närheten, som hade dödat henne. När han var helt säker skulle han pressa fram sanningen.

Han gjorde noga anteckningar över vilka hus som han besökt och noterade eventuella ledtrådar och saker han stal. Mest var det pengar eller mat, men ibland kunde han inte låta bli en och annan personlig sak.

I regel gick han inte in i hus som var larmade, men visste med sig att grannar inte vågade ingripa. Securitas skulle ta minst en kvart på sig att hinna dit, så det gällde att vara snabb. Han måste bara kolla om det fanns någon kameraövervakning, det var den mest osäkra biten. Oftast avstod han helt från inbrott då, även om det ibland var frestande.

Huset han stod vid i mörkret hade larm upptäckte han. I decembernatten dämpade kölden alla ljud. Inandningen frös till is i strupen, vilket fick honom att tänka klart. Huset var stort och pampigt, på gränsen till skrytbygge, tyckte han. Ted hade aldrig egentligen lagt märke till huset tidigare, inte förrän nu när han utökat sin verksamhet. Han hade kollat ägaren till villan, en man som gärna ville synas och höras i byn. En företagare med många projekt, som inte drog sig för att fullfölja dem till varje pris. Ortens fotbollslag hade hans reklam på matchtröjorna. Det hade Ted sett, när han någon gång kollade en match på idrottsplatsen.

Han började frysa och övervägde att gå hem.

7

Veckan som gick hade Tomas fullt upp. Det var sista arbetsveckan före semestern och en hel del jobb som måste bli klara hade hopat sig för honom. Bland annat en minnesspalt om Torgny Segerstedt, huvudredaktören för Göteborgs Handels och sjöfartstidning, som gick ur tiden för fyrtiofem år sedan. Redaktören hade varit på honom att skynda på med artikeln. Tomas hade försökt att skämta om att det väl inte var så bråttom, det var ju inte så pinfärska nyheter precis. Men han förstod att det inte skulle gå hem.

Chefredaktör Löwander var en duktig och ansedd chef av de flesta på tidningen, men i total avsaknad av humor. Några pekade på att han haft en svår uppväxt med en sträng far, något han nu i vuxen ålder och som chef tänkte ta igen på andra. De röda byxhängslena stramade över magen och han spände ögonen i Tomas genom de runda glasögonen.

- Vi skall vara före GT med minnesartikeln har jag bestämt. De kommer med all sannolikhet ut med den på söndag, på årsdagen av Torgnys död. Vi skall ha en halvsida om det på lördag, så sätt igång!

Tomas log för sig själv, han gillade ibland att provocera sin chef. Efter ytterligare några timmars arbete var han klar med personporträttet av Segerstedt, andades ut och lämnade in sitt bidrag för granskning. Han kunde för ett ögonblick skönja

38

en viss belåtenhet hos sin chef, ett svagt leende med den vanliga ryckningen i mungipan tydde på det.

Dessutom hade han sträckläst Lena Rosvalls bok och förberett en recension, som skulle införas på lördagen, tillsammans med helgens kulturhändelser i Göteborg. Han hade först berömt Lenas förmåga att skriva texter, som fick läsaren att inte släppa boken förrän hela berättelsen var klar. Hennes språkbruk var lättsamt och uttrycksfullt, så att man utan svårighet kunde känna igen sig i de flesta situationer. Han gjorde en kort redogörelse över handlingen och avslutade med att han och många andra redan väntade på nästa bok. Tomas sneglade på klockan och såg att han skulle kunna gå hem i tid.

Vädret hade varit skiftande under veckan, med några häftiga regnskurar och blåst, men meteorologerna hade lovat stabilt väder de kommande två veckorna åtminstone. Han kände sig tillfredsställd med det och såg fram mot sina fyra veckors ledighet.

Hans dotter Åsa hade tillfrisknat, febern hade gett med sig efter tre dagar och hon var på benen igen. Visserligen med hosta och snuva, men hon hade gott hopp om att snart vara helt frisk. Möjligen var det en lindrig form av virussjukdomen, men hon var inte helt övertygad om det. Hennes pojkvän hade klarat sig från att bli smittad, även om han besökt henne nästan dagligen.

Tomas hade ringt upp resebyrån, som lovat att Åsa skulle bli kompenserad för den uteblivna resan. Hon var tacksam och skickade smileys till Tomas med flera hjärtan. Det värmde i fadershjärtat och han var glad att han kunnat hjälpa henne.

*

Lördagen kom med bra väder. Tomas hade inte druckit något starkare än lättöl under veckan och kände sig bra till mods. Nu väntade fyra hela veckor utan något på agendan. Visserligen skulle han under måndagen ta en tur ner till Skåne och träffa advokaten, som skött bouppteckningen efter farbror Erik, men räknade med att vara tillbaka under tisdagen igen. Möjligen onsdagen om han var tvungen att rensa bort Eriks saker, innan den skulle visas för köpsugna kunder. Genom advokaten hade han fått besked om, att en fastighetsmäklare bodde i närheten och hade nycklarna till huset.

Han åt en stadig frukost, tog en snabbdusch och klädde sig för en golfrunda. Temperaturen visade på sexton grader och skulle tydligen gå upp mot tjugotre senare under dagen. Klockan åtta satte han sig i bilen, körde ut mot Frölunda och vidare till Saltholmen. Med bra timing kom han fram just som skärgårdsbåten Vipan lade till vid kajen. Efter några minuter skymtade han Micke, som var Tomas bästa kompis.

Micke Blom och Tomas hade följts åt genom hela skoltiden, för att sedan gå på olika utbildningar efter gymnasiet. De hade haft många roliga stunder tillsammans genom åren, ofta tillsammans med andra kompisar. Även om de för tillfället hade sällskap med någon tjej, träffades de alla fyra ute på någon restaurang i Göteborg. De hade samma humor, men mycket annat förenade dem också. De tyckte inte om att människor blev orättvis behandlade och de värnade om de svaga i samhället.

Micke hade sedan fem år tillbaka ett företag i södra Göteborg och sålde nya och begagnade båtar, mest motorbåtar av märket Ryds och Nimbus. Han hade ett tiotal anställda och sysslade också med service av båtar.

Han trivdes alldeles utmärkt ute på Styrsö, en liten ö trettio minuters färd från Saltholmen och en kort spårvagnstur in till Göteborg. Ön var bilfri, om man bortsåg från taxi och sjuktransporter, vilka tack och lov var ovanliga. Flakmoppar fanns i nästan varje hus och användes flitigt för olika ärenden. Numera hade folk fått upp ögonen för batteridrivna golfbilar och fick ansöka om tillstånd att bruka sådana.

De drog iväg till sin hemmabana som var Hills Golfklubb ute vid Sandsjöbacka. De hade spelat tillsammans i tio år, till en början en gång i veckan, men numera var aktiviteten halverad av olika skäl. Ofta var det Micke som hörde av sig och nu när de båda var singlar igen, så tyckte han att de skulle ses oftare på golfbanan.

   - Vi kan väl ta några rundor nu på din semester, Tomas? Jag jobbar visserligen två veckor till, men kan alltid smita ifrån.

De hade just puttat i på femte hålet och låg ganska lika poängmässigt. Tomas hade slagit ut i det tjocka gräset, men klarade sig upp på green med fyra slag. Han drog på svaret.

   - Vi får se, jag har en del inbokat nu första veckan.

- Va, jag trodde du skulle vara ledig och koppla av. Vad är det för viktiga saker du har på gång?

Tomas kände sig tvungen att berätta för sin kompis. Utan att precisera arvet nämnde han, att han var tvungen att åka till Skåne för att sälja sin avlidne farbrors stuga. Själv kände han inte så stor begeistring över, att kanske behöva lägga tid på att röja och slänga saker som Erik hade samlat på sig. Hur lång tid det skulle ta visste han inte, men i värsta fall fick han väl ringa någon firma, som tog hand om dödsboet. Allt stod skrivet i stjärnorna.

- Men vad säger du, har du blivit ägare till en kåk i Skåne, i Kullabygden av alla platser? Det var som tusan!

Tomas försökte tona ner det hela och försökte koncentrera sig på spelet igen. Det gick så där. Micke var den förste han berättat för om arvet och det kändes skönt att ha någon att anförtro sig åt. Han skulle prata med sin dotter också, när han kom ner till Skåne.

- Du, vi har en leverans av en begagnad Nimbus på tisdag till en man i Höganäs. Jag tänkte köra ner och följa upp betalning och annat då. Har du lust att träffas, så kan jag komma till dig efteråt. Jag passerar ju bara några kilometer från dej. Vad säger du? Jag kan vara där på eftermiddagen eller tidig kväll.

Tomas blev ställd, visste först inte vad han skulle svara. Men visst det skulle bli trevligt att få Mickes omdöme om husets skick och förmodat värde. Han var den mest kunnige av dem båda i det avseendet. Han fick in en bra träff med järnfemman och hade bara högst två puttar kvar på sjunde, som var det

kortaste på hela banan. Solen stod redan högt på himlen och
när de spelat halva banan var det dags för en lätt lunch.

- Javisst, du är välkommen Micke. Om du vill sova över kan
du väl ta med dig tandborste och en sovsäck. Jag har ingen
aning om hur det ser ut i torpet, men kunde Erik bo där så går
det väl att sova några nätter i huset.

- Du kommer väl ihåg att min mor var från Arild? När jag var
liten tillbringade jag och min syster några sommarveckor där
hos morföräldrarna. Det blev flera somrar även när vi var i
tidiga tonåren. Vi hade en härlig tid där. Minns att vi var med
morfar ute på havet och fiskade, klättrade uppe på Kullaberg
och mycket annat bus. Men så tog det slut.

Tomas märkte att kompisen plötsligt blev tyst och allvarlig,
tycktes leta i minnet. Det var inte läge att fråga ut honom vad
som egentligen hände den där sommaren. Inte nu på golfba-
nan. Tids nog skulle Micke berätta.

Tomas mindes vagt att något hemskt hände där nere i Skåne,
när han studerade i Uppsala och Micke var i militärtjänst i
Skövde. Under ett år träffades de bara sporadiskt och kontak-
ten gjorde därefter uppehåll. När de så småningom återupp-
tog bekantskapen var något förändrat.

8

Helgen var slut. Sara stod vid köksfönstret och såg ut i trädgården. En veckas jobb till och sen semester. Så skönt det kändes. Fyra dagar i veckan tillbringade hon på kontoret i Höganäs, kombinerat med inbokade visningar av hus och lägenheter för kunder. Även om antalet bokade besök hade minskat rejält på våren och försommaren, så hade hon fortfarande uppgifter att fylla på mäklarkontoret. Under tre veckor i mars hade hälften av mäklarna uppmanats att arbeta hemifrån. Sara hade accepterat det, det besparade en del körning för hennes del.

Hon höll på att fixa middag till henne och Milan, som oförtröttlig sprang omkring ute på gräsmattan med sin fotboll. Han var snart sju år och skulle börja skolan till hösten. Saras mamma brukade ställa upp någon dag, om inte Sara hann hem och hämta på förskolan. Med kort varsel kunde mamman eller pappan köra de två milen från Ängelholm och hämta Milan. Saras syster i Jönköping var en smula avundsjuk, hon och hennes man hade ingen som kunde vara till hjälp för deras tvillingar, som nu var fem år gamla.

Saras före detta sambo och tillika Milans pappa fanns också som en resurs förstås, även om Sara inte var så förtjust i hans åtaganden. Visserligen hade de delad vårdnad, så hon kunde egentligen inte protestera. Men på senare tid hade han förändrats. För tillfället hade han inget arbete och hade gått arbetslös en längre tid. Hon var inte helt övertygad om att han ens sökte något jobb. Hon trodde att han mest tillbringade sin tid med spel och annat, som hon inte hade en aning om. Lägenheten som varit deras gemensamma under några år, hade förfallit sedan hon lämnade honom för tre år sedan. Hon hade ibland försökt få honom att förstå, att han borde ha lite mer ordning för Milans skull. Men det var som att prata för döva öron.

Ibland försökte hon fråga Milan vad de hade gjort när han varit hos sin pappa, vad de ätit till middag bland annat, utan att få det att verka som ett förhör. På så sätt hade hon ganska god inblick i sonens umgänge med pappan, de dagar han var där. Milan tycktes må bra och klagade aldrig när det var dags att åka dit. Så länge allt fungerade var hon ändå nöjd. Men hon var alltid beredd på minsta tecken på försämring.

Saras föräldrar hade aldrig gillat hennes val. De hade sett något hos Danilo som hon inte själv kunde upptäcka. Förrän några år senare. Nu kunde Sara förstå dem.

Danilo och hon hade träffats på en fest åtta år tidigare och hon hade fallit för hans charm. Han hade en något tuff attityd, som hon då tyckte var tilldragande och spännande. Snart upptäckte hon att de väntade barn och de flyttade ihop i hans lägenhet i Jonstorp. Men ganska snart efter Milans födelse märkte hon en förändring hos Danilo. Han kunde ofta vara hos kompisar på kvällar och ibland på helgerna, utan att förstå sitt ansvar som pappa. De hade bråkat en hel del och när allt blev ohållbart lämnade hon honom och flyttade in i

föräldrarnas sommarstuga i Björketorp, några kilometer där-
ifrån.

Danilo var förtvivlad och bad henne stanna, men hon var obe-
veklig. Han var givetvis förtjust i Milan och lekte ofta med ho-
nom, men på sina egna villkor. Den dagen hon lämnade Danilo
var han helt förkrossad och lovade att skärpa sig, så att Milan
skulle vara stolt över sin pappa.

- Milan, nu har jag maten klar, kom så går vi in och äter Taco.

Han älskade Taco och kom springande. Han mörka hår var
svettigt, kinderna röda av ansträngning med bollen. Han tog
Sara i handen och höll samtidigt fotbollen i famnen. Hon
kände en värme strömma mot henne. Det var hon och Milan
nu.

- När vi har ätit så packar jag din väska Milan. Du skall ju
vara några dagar hos pappa, det skall väl bli roligt?

- Mmm.

Sara studerade hans ansiktsuttryck och kunde inte upptäcka
någon glädje i ögonen.

- Fast jag gillar inte hans kompis. Han är läskig och så har
han en kniv.

En isande känsla for genom kroppen på Sara. En kniv! Hon
blev vettskrämd, men försökte behålla lugnet.

- Hur vet du det?

- Jag såg när han visade den för pappa.

9

Advokatens kontor i en fastighet på Järnvägsgatan låg med utsikt över Rönneå, som slingrade sig genom staden. Ängelholm var en mycket trevlig semesterstad upptäckte Tomas efter en lunch på den centrala krogen *Torstens*. Efter en kort promenad kom han till sitt bokade möte.

Mannen presenterade sig som advokat Berggren. Han var en medelålders man, möjligen några år äldre än Tomas. Håret var mörkbrunt och något lockigt i nacken, ögonen bruna. Ansiktet var solbränt, kanske han tillbringat några semesterveckor under våren i sin lägenhet i Spanien. Tomas inbillade sig att han hade en sådan och spelade golf med kompisar där. Handslaget uteblev på grund av folkhälsomyndighetens uppmaningar.

Tomas såg sig omkring i rummet, medan Berggren tog fram en pärm och började bläddra bland några papper. Skrivbordet var tomt, så när som ett inramat foto av några små barn. Barnbarn tänkte Tomas. Några oljemålningar hängde på väggarna, antagligen dyra investeringar av några kända konstnärer. Han tyckte sig känna igen en av tavlorna.

- Tycker du om Jirlow? Berggren såg att Tomas fått ögonen på den färgrika målningen.

- Jo den är fin, men jag kan inte så mycket om konst.

Samtidigt undrade Tomas varför han över huvud taget hamnat hos en advokat och inte hos banken, som skulle sköta bouppteckningen efter hans farbror. Berggren förekom honom med att förklara, att Erik Larke anlitat honom i ett annat ärende för ett år sedan och i samband med det undertecknat sitt testamente, till förmån för sin ende arvinge. Testamentet förvarades på advokatkontoret. Sedan bouppteckningen blivit färdig hamnade allt material hos advokaten.

- Som du redan vet har alltså din farbror testamenterar sin bostad i Björketorp, en stuga på cirka nittio kvadratmeter med tre rum och kök till dig. Adressen finns här. Utöver det finns en sex år gammal bil av märket Honda, med drygt femtusen mil på nacken. Den finns vid huset. Han gjorde en paus och lät allt sjunka in. Därefter fortsatte han.

Tomas såg att mannen på andra sidan skrivbordet läste sakligt om det som stod i papperen, men orden nådde inte ända fram. Allt kändes så overkligt och gick inte att greppa. När advokaten var klar slog han igen pärmen och överräckte den till Tomas, som ännu inte fattat vidden av arvet. Han tackade och lämnade advokatens rum med de vackra målningarna. När han stod i dörren kom Berggren med en lapp, där adressen till fastighetsmäklare Lindberg, som hade hand om nyckeln till den nyss ärvda bostaden, fanns nerskriven.

Tomas kände sig omtumlad och var tvungen att leta upp ett café i närheten för att få sig en kopp kaffe. Han slank in på *Mormor Olgas* på Storgatan. Han satte sig avskilt i ett hörn inomhus och öppnade försiktigt pärmen, som om det han nyss blivit ägare till plötsligt skulle visa sig vara totalt bortblåst.

Men när han läste igenom innehållet på egen hand förstod han att allt var på riktigt. Ett bankkonto fanns på Swedbank med ett saldo på nästan tvåhundra tusen kronor och som extra krydda skulle en livförsäkring utlösas inom kort på närmare en halv miljon. Tanken svindlade. Han var närmast anhörig, men var ändå hela tiden rädd att någon skulle dyka upp och göra anspråk på arvet.

Det var många år sedan han träffade sin farbror och kunde inte erinra sig hur han såg ut. Tomas mindes att Erik hade köpt stugan i Björketorp femton år tidigare och planerade att tillsammans med hustrun tillbringa somrarna där. Det var på bra avstånd från Danmark där de bodde och de trivdes alldeles förträffligt i Kullabygden, något de hade gemensamt med många andra landsmän. Men ödet ville annorlunda. Under den första sommaren blev hustrun sjuk och dog i bröstcancer.

Erik, som då arbetade som fastighetsmäklare i Helsingborg, bestämde sig för att bosätta sig i Björketorp och pendla till arbetet de sista fem åren fram till pensionen. De hade inte kunnat få några barn, något de var mycket ledsna över. Med tiden hade han skaffat sig några bra vänner som han trivdes med, så det gick ingen nöd på honom tydligen. Inte förrän nyligen, när han lugnt somnat in i sin säng.

Tomas såg sig omkring i lokalen, som var nästan folktom. Han skulle vilja berätta den glädjande nyheten för någon, men kom inte på vem han skulle ringa. Han skulle givetvis ringa till Åsa, men ville först landa och smälta allt. Tids nog skulle han göra upp planer. Klockan visade på halv fem. Det var hög tid att söka upp mäklaren, hämta nyckeln och kolla upp torpet i

Björketorp. Högst två dagar hade han planerat bo där, beroende på vad som behövde göras innan en försäljning. Kanske mäklare Lindberg hade några tips och förslag på hur han kunde gå till väga.

Han sneddade över torget, såg på det charmiga, före detta rådhuset, där numera turistbyrån och en utställningslokal fanns i de två rummen. Uteserveringarna var öppna och hade en del besökare, konstaterade Tomas. Biblioteket var tydligen stängt för renovering och såg öde ut i semestertider. Han närmade sig bilen han parkerat bakom kyrkan. Han var i den stunden alldeles ovetande om hur den närmaste framtiden skulle gestalta sig. Han hade ingen aning om, att de kommande dagarna skulle förändra hans liv ganska avsevärt. Inte nödvändigtvis till det sämre.

Men det började med bilen.

10

Han satte nyckeln i tändningslåset, men ingenting hände. Tomas började svettas, det var minst trettio grader i bilen, som stått i den heta solen flera timmar. Han öppnade alla fönster för en stund och försökte igen. Samma resultat. På senare tid hade han till och från haft samma problem, men bilen hade alltid startat till slut. Han visste med sig att han borde kollat upp den, men hade skjutit på det.

På fjärde försöket startade bilen och Tomas kunde andas ut. Han hade bara en kvart på sig till det avtalade besöket hos mäklaren och han borde hinna, trodde han. Det svalkade skönt när luften kyldes av och han drog iväg på Kullavägen. Vid Utvälinge följde han kusten längs den slingrande vägen. Nästan hela tiden hade han Skäldervikens vatten på sin högra sida. Bjärehalvön kunde skönjas i soldiset längre bort. Han passerade Farhult och fortsatte till höger mot Jonstorp. Just som han längre fram var tvungen att bromsa in för en traktor, stannade bilen. Med nöd och näppe lyckades han styra in bilen på en liten parkeringsficka.

Hur han än försökte vägrade motorn att starta. Han tog sin väska, låste bilen och började gå. Som tur var hade han inte packat så mycket, men efter en stund började det ändå bli tungt att bära. Tomas började närma sig ett samhälle, som han gissade var Jonstorp. Han sökte på Google och såg att det fanns en bilverkstad i närheten och hoppades att det fanns folk att prata med där. Risken var ju att de slutat klockan fyra. Han försökte småspringa, men gav upp. Så genom ett under dök en skylt upp, *Jannes Motor.* Klockan var strax efter fem när han steg in i verkstaden, som doftade fränt av smörjolja, avgaser och gammalt damm.

Tre personer fanns i lokalen och de tittade upp, stirrade som om han kom från en avlägsen planet. Den äldre kom fram och nickade till en hälsning, medan han med trassel torkade händerna rena från olja. Tomas förklarade kort vad som hänt med bilen, som stod tre hundra meter bort.

- E de en Volvo S40? Mannen spottade ut snus han haft under läppen och såg upp på honom.

Tomas blev paff och kunde inget annat än svara ja på frågan.

- Då e de nog startmotorn, många har haft problem me dom på sina S40, ska du veta.

- Jo, jag tänkte nog detsamma, svarade Tomas, utan att verka övertyga mannen, som antagligen var Janne, om sina dåliga kunskaper vad det gällde bilar. Han visste inte när han senast lyft på motorhuven för att kolla något. Det skulle inte vara lönt att ens försöka begripa något därunder. Det enda han kunde var att fylla på olja, som han gjorde någon gång om året. I bästa fall.

- Vi kollar den i morron, ring me pau onsda, sade Janne på bred skånska och lämnade ett visitkort.

Tomas blev lättad och undrade om det fanns en taxi han kunde ringa. Han förklarade att han skulle till Björketorp. Han tog upp sitt kort och lämnade till Janne, som gav upp ett skratt och avslöjade sina snusbruna tänder. Någon taxi fanns inte på två mils omkrets fick han förklarat.

- Larke! E de du som e släkt me Erik, han som dog?

Tomas nickade till svar, men ville inte gå in på någon närmre förklaring. Han fick en känsla av att här kände alla varandra och inga hemligheter kunde gömmas.

- Vi servade hans bil. Magnus, kör den här mannen till Björketorp när du ska him, sade han med hög röst till en av de anställda.

Ynglingen som just avslutat sitt arbete med en bil kom fram, tvättade händerna och nickade åt Tomas.

- Jag kör om fem minuter, kärran står utanför, en svart Golf, sade han och pekade ut mot gårdsplanen.

Tomas var tacksam och hoppades att allt skulle ordna sig till onsdag. Magnus var fåordig, men Tomas försökte få igång ett samtal med honom. Efter en stund gav han upp. När han blev avsläppt utanför huset som mäklaren bodde i vände han sig mot föraren av ren artighet.

- Tack skall du ha Magnus, det var hyggligt att skjutsa mig.

- Det är lugnt!

Tomas reagerade alltid på sådana uttryck. Som språkpolis och genom sitt yrke hade han ofta synpunkter på ordval. Men han släppte det genast. Ynglingen drog iväg med en rivstart, kanske var han irriterad över att behöva köra en extra kilometer.

Nästan en timme försenad ringde han på dörrklockan. Skäldervikens vatten låg stilla och blänkte i solen, som började dala ner bakom träden. Mäklarens hus var inte stort, mer som en sommarstuga med en tillbyggd veranda. En liten trädgård med några fruktträd kunde han skymta på baksidan. Han såg bort mot den steniga stranden hundra meter bort. Kanske inte så lämplig för bad, tänkte han i samma ögonblick som dörren öppnades.

Kvinnan var strax under fyrtio och såg vältränad ut. Hon var klädd i jeans och en vit blus, det blonda håret var fäst i en hästsvans, de rödmålade tånaglarna framhävde hennes solbrända fötter. Allt det hann Tomas notera innan han presenterade sig och frågade efter fastighetsmäklare Lindberg. Kvinnan såg småleende på honom.

- Då har du kommit rätt. Hej, Sara heter jag.

Tomas blev ställd. I efterhand kunde han inte förstå att han tagit för givet att mäklare Lindberg skulle vara en man. Han hoppades att hans fadäs inte skulle märkas och skyndade att presentera sig och be om ursäkt för sin sena ankomst.

- Men kom in en stund. Förresten, jag såg att du åkte hit med Magnus Wallman. Har du fel på din bil? Jag menar, han jobbar ju på Jannes Motor.

Återigen. Alla kände alla här.

Tomas berättade om motorstoppet strax utanför Jonstorp och verkstadsbesöket, i ett försök att förklara sin sena ankomst.

- Då är det kanske startmotorn.

- Antagligen, svarade han trött.

Sara hämtade nycklarna till både huset och Eriks bil och insisterade på att köra honom dit. Ett lätt sommarregn hade börjat falla och även om det bara var en kort sträcka, var det skönt att slippa gå.

Torpet, eller snarare stugan, låg något avskilt från övriga bostäder i kanten av en liten skogsdunge, som mest bestod av björkar och några enstaka tallar. Gräset var högt, trädgårdens få rabatter i behov av skötsel. Två knotiga fruktträd med röda äpplen, vid huset några höga buskrosor.

- Du vet var jag finns, när du bestämt dej för att sälja, vi kan pratas vid om någon dag eller så. Som du förstår har jag redan gjort en värdering, kvittrade hon glatt och körde tillbaka.

Tomas ställde sig innan för ytterdörren och såg sig omkring. En innestäng lukt slog emot honom. Inredningen såg ut att vara från åttiotalet med trämöbler i furu, även taken i alla rummen var av trä. Han såg på det grovhuggna soffbordet, på vilket det stod en stor glasskål. Några vissnade krukväxter i fönsterkarmen talade om för besökaren, att här hade ingen bott på länge. Från köket kom en sur lukt av sopor, i diskhon fanns odiskat porslin. Dagstidningar låg i en hög på en stol, överst en pizzakartong.

Han kände ett vemod över, att han egentligen inte kände mannen som bott i huset under ett antal år. En man som dessutom var hans farbror och nu hade överlåtit bostaden till honom. Tomas försökte erinra sig när de träffats senast, men tankarna ville inte stanna kvar. Han skulle försöka hitta något personligt om Erik senare, kanske ett fotoalbum eller något annat. Han öppnade fönstren på vid gavel och lät den friska sommarkvällens luft, mättad av det uppfriskande regnat, strömma in och vädra ut ordentligt.

Långt senare, när han så småningom låg i sängen mellan rena lakan och försökte sova, tänkte han på vilken händelserik dag det varit. Han kunde inte komma ihåg när han senast upplevt så mycket på en och samma dag. Åtminstone inte med händelser som han inte hade kunnat förutse, eller för den delen kunnat styra över. Ödet hade tydligen mycket i beredskap för honom.

11

Ansiktet var vänt neråt i det mörka vattnet, den uppsvällda kroppen var orörlig, för evigt stelnad.

Det var hunden som först gjorde henne uppmärksam på att något inte var som vanligt. Han drog i kopplet, morrade och markerade mot kroppen som flöt invid strandkanten. Kvinnan var först inte medveten om att det var en människa som låg där i vattnet. Inte förrän hon såg en vit hand sticka upp och något som liknade säckväv runt ena foten. Hon blev alldeles vettskrämd, ville bara därifrån. Minnen från längesedan kom över henne, minnen som sakta hade förträngts och suddats ut. Men de fanns där och hon blev plötsligt skräckslagen.

Cecilia drog hunden till sig, ville bort från det hemska. När hon kom upp från stranden stod en man och iakttog henne. Hon skyndade förbi honom utan att säga något om den döda i vattnet. Efter några steg stannade hon och kräktes.

*

Mannen hade rapporterat fyndet för polisen. Utanför avspärrningen hade några nyfikna samlats och stod tysta och begrundade teknikernas arbete från långt håll. Regnet hade upphört och de dröjde sig kvar, för att kanske snappa upp något de kunde berätta vidare. Ett lik i vattnet. Ryktet spred sig snabbt. Alla var överens om att det kunde röra sig om den försvunna flickan. Man hade sökt efter Lina intensivt det första halvåret, men sedan mer sporadiskt. Hon hade aldrig hittats, bara hennes cykel i stenbrottets mörka vatten.

Åskådarna såg båren med den döda kroppen lyftas in i en bil och åka därifrån. Snart skulle nyheten spridas och spekulationerna sättas igång. TV och reportrar från tidningar gjorde vad de kunde för att få information, men från polisens sida var det locket på.

12

När han vaknade kunde han först inte begripa var han befann sig. Han hade legat länge på kvällen och lyssnat på tystnaden och det svaga suset i träden. Först bortåt tretiden på natten hade han äntligen somnat, bara för att två timmar senare vakna av duvors hoande utanför. Han tog på sig sina hörlurar och använde dem som hörselskydd och somnade faktiskt igen. Han såg att klockan var en kvart över åtta och var ivrig att komma upp.

Under gårdagskvällen hade han startat Eriks bil, som numera var hans egen och körde till centralorten och Ica butiken. Han handlade bröd, smör ost och fil, ett paket wienerkorvar och några öl, så att han skulle klara sig någon dag. En gammal kaffebryggare hade han hittat och även ett oöppnat kaffepaket. Zoegas var det bästa i Skåne ansåg många. Middag tänkte Tomas äta ute och hade kollat in några trevliga restauranger i närheten.

Köket var en aning slitet, med vita köksluckor, spisen hade sett sina bästa dagar. Ett bord i furu med fyra stolar var det som fick plats. Det stora rummet var spartanskt inrett med soffa i rött tyg, en fåtölj och soffbord. En bokhylla i vitt, antagligen från Ikea, bröt av i den rustika miljön. En liten platt-TV stod på en bänk, och var det mest moderna i rummet. Tre små rum fungerade som sovrum och gästrum.

Sara hade talat om för honom att bostaden var en Västkuststuga från början, med ursprungliga sjuttiofem kvadratmeter, men som byggts till och tillförts ytterligare ett rum. Ett modernt torp med andra ord. Han kom på sig själv med att undra om Sara bodde själv, eller om det fanns en man med i bilden. Han hade sett några pojkleksaker och anade att det bodde en liten grabb där. Han skakade av sig tankarna genast.

Tomas tog en dusch efter frukosten och ville sedan utforska omgivningen, innan han tog tag i Eriks personliga saker. Det skulle inte ta alltför lång tid att rensa bort dem, mest kläder och annat, som inte tillhörde ett hus till försäljning. Han lade märke till att badrummet var förvånansvärt bra iordning, möjligen renoverat för inte så många år sedan.

Huset låg något högre än de övriga i området, på båda sidor fanns ängsmark med små låga buskar och bakom bostaden växte björkar, vars vita stammar lyste i förmiddagssolen. Väggarna borde målas om, kanske i en annan kulör. Ljusblått var inte direkt det färgval han själv skulle gjort på ett trähus. Men det var ju inte hans problem, huset skulle bara göras i försäljningsbart skick. Sara hade nämnt att hon hade värderat bostaden och medan han gick runt i området med både små stugor och moderna nybyggda villor, funderade han på vilket pris hon kommit fram till. Med tanke på det utmärkta läget i Kullabygden kunde den lilla stugan nog inte vara svårsåld. Kanske hade hon redan någon spekulant.

Tomas återvände och lade först då märke till den lilla redskapsboden, som låg strax bakom huset. Av någon anledning var den inte ljusblå, utan målad i en gul färg med vit dörr, kanske ganska nyligen. Han hittade nyckeln som hängde innanför dörren i bostaden och gick in.

Tydligen var Erik ganska händig, för det fanns åtskilliga verktyg som hängde på väggarna, välordnat och snudd på pedantiskt. En cykel med rostig kedja, en eldriven motorsåg och ett skåp med diverse färgburkar. Här fanns en hel del att röja bort. På en krok hängde en overall som verkade vara väl använd, med tanke på alla färgfläckarna. Bakom fanns en handduk med fläckar av intorkat blod. Tomas studerade overallen igen och tyckte att den också hade blodfläckar. Antagligen hade Erik skadat sig på något och stoppat blodflödet med handduken. Han upptäckte en yxa och såg att på baksidan, utanför skjulet, fanns en vedtrave under ett plåttak. Tomas hade trots allt missat, att det fanns en kamin i hörnan i det stora rummet.

Han antog att Erik hade levt ett skönt och fritt liv efter sin pensionering och undrade om han hade något umgänge, eller om han höll sig för sig själv. På begravningen hade Tomas inte lagt märke till om det fanns några nära vänner, kanske var han alltför upptagen av att bara få ceremonin avklarad den gången. När han tänkte närmare efter, så var nog Sara en av de få som varit där. Hon hade inte sagt något och Tomas hade inte ansträngt sig att prata med någon just då. Han kände sig dum. Han måste få klarhet i om hon kände Erik, eller om det bara var som granne hon var där.

I det sovrum som Erik tydligen använt hittade han en laptop och farbroderns mobil av gammal modell. Båda var låsta av en kod och gick inte att öppna. Han bestämde sig för att prova senare under kvällen. Tomas ringde till Åsa och berättade allt för henne. De bestämde att försöka träffas senare i veckan, när han var klar i Björketorp och lämnat huset till försäljning. Hon var ganska återställd och ville gärna träffa honom. Han skulle ta svängen ner till Malmö, innan han fortsatte hemåt.

Tomas tog på sig handskar och började rota bland Eriks kläder. Han hittade sopsäckar och började fylla dem. Han fördelade i två olika säckar, det som direkt skulle slängas och det som kunde lämnas till en secondhand butik. Återigen måste han fråga Sara, hon var den enda kontakt han hade här. Längre än så kom han inte förrän Micke ringde. Båten var levererad och han hade bjudit kunden på en lunch på *Bryggan*, något som kunden själv ansåg för givet. Micke fick hans adress och skulle dyka upp en timme senare. Tomas stekte två korvar och åt dem och en smörgås till lunch.

Tomas blev glad över att få besök, Micke kom som avtalat efter en timme. Han hade alltid varit mycket noga med att hålla tider. Själv var Tomas nog lite slarvig i det avseendet och tyckte man kunde tillåta den akademiska kvarten i många sammanhang. Det var bara vid biobesök han var noga med att inte komma inrusande när filmen börjat.

Tomas visade honom bostaden och området runtomkring.

 - Vilken härlig plats att ha en stuga på, det är nästan som på Styrsö, skämtade Micke. Tänker du behålla den?

 - Nej, jag skall sälja när jag har fixat till det lite. Jag är ju en stadsbo, som du vet. Jag har ju mitt jobb i Göteborg.

- Det förstås, men du kan ju ha den som en sommarstuga och tillbringa semester och annan ledig tid här.

Innan Tomas hann svara såg han att Micke plötsligt blev allvarlig.

- När jag körde hit hörde jag på nyheterna att man hittat ett kvinnolik i vattnet här i närheten, vid Svanshall. Polisen ville inte ännu svara på, om det var flickan som varit försvunnen i två år och aldrig hittats.

- Vad säger du, usch så hemskt. Vem var det som hittade henne?

- En man hade ringt till polisen och berättat om fyndet och stannade kvar tills polisen kom dit.

- Har jag berättat för dej om att min syster drunknade under mystiska omständigheter vid Arild, en sommar när inte jag var med hos mormor?

- Jag har förstått att hon försvann, men jag har aldrig vågat fråga dej om vad som hände.

- Ingen vet vad som hände egentligen den där dagen. Polisen kom fram till att hon antagligen fallit ner från någon klippa och hamnat i vattnet och aldrig kunnat komma upp. Hon hade kraftiga skador i huvudet efter fallet och drunknade. De hittade henne tre dagar senare.

Tomas förstod vilka vånandor Micke på nytt fick uppleva, nu när en ny kvinnokropp hittats i vattnet, många år senare. Han satt tyst och lät Micke fortsätta. Det tog en bra stund.

- Det var nog första sommaren som jag inte var här nere, efter gymnasiet bar det iväg till Skövde och militärtjänst. Emma var själv hos mormor, morfar hade gått bort året innan. Min syster ville så gärna vara hos henne och ge henne stöd och hjälp. Jag fick veta att så gott som alla i det gamla gänget vi brukade träffa gemensamt var där, utom jag och någon till. De var tre tjejer och lika många killar förstod jag. Jag kommer inte ihåg namnen på alla nuförtiden, har nog förträngt allt. Men den som utredde olyckan, om det nu var en olyckshändelse, hade nog ganska bra koll.

Micke gjorde en paus och Tomas dukade fram kaffe och Pågens kanelbullar till dem.

- Jag blev förstås förtvivlad och förbannade mig själv att jag inte var på plats. Men jag hade kanske inte kunnat göra något. Emma hade tydligen gett sig iväg från gänget, en stund efter att de träffats nere i hamnen. Ingen visste vart hon tog vägen. De andra drog också hemåt efter en stund, men Emma kom aldrig hem. Vad som hände står skrivet i stjärnorna. Det gick senare ett rykte om att Emma träffat en kille, som inte ingick i gänget, men ingen visste vem det var eller om ryktet var sant. Hon hade ibland antytt något för de andra tjejerna, men inte avslöjat något. Ingen visste något.

- Tror du det var någon från byn, eller var det en sommarboende som var på tillfälligt besök? En sommarflört?

- Polisen började jobba efter några teorier de hade, men körde fast. Långt senare antydde Niklas, som var en i gänget för mej att hon träffat en kille på besök i Mölle. Men det gick inte att bekräfta, man hittade honom aldrig och lade ner fallet. Det hela räknades till slut som en olyckshändelse. Men jag är inte säker på det.

- Försökte du senare när du var tillbaka från det militära få klarhet i det själv? Du nämnde Niklas, var det någon mer du kommer ihåg?

Tomas märkte att sitt intresse för ouppklarade fall vaknade till liv. Än hade han inte landat i sin semesterledighet.

- I ett helt år höll jag på och frågade ut alla, men jag kunde lika gärna stånga mej blodig, några givna svar fanns inte. Ibland kom det till någon tjej eller kille men var där bara en sommar, men de fem i gänget var jag och Lena, som jag var förtjust i några somrar och Emma. Niklas och Tobbe bland killarna. Sen var det en tjej, som vi inte gillade riktigt, men jag kommer inte ihåg vad hon hette.

- Varför gillade ni inte henne?

- Jag vet inte riktigt, hon var nog bara lite udda på något sätt.

- Mormor var förtvivlad och hamnade på sjukhem och dog två år senare. Mina föräldrar hämtade sig inte riktigt efter det och...Fan, förlåt, nu sabbade jag allt genom att pladdra på.

De kramade om varandra och stod tysta en stund. Fågelsången fick dem båda att bli varse att livet trots allt gick vidare.

- Stannar du över natten?

- Jag är hemskt ledsen, jag måste dra vidare ikväll, måste vara på jobbet vid åtta i morgon. Det har strulat till sig, har jag hört. Men vi kan kanske åka och käka i Arild tillsammans?

En timme senare satt de på Arilds Vingård och åt en god maträtt med lax, efter att kört en rundtur längs kusten bort till Arild och tillbaka igen. På vägen dit upptäckte Tomas ett omväxlande landskap, öppna hedar och fälader med betesmarker. Vid Arild fanns dramatiska stenformationer ner mot Skäldervikens vatten. Björk och rönn men även små dungar med ek fanns i riklig mängd. De satt utomhus på behörigt avstånd från andra. Förhållningsreglerna på grund av smittorisken fanns fortfarande i alls minne. Utsikten mot vinstockarna på fälten gick inte att klaga på.

- Vet du förresten var namnet Arild kommer från?

Tomas kunde inte erinra sig att han någonsin funderat på ortsnamn, men det kunde kanske vara intressant.

- Enligt en sägen var Arild en pojke som dränktes i havet av sin styvfar, tillsammans med en bror som hette Tore. De flöt iland på olika ställen, Tore vid Bjärehalvön och Arild här i Kullabygden. Platserna där de hittades kallades därefter för Torekov och Arild. De skrattade gott åt berättelsen, men insåg att redan då för flera hundra år sedan, fanns det människoöden som inte alltid var begripliga och där någon skuld inte kunde bevisas. Att en del människor var onda gick inte att ta fel på.

- Men Tomas, du som är en grävande journalist kan väl ägna din tid nu under semestern åt att lösa alla mordgåtor, eller vad det nu är. Det är väl ett bra ämne till en bok också? Du får säkert tid när du har målat om huset, klippt gräset och putsat fönstren.

- Hm.

- Slå en signal sen så kan vi väl spela golf på S:t Arilds golfbana, den är bra har jag hört.

- Vänta lite, jag har inte tänkt att stanna här nere, så det får nog bli på vår vanliga bana hemmavid. Jag åker hem senare i veckan.

- Förresten var har du din bil? Micke såg inte till Volvon.

Tomas förklarade i grova drag vad som hände under gårdagen med bilen och om hans försenade ankomst till mäklaren, som hade nyckeln.

- Hm, då är det kanske startmotorn, sade Micke och startade sin bil för att köra hem.

- Antagligen. Kör försiktigt, vi hörs!

13

Nyheten om att man hittat en död kropp i vattnet kom inte som en chock för Ted. Det var en märklig lättnad, att han och hans mor äntligen kunde begrava Lina. Han hade förberett sig på att denna dagen skulle komma förr eller senare, nu var den här.

Två polismän stod utanför dörren, när han öppnade. Det var kvinnan som gav beskedet, att det var den försvunna Lina som nu fanns på bårhuset i Helsingborg. De hade kunnat fastställa identiteten genom hennes tandkort och skulle snarast obducera kroppen.

Detta talade man dock inte om för Ted och hans mor. Hon satt apatisk och försökte förstå, men var inte helt klar över vad de pratade om. Hon hade förändrats till det sämre och var tidvis helt borta. Ted hade inte riktigt orkat med att ta kontakt med sjukvården för att få henne omhändertagen. De båda poliserna såg belägenheten och pratade med Ted i enrum. De kunde se till, att både Ted och hans mor fick den bästa hjälp och stöd som gick att få, om han ville.

När de gått därifrån och lämnat sorgen innanför dörren, satte Ted sig ner och funderade. Det kom inga tårar längre, den tiden var förbi när han grät över sin försvunna syster. Nu gällde det att bita ihop och hitta hennes mördare. Han hade inte kommit så värst långt i sina efterforskningar, hade bara svaga

68

aningar som han inte kunde berätta för någon. För vem skulle tro honom? Att gå till polisen med sina anklagelser skulle inte leda till något. Han skulle bli utskrattad.

Ted bestämde sig för att gå igenom sina ledtrådar igen, som han gjort många gånger tidigare. Systematiskt måste han grundligt sätta sig in i allt en gång till. I det stora huset hade han stulit en mobil, som innehöll några meddelanden han snabbt raderade. Mannen som varit misstänkt för Linas försvinnande hade dött helt plötsligt, han undrade om han tagit livet av sig. Kanske var han ändå den skyldige.

Det var dags att ta sig dit igen, bestämde han. Där hade han kunnat tillbringa flera timmar i sin ensamhet, eftersom huset var obebott. Ibland hade han till och med sovit där på natten och vaknat med en pirrande känsla av makt och kontroll. Tidigt på morgonen hade han smugit ut därifrån igen. Ibland tyckte han sig kunna känna Linas närvaro därinne.

Hon hade besökt mannen och han hade beställt några jultidningar av henne. Efter det var hon försvunnen. Ted hade en gång fått syn på en nyckel, som hängde på en krok innanför dörren. Något fick honom att gå ut till redskapsboden bakom huset och inbillade sig att det var Lina som styrde honom.

Därute letade han efter något som kunde berätta om hans syster och hittade en blodig handduk. Han antecknade fyndet i sin bok. Längre än så hade han inte kommit. Kanske var han på fel spår, det kändes som att Lina ville att han skulle söka sig bort från torpet, längs den väg som hon hade cyklat på väg hem.

14

Nästa morgon vaknade Tomas utsövd. Han hade sovit hela natten efter att plockat i Eriks privata saker under några timmar. Han hade inte hört duvornas ihärdiga läte i soluppgången. Det var som att naturens ljud vaggade honom till ro och han upplevde ett lugn över att slippa gatuljud från storstaden. Aldrig förr hade han känt så här, mer än möjligen på någon enstaka semester.

Han drog sig till minnes en vecka i Italien, då han och Anna hyrt ett hus i en ort på landet utanför Sorrento. De hade oliv och citronodlingar inpå husknuten, historiska små byar som de besökte och överallt fanns möjligheter att prova den traditionella kulinariska maten. Efter den resan hade de känt sig avslappade. Något liknande kände sig Tomas för stunden, här var han sig själv och det var en befrielse.

Tomas hade just avslutat sin enkla frukost, när det knackade på dörren. Utanför stod en man i en ljus, skrynklig linnekostym. Han var ganska storväxt, håret mörkt och tjockt med inslag av grått vid tinningarna. Glasögonen var av en modern design, kunde Tomas ana, ögonen bruna. Det var just blicken som han fäste sig vid. Den var bestämd utan att vara skarp eller genomträngande, Tomas anade att mannen var en beslutsam typ. I handen höll han en portfölj.

Kostymmannen hälsade och presenterade sig på ett avmätt, men vänligt sätt.

- Martin Wallman heter jag, har du tid en stund?

Tomas bad honom stiga in, var nyfiken på vad mannen ville. De satte sig vid köksbordet.

- Vad jag förstått är du numera ägare till den här bostaden.

Tomas nickade till svar och var på sin vakt på vad som skulle komma. Mannen sade inget beklagande över hans farbrors bortgång, trots att Tomas var övertygad om att han visste deras släktförhållande.

- Det är så här, fortsatte Wallman och lämnade ett visitkort, att jag har en entreprenörfirma och bygger villor och andra bostäder lite varstans i Nordvästra Skåne. Detta området har varit intressant en tid, eftersom det efterfrågas bostäder med bra lägen till vettiga priser. Kommunen har lovat att släppa markområdet på båda sidor om din lilla stuga till ett pris vi redan har förhandlat om.

Martin Wallman gjorde en paus för att Tomas skulle förstå vad det innebar för hans del, tydligen märkte han att Tomas såg något undrande ut. Mannen öppnade sin portfölj tog fram en ritning, medan Tomas borstade bort några smulor från bordet.

- För att allt skall gå i lås innebär det, att du och jag kommer överens om ett pris för huset, så att vi kan gå vidare i exploateringen. Den stugan som ligger längre bort, finns också med på det markområdet jag tänker köpa av kommunen och den ingår numera i mitt bolag. Kvinnan som bodde där gick med på en uppgörelse för en tid sedan. Jag kan också nämna att jag förde en dialog med din bortgångna farbror innan han hastigt gick bort.

Wallman vecklade upp ritningen, med sina byggplaner för området och pekade med fingret medan han pratade om hur han tänkt sig en radhusbebyggelse. Han pladdrade på om tomträtter och arrende till kommunen och att tomten i sig inte hade något värde. En byggnad med tio kedjehus i två plan skulle byggas enligt ritningen, som var gjord av en arkitekt i Helsingborg.

Tomas förstod att han snart skulle få ett erbjudande från mannen och undrade hur farbror Erik reagerat den gången Wallman besökte honom.

- Vi kom överens om en miljon för kvinnans stuga, men eftersom denna är något större och kanske i bättre skick, erbjuder jag dig 1,3 miljoner, sade Wallman till slut och fick det att låta som ett generöst erbjudande.

Eftersom Tomas i det skedet varken tänkte tacka ja eller avvisa förslaget, lät han mannen känna sig osäker. Tomas hade varit där i två dygn och egentligen inte funderat på hur han skulle gå till väga med sitt ärvda hus. Först måste han prata med Sara, som var den som tydligen hade värderat bostaden. Wallman förstod att han inte kunde komma längre och vek ihop sin ritning. Hans handslag var kraftigt när han sade adjö vid dörren.

- Som sagt, detta är ett bra projekt för Björketorp och jag är beredd att öka med hundra tusen vid snabb affär. Du skall väl snart upp igen till Göteborg har jag hört?

Tomas blev paff, men egentligen inte överraskad, här kände alla till vem han var. Det var dags att bekanta sig med grannarna i området.

 Han gick förbi den stuga som Wallman pekat ut som den, där en kvinna bott för inte så länge sedan. Den skulle enligt uppgift rivas inom kort och lämna plats för hans projekt. Om Tomas gick med på priset vill säga. Han kände att det var ett bra tillfälle att dra därifrån med ytterligare pengar på kontot och en bil som kunde avyttras. Livet skulle kunna bli ganska behagligt.

Han gick nerför en svagt sluttande backe och såg en man stå vid staketet och titta på honom. Tomas gick fram till mannen och hälsade försiktigt. Han fick ingen som helst reaktion från den andre, men berättade att han bodde i Eriks stuga lite längre bort. Mannen bara stirrade, sedan vände han på klacken och gick därifrån. Vid sin egen dörr vände han sig om innan han gick in. Tomas kände sig dum, tyckte det var obehagligt.

Vid ett annat hus höll en kvinna i sextioårsåldern på att påta i en rabatt och han hälsade. Hon hette Astrid och bodde där med sin man Christer, berättade hon. De pratade en stund om hur det var att bo i Björketorp.

 - Vi trivs alldeles utmärkt här. Men om det skall byggas vet vi inte om det förblir så trevligt längre. Vi tycker att det behövs lite natur runt husen också och då kommer ju den att försvinna, både ängen och dungarna.

Tomas kunde hålla med kvinnan, men ville inte argumentera vidare.

 - Vi har hört att det är du som har övertagit Eriks hus nu. Tänker du sälja till den där byggmästaren?

Han lyckades svara på ett diplomatiskt sätt och lämnade Astrid i sin trädgård. De små idylliska stugorna med mängder av stockrosor i trädgårdarna hade stor charm. Längre bort fanns nybyggda hus i sten, där tomterna var kala med stenbeläggningar och grå betongmurar. Vid husen stod det dyra bilar, Tomas räknade till tre BMW- bilar och två Porsche på en kort sträcka. Skulle det bli samma typ av bostäder på det område som Martin Wallman tänker bygga, undrade Tomas för sig själv. Ett område för de välbeställda.

Han samlade ihop de sopsäckar som skulle slängas i närmaste återvinningsstation. Eriks privata saker, fotoalbum och en del böcker, fanns redan nerpackade i två stora kartonger, som han skulle ta med sig hem för att gå igenom ordentligt. Han såg sig om i huset och tyckte han skulle kunna rensa ut resten, när den var såld.

Tomas ringde till bilverkstaden för att höra om bilen var klar. Beskedet gjorde honom besviken. De hade beställt och satt in en ny startmotor, men även den krånglade trots allt. Nästa dag skulle de felsöka på ledningar från batteriet och kanske byta ut det. De hade en sjukskriven på verkstaden, så han kunde inte räkna med att den var klar förrän på fredagen.

Besviken funderade Tomas först på att köra upp till Göteborg med Eriks bil, som han ännu kallade den, men det skulle innebära att han snart skulle behöva köra ner igen. Så han bestämde sig för att stanna ytterligare två nätter, ringde till sin dotter och förklarade.

För att få tiden att gå tog han fram lådan med Eriks saker. Han bläddrade igenom två fotoalbum med bilder, som inte sade honom mycket. Några lösa foton fanns längst bak och hade lossnat, eller aldrig blivit inklistrade. Han kände igen sina föräldrar, bilden var tagen en midsommar för längesedan. Tomas satt i gräset med krans i håret vid majstången och var i den åldern, när man fortfarande gick med på föräldrarnas traditioner. Ett foto av hans mor, som log mot fotografen överraskade Tomas. Han vecklade upp några tidningsurklipp från Helsingborgs Dagblad.

De hade inte hunnit gulna eftersom de inte var mer än två år gamla. Erik hade noga skrivit datum på sidorna. Den första berättade om en flickas försvinnande i trakterna av Björketorp. Flickan hade cyklat för att sälja jultidningar en eftermiddag, men aldrig kommit hem, läste han. På nästa sida, två dagar senare, upprepades nyheten med tillägget, att man uppmanade ortsborna att höra av sig om de sett något. En vecka senare hade man tagit in en man till förhör, den man som bevisligen varit flickans sista besök. En bild på flickan med frågan *Var finns Lina?* fick honom att darra. Tomas kunde först inte begripa vad det innebar, men ju mer han läste förstod han att det var Erik, hans egen farbror, som kallats till förhör. Han kände kalla kårar längs ryggraden. Med darrande händer läste han hela artikeln och blev rädd.

Tomas lutade sig tillbaka i fåtöljen och försökte tänka klart. Ingen hade berättat detta för honom. Alla här tycktes veta vem han var och kände givetvis till allt om Erik och hade sina egna åsikter om vad som hänt. Eriks noteringar fanns i kanten på några av spalterna, små otydliga kommentarer till tidningstexten. Den sista artikeln berättade om att det inte fanns några bevis mot mannen, som släppts.

Tomas förstod vilken vånda Erik måste ha genomgått. Inför ortsborna var han förstås redan dömd, utan möjlighet att försvara sig. För han var väl oskyldig? Tomas tänkte på den blodiga handduken och overallen i redskapsskjulet. Kroppen som hittades i vattnet för någon dag sedan, skulle kunna vara den försvunna flickan.

15

Sommarkvällen var sval. Ett eftermiddagsregn hade kylt av luften och efterlämnat en välbehövlig friskhet. Många hade påbörjat sina semestrar och ville gärna ha mycket sol, nu när det inte var möjligt att göra några utlandssemestrar längre. Det skulle antagligen dröja innan allt var som vanligt igen. Om det nu blev det. Den ekonomiska krisen skulle sannolikt drabba världen hårt, däribland turistnäringen.

Tomas satt vid ett fönsterbord på restaurang *Kajkanten* nere vid hamnen. En skön promenad på en kilometer gjorde honom hungrig. Han beställde en Rödingfilé med ramslök, dill och hollandaisesås, medan han smuttade på ölet. Servitrisen verkade trevlig och vänlig på ett sätt, som fick honom på gott humör. Han behövde tränga bort tankarna på det han läst i tidningsurklippen tidigare på eftermiddagen. Tomas förstod att han måste prata med någon om händelsen, innan han reste därifrån.

Endast sex andra personer befann sig i matsalen så här dags, alla satt på behörigt avstånd klokt nog. Den trevliga kvinnan kom med maten, plockade bort brödet och smöret och dröjde sig medvetet kvar. Han förstod att hon ville något och såg på henne.

- Du har inte varit här tidigare, är du på semester?

Tomas ville helst av allt äta medan maten var varm, men ville inte vara oartig. Han var inte van vid denna nyfikenhet, i storstaden var man anonym utan att för den skull vara ovänlig. Aldrig såhär direkt frågvisa som han märkt under några få dagar i Skåne. Ett särdrag? Han visste med sig från tidigare reportage, att man på landsbygden lade märke till vad andra människor hade för sig. Rykten spred sig som oljade blixtar, i synnerhet nu med sociala medier.

- Ja, jag har semester, men är bara på ett kort besök här. Skall åka hem till Göteborg på fredag.

Han beställde ytterligare en öl och hon försvann med vindens hastighet. Maten smakade utmärkt och han berömde den när hon kom med ölglaset.

- Ramslöken har plockats uppe vid Kullaberg, den är som bäst just nu. Vi har plockat och fryst in också.

Han hade inga stora kunskaper i matlagning eller dess tillbehör, det blev oftast enkla rätter när han själv skulle tillaga något. Men visst kunde han uppfatta vad som gjorde en middag extra kulinarisk och god. Särskilt fiskrätter som han, boende på västkusten var förtjust i. Tomas blickade ut mot havet, förbi den lilla hamnen en bit bort.

Det glittrade i vattnet längre ut, där solens strålar gav liv åt krusningarna på Skäldervikens vatten. Närmare land såg nästan vattnet mörkt och svart ut. På motsatta sidan skymtade Bjärehalvön, badande i kvällssolen. Han betalade framme vid disken. Kvinnan gav hans betalkort en snabb blick innan hon lämnade över det med kvittot.

- Välkommen tillbaka. Vi har AW på fredag om du vill komma då, sade hon och log.

- Som jag sade, på fredag kör jag hem, men kanske jag kommer i morgon, vi får se.

- Du är så välkommen Tomas!

Han var luttrad nu och blev inte förvånad längre. Bäst att göra en så snabb sorti som möjligt innan det gick till överdrift. Just som han kommit ut från restaurangen ringde hans mobil. Det var Sara som undrade om han var klar och om han bestämt sig för att sälja. Eftersom han var på väg hem skulle han kunna gå en liten omväg, eftersom hon bodde i närheten.

Sara öppnade en flaska vin och de satte sig i uterummet. Solen hade redan försvunnit bakom träden, men efterlämnade en skön värme där de satt. Rummet var som en blomstrande äng, med krukor och amplar fyllda med blommor i passande färger. Tomas fylldes med ro och njöt av sällskapet och stunden. Hon frågade igen om han kommit till något beslut.

Han berättade om besöket av Martin Wallman och hans erbjudande, utan att visa att han tagit ställning. Vidare frågade han om den mystiske mannen.

- Så du har hunnit bekanta dej med de boende här.

Hon berättade att mannen med talsvårigheterna hette Gösta och bodde som sjukpensionär i huset, tillsammans med Bertil.

- Vem är Bertil?

- Det är hans katt! Skrattet lät inte vänta på sig.

- En del kallar Gösta för *streckgubben*, eftersom han är duktig på att teckna och har tydligen många ritblock fulla. På senare tid har han fått en kamera och har den med sig när han är ute och går lite överallt. Han är en ensling, men väldigt snäll. Han säger inte mycket, bara några enstaka ord till någon han känner. Eller har förtroende för.

Tomas anade att det rörde sig om sjukdomen *Dysartri*, något han hade för något år sedan skrivit en artikel om. En kvinna i Frölunda hade den sjukdomen. Han hade försökt prata med kvinnan i en intervju, men inte gjort några framsteg. Modern hade fått berätta istället.

- Du har träffat Wallman alltså. Hade han något bra förslag till dej? Jag vet ju om hans planer på att bygga på området, som kommunen nu äger och är ivrig att komma igång, förstår jag.

- Jag förstod det, han verkade mycket affärsmässig och gav mej ett anbud innan han gick. Men du hade värderat huset, vad har du kommit fram till?

Sara antog att bostaden skulle kunna säljas för minst två miljoner, men mycket berodde på kommunens vilja att låta Wallman köpa området och bygga sina bostadsrätter. Allt hängde egentligen i luften ansåg hon, medan hon fyllde på glasen. Men om det inte blev affär mellan Tomas och Wallman, skulle kanske kommunen höja arrendet för tomten. Allt var osäkert, men Tomas kände att han hade en liten trumf på hand.

- Vad säger de som bor i området, vill de ha fler bostäder? Jag märkte på Astrid, som jag pratade med att hon var motståndare. Vad tycker du själv?

- Personligen är jag emot, men vet också att mäklarfirman jag jobbar på har option på att få sälja bostäderna, så fort ett avtal är klart.

Tomas funderade, medan han såg sig omkring. Det fanns inga spår efter att någon man skulle bo i huset, men han ville inte fråga rent ut. Han hade skymtat ett rum med leksaker och en säng, men något barn såg han inte till. Han sneglade på klockan, som visade på halv elva. Det var arbetsdag i morgon för vissa och han tackade Sara, som gav honom en hastig kram. Han blev förlägen, kom sig inte för att säga något vettigt, men lovade återkomma med besked så fort som möjligt.

Skymningen hade smugit sig på, men ändå ganska ljust på himlen. En husägare höll på med att vattna sin gräsmatta och vinkade till en hälsning, när han passerade. Så var det tydligen här ute på landet, något han aldrig upplevde hemma i storstaden. Tomas kom på sig själv, med att fundera på hur han skulle trivas att bo så här, nära naturen och med trevliga människor att umgås med. Två trevliga kvinnor hade han ju haft nöjet att träffa under kvällen.

Han slog bort sina funderingar när han påminde sig själv att han druckit två starköl och därefter några glas vin hos Sara. Inte så konstigt att han kände sig lite yr. I morgon skulle han bestämma sig, eller senast fredag. Kvällen hade varit lyckad, han kände sig trött och skulle snart sova skönt.

När Tomas gick på grusgången in mot sin bostad hörde han ett ljud, som tycktes komma från baksidan av huset. Tyst smög han runt hörnet, var på sin vakt. Med en gång blev han alldeles nykter. Det var någon inne i redskapsboden, någon som snokade omkring därinne. Han såg sig omkring. Intill huggkubben stod en yxa. Tomas sträckte sig mot den, greppade ett ordentligt tag, gick mot dörren och slet upp den.

16

Danilo såg på sin sovande son. Dagens lek hade gjort honom trött och han somnade till slut, efter att ha suttit med sin Ipad en stund i soffan. Milan var lätt att handskas med, men Danilo lät honom oftast få sin vilja igenom. Han ville vara en bra pappa för honom de dagar han hade vårdnaden och de tillbringade tiden tillsammans. Milans mörka hår var lockigt i nacken, hans brunbrända armar slöt sig om nallen, den randiga T-shirten med Messis namn på ryggen, som han ville ha på sig även på natten var svettig och borde tvättas.

Danilo Kostic kom med sina föräldrar till Sverige när han var tre år gammal. Han mindes inte något från tiden i Serbien, det han visste om kriget hade hans mor och far talat om för honom. De hade berättat, men antagligen inte om alla fasor de upplevt. Han skulle skonas, men ändå veta. En gång i vuxen ålder hade de besökt landet, men Danilo kände att det var i Sverige han hörde hemma. Föräldrarna bodde nu i Malmö och hade jobb, medan han själv var skild och arbetslös.

Danilo hade blivit av med jobbet när det lilla byggföretaget gick i konkurs för ett år sedan. Nu levde han på A-kassa, som nätt och jämt klarade hyran för lägenheten och maten i månaden. Han hade gett sig in på spelmarknaden, med V75, nätpoker och annat för att öka på inkomsterna, med upptäckten att det blev tvärtom. Dyra SMS-lån kunde hjälpa för stunden, men skulderna bara växte mer och mer. En kompis i Helsingborg hade lånat honom pengar och ville ha en hög ränta. I längden skulle det inte fungera begrep han, men visste just nu inte hur han skulle kunna resa sig igen. Han ville inte oroa Sara med att be om hjälp. Föräldrarna var inte tänkbara heller, de skulle istället skälla ut honom, förstod han.

Danilo hade sökt jobb hos Wallmans Bygg, som lovat honom arbete när det stora projektet, som Wallman själv kallade det, skulle bli av. Men ingenting tycktes hända, det hade gått snart ett år sedan dess och Wallman hörde inte av sig. En annan kompis hade börjat sälja knark i Malmö och skulle kunna ordna så att Danilo fick ett eget *distrikt* i Kullabygden, där Höganäs var en tänkbar plats att starta på. Men han hade tackat nej till erbjudandet länge, det var den absolut sista utvägen, om inte allt ordnade sig.

Han strök sin son på kinden och släckte sänglampan. Danilo hade en dröm om att kunna ta med sig Milan på en stor fotbollsarena, antingen till Barcelona och *Camp Nou* för att se Messi i en stormatch, eller till Italien och kolla på Zlatan eller Ronaldo. Han hade ännu inte vågat prata om det för Milan, eftersom han skulle bli jättebesviken om det inte gick vägen. Kanske om ett år eller så skulle han ha skaffat fram pengarna så att de kunde resa. När det blev möjligt igen för pandemin. Då skulle han ha pengarna i sin hand och vara redo. På något sätt skulle han ordna det. Bara han och Milan, drömmen fyllde honom med välbehag.

Han tog fram sin mobil och med några knapptryckningar hade han skapat ett bombsäkert system för lördagens V75 lopp. Någon gång måste det slå in.

17

Klockan var tre på natten innan Tomas lyckades somna. De fyra senaste timmarna hade varit helt overkliga. Det första han sett när han vräkte upp dörren i skjulet var en skräckslagen yngling. Han hade sträckt upp händerna i luften, stirrat på Tomas och inte sagt ett ljud. Tomas hade stått med yxan i beredskap och känt hjärtslagen dunka i kroppen. Även om stämningen var hotfull, verkade ändå pojken lugna ner sig och Tomas förstod att han inte utgjorde någon fara.

De hade gått in i bostaden och Tomas tog fram bröd och pålägg, eftersom inkräktaren tycktes vara utsvulten. Tomas bryggde kaffe för att hålla sig klar i knoppen. Han började tycka om grabben, det var något skört och bräckligt över honom. Efter några smörgåsar började Ted prata, hans berättelse berörde Tomas. Han kunde ana en vilsen person, en människa som ropade på hjälp. Teds smala kropp och slitna kläder vittnade om, att han inte brydde sig om sin egen person längre. Han var en ensam person, som bara hade sin mor. En mor som han dessutom fick ta hand om.

Han bad flera gånger om ursäkt för inbrottet och förklarade sin besatthet av att hitta sin systers mördare. Polisen hade nu bekräftat, att Lina hade varit stoppad i en jutesäck med tyngder och dumpad i havet. Efter en tid hade något gjort hål i säcken, som inte längre höll kroppen kvar, utan flöt upp till ytan. Därför letade han nu efter den typen av säckar, som kunde bevisa någons skuld.

Ted erkände också att han varit inne i stugan några gånger och läst alla tidningsurklippen, för att förstå. Det var där inne han kände en närhet till Lina. Som om hon försökte säga honom något, men Ted kunde inte tolka budskapet hon förmedlade. Tomas kände håren på kroppen resa sig vid tanken på att grabben kanske var mottaglig för andevärlden, själv hade han aldrig tänkt tanken på att sådant var möjligt och alltid avfärdat det som lurendrejeri. Han såg på Ted, som tycktes frånvarande.

 - Jag utgår ifrån att du inte hittat något i redskapsboden som har med din systers död att göra. Tomas tänkte på den blodiga handduken och fläckarna på overallen, som nu var förpassad till soporna.

Ted svarade inte, utan satt i sina egna funderingar. Han berättade efter en stund allt som fanns att veta om Linas försvinnande, cykeln som hittades i det vattenfyllda stenbrottet och sökandet efter henne. Det enda man kommit fram till var att hon hade besökt Erik, som hade beställt några jultidningar av henne. Enligt Erik hade hon därefter cyklat hemåt. Lina hade sagt att hon ville avsluta sin runda med ytterligare ett besök. Men vilket det var hade inte framkommit i utredningen. Spåren upphörde. Erik hade ett vattentätt alibi för resten av den dagen. På kvällen hade han haft en pokerkväll med några andra herrar i Arild.

Tomas såg plötsligt likheter med Emma, som hittades i havet

vid Arild för många år sedan. I båda fallen fanns två bröder, som försökte lösa frågan om vad som hänt deras systrar.

Ute var det mörkt i nattens sena timme. Tomas kände sympati för ynglingen och ville gärna hjälpa honom på något sätt. Men hur visste han inte. Han var trött efter ytterligare en minst sagt händelserik dag och behövde sova. Han skickade iväg Ted, som inte tycktes vara trött, men lommade iväg till slut. Tomas sade att han gärna fick komma tillbaka när han ville, men bara på dagtid och när Tomas var hemma. Han fick telefonnumret och försvann ut i mörkret.

Tomas gick igenom hela berättelsen igen när han lagt sig. Det var något kusligt över Linas försvinnande och död. Något obegripligt hade hänt från det att hon lämnat Eriks stuga den där sena eftermiddagen. Tomas fick en olustig känsla eftersom det var just här i detta huset hon senast sågs och var vid liv. Erik påstod att han såg henne cykla iväg och Tomas kunde inte annat än tro på honom. Men sedan? Vad hade hänt med flickan? Överfallen och dödad. Kanske våldtagen? Svaret på gåtan borde finnas kusligt nära, något Ted också tycktes vara övertygad om.

Tomas bestämde sig för att kolla vilka hus som fanns i närheten under morgondagen, i väntan på att hans bil skulle bli klar. Något inom honom triggade igång en underliggande lust att utreda brott, kanske beroende på sitt yrke. En grävande journalist, hade Micke uttryckt det. Men vad skulle han kunna bidraga med, när inte polisen lyckats? Förmodligen inget alls.

Han hade fortfarande inte bestämt sig för hur han skulle göra med torpet han ärvt, om han skulle acceptera Wallmans bud, sälja en av bilarna, bli fri från allt och njuta av den återstående tiden som var kvar av semestern. Det skulle vara det mest förnuftiga, I ett annat scenario kunde han avvakta ett bättre bud, genom att låta Sara lägga ut stugan på nätet. Men först måste han ta kontakt med kommunen. Hur han än grubblade kunde han inte bestämma sig, kände att det hade blivit för mycket på kort tid.

Tomas insåg med en plötslig klarhet att han ville stanna kvar tills farbror Erik var rentvådd från alla misstankar. Med tanke på arvet var han skyldig honom det.

18

När Tomas vaknade hade han en bultande huvudvärk. Så mindes han gårdagskvällen och natten och såg på klockan. Något i hans undermedvetna hade fått honom att vakna alldeles för tidigt. Fyra timmars sömn var otillräckligt och det var omöjligt att somna om. Han gick upp och rotade fram Eriks adresskalender, där han också hade antecknat telefonnummer.

Tomas hade för sig att någon, eller möjligen flera av Eriks vänner varit på begravningen, men Tomas hade inte brytt sig om att prata med dem. Nu sökte han efter de som Erik hade spelat poker med den kvällen när Lina försvann. Tomas tyckte att han skulle bevisa för Ted att Erik verkligen hade alibi. Men också för att övertyga sig själv att det var så. Till sist hittade han några namn på personer i Arild, som borde vara de som avsågs. Jan-Olov Lundin och Åke Becker.

Det var för tidigt att ringa, så han drog på sig kläderna och gick ut. Han blev alldeles överrumplad av fågelsången i den klara sommarmorgonen. Något liknande hade han inte upplevt på länge och absolut inte hemma i Göteborg. Han satte sig på en bänk och lyssnade på vindens viskande sus i trädkronorna, med fåglarnas kvittrande som ljuvlig musik i skön samklang. Han blev alldeles förstummad och plötsligt klarvaken. Detta borde man ju göra varje morgon på sommaren, tänkte han.

Tomas fortsatte sin promenad, kunde inte stänga in sig nu när han kände njutningen av naturen. Det kändes befriande att ensam vandra fram på stigar han aldrig satt sin fot på. Inte en människa syntes. Husen och stugorna såg öde ut, folk sov antagligen fortfarande. Han hade kommit fram till stenbrottet alldeles intill kanten till Skäldervikens vatten. På havssidan intill stigen fanns klippor och mängder av stora stenar.

Branta, dramatiska kanter stupade ner i dagbrottets mörka vatten, där näckrosor och kaveldun hittat sin rätta miljö, liksom vassen. Blåbärsriset bredde ut sig längs stigarna i den snåriga vegetationen under björk och rönn. Ljuden vid stenbrottet var dämpade, det var något trolskt över platsen där vad som helst skulle kunna hända. Det var här som man hittat Linas cykel, antagligen vid den brantare delen, trodde Tomas. Det var också i närheten, kanske femhundra meter bort, som hennes kropp legat i strandkanten. Han rös vid tanken och förstod hur Ted och hans mor tog det hemska beskedet. Just som han skulle börja gå hemåt fick han syn på en person, som satt på en bänk. Tomas hade inte märkt att någon mer var ute denna tidiga morgon och skulle vara tvungen att passera mannen. Han satt alldeles stilla i egna tankar, men hade säkert observerat Tomas. När han kom närmre såg han att det var Gösta. En kamera hängde om halsen på honom och bredvid på bänken låg ett skissblock. Han såg ut över den stilla vattenytan och lyfte inte på huvudet när Tomas närmade sig.

Gösta hade på sig en blårutig skjorta med kort ärm och långbyxor med hängslen. Det rufsiga håret spretade åt alla håll. Tomas visste att han klarade det mesta själv, men fick besök av hemtjänsten från Höganäs en gång om dagen och hade med sig middagsmat, det hade Sara berättat. Han hade vägrat att ta emot en plats på Revalyckans äldreboende, även om han var berättigad till det som sjuttio plus. Tomas förstod att Gösta ville ha ett fritt liv och behövde inte den sociala kontakten med någon. Han ville tydligen leva sitt liv i ensamhet. Ensamheten kunde ta sig många uttryck.

- Hej Gösta, vi sågs igår, kommer du ihåg det?

Gösta skruvade något på sig, men gjorde inte någon min av att förmedla sig. Han fortsatte att titta rakt fram och förväntade sig tydligen att främlingen skulle gå vidare.

- Jag heter Tomas och jag har övertagit Eriks stuga nu. Du kanske kände Erik när han levde?

Tomas kunde ana en försiktig förändring i Göstas ansikte, som tydde på att han ville säga något, men inte vågade.

- Jag har hört att du är duktig på att teckna och fotografera, sade Tomas och satte sig på bänken.

Gösta flyttade sig en liten bit åt sidan, för att inte sitta för nära den främmande mannen. Han ville vara ifred med sina tankar och inte bli störd. Tomas frågade om han fick se på hans kamera, men fick ingen reaktion. Han väntade heller inte något svar på vad han tecknade för något och hade tänkt gå därifrån. Kanske det var bäst att låta honom vara. Gösta vände en aning på huvudet mot Tomas.

- Erik bra.

Orden kom snabbt. Han hade etablerat en kontakt med Gösta.

Tomas berättade att Erik var hans farbror, som nu skänkt huset till honom efter sin död. Gösta förstod och nickade till svar. Han lämnade kameran till Tomas.

Han såg på Gösta och undrade för sig själv vem som lärt honom att fotografera och vem som köpt kameran. Han låste upp den och kollade igenom bilderna. De flesta var av katten Bertil och var av ganska bra kvalitet. Inga personer fanns på fotografierna, mest naturbilder av olika slag, blommor och träd, klippor och annat. Tomas kände igen naturen kring stenbrottet, som tydligen var ett favoritställe att gå till.

Han bläddrade vidare under tiden som han berömde Gösta för bilderna. Tomas ville få en bra kontakt och visa att det gick att lita på honom. Plötsligt kom han till ett foto föreställande en cykel som låg i vattnet på någon meters djup. Det var taget uppifrån en höjd, rakt ner i vattnet. Tomas lokaliserade platsen och såg frågande på Gösta, som nu log och svarade innan frågan ställts.

 - Linas.

Tomas blev alldeles ställd. Vad visste mannen egentligen om Lina och hennes död? Följde han med på nyheterna? Hur skulle han kunna fråga Gösta, om hur han kunde veta om cykeln? Vad hade han mer för hemligheter? Tomas skulle vara tvungen att gå försiktigt fram. För att få tid att fundera frågade han om Göstas teckningar. Han gav Tomas skissblocket som var fullt av enkla teckningar av bilar och hus, träd och hav. En teckning såg ut som Lars Vilks *Nimis,* men han var inte säker. Kanske ritade han efter foto och bilder från tidningar.

- Har du något foto eller teckning av Erik?

- Nä..Jo... hemma.

- Skulle jag få komma hem till dej i eftermiddag och se på den?

Gösta nickade något reserverat. Tomas ville inte forcera fram något som Gösta själv inte ville, så han sade hej då och gick hemåt till sin stuga för att tänka och äta frukost.

En stund senare konstaterade Tomas att han behövde handla hem något bröd till frukosten nästa dag, som skulle bli sista dagen i Skåne. Det fick helt enkelt bli så, att han körde hem till sin bostad i Göteborg och tänkte igenom beslutet en vecka. Han skulle ringa både till Wallman och Sara och be om en veckas respit. Han behövde söka råd av någon som kunde marknaden här nere och som kunde avgöra vilket alternativ som var bäst.

19

Tomas tog fram sin mobil och tryckte in numret till Jan-Olov i Arild. Han lät fem signaler gå fram innan telefonsvararen gick igång. Han kom att tänka på att han själv ofta inte svarade på okända nummer och använde istället Eriks fasta telefon, som faktiskt ännu fungerade av någon anledning. Men inte heller nu fick han något svar och ringde Åke Becker istället. Åke svarade på andra signalen, med en undran i rösten.

Tomas förklarade vem han var och sitt ärende om Eriks alibi, samtidigt med en fråga om Åke hade en stund över till en kort träff.

- Kom du vid elva, då dricker jag förmiddagskaffe. Det kommer inte så många på besök nuförtiden, så det skall bli trevligt att träffa dej Tomas.

Tomas lovade att dyka upp och fick adressen. Eftersom det inte fanns någon matbutik norrut mot Arild längre, gjorde han först en avstickare till ICA i Jonstorp. Han handlade bröd och ägg och ställde sig i kassan. Butiken var ganska stor och Tomas förstod att den skulle serva flera byar runtomkring. Närmaste större matbutik var City Gross i Höganäs dit det var en dryg mil.

Kassörskan stirrade på honom när han betalade för sina varor. Tomas kände blickarna och blev en aning besvärad.

- Jag har hört att du skall sälja Eriks stuga till Martin Wallman.

Påståendet kom som ett slag i ansiktet på honom. Eftersom det inte var några kunder efter honom i kassan, kunde han inte låta bli att kommentera henne.

- Vem påstår något sådant?

- Ja, förlåt att jag är nyfiken. Du förstår att här går det inte att ha några hemligheter för sig själv, ryktet går snabbt. Man vet att du har fått ett bud av Wallman, så därför undrar jag.

Tomas kände att han inte kunde bli arg på henne, han hade börjat vänja sig vid uppriktigheten och nyfikenheten här efter några dagar.

- Du, jag har faktiskt inte bestämt mig ännu. Han tog sina inköp och började gå mot utgången.

- Om du vill veta mer om Wallman, så kan jag berätta. Bim heter jag förresten.

Tomas nickade åt Bim och gick till bilen, som stod parkerad på en sidogata i solen och var stekhet i sommarvärmen. Han öppnade dörrarna i hopp om att få ner temperaturen något. Tomas funderade på om hon hette Bim på riktigt, eller om det var en förkortning. Kanske Berit Ingrid Marie? Nej, det lät som en äppelsort.

Plötsligt kom en boll farande över staketet vid en trädgård. Den rullade rakt mot Tomas, som tog upp den och gick till tomtgränsen. En liten pojke tittade på honom och sken upp när han fick tillbaka bollen. Längre bort skymtade en man, som tycktes vara upptagen av något. Pojken dröjde sig kvar med bollen i famnen och frågade vad han hette. Tomas sade sitt namn.

- Pappa, kom. Det är nog Tomas Ravelli som du har pratat om. Han fångade min boll, så han kan ju vara med i vårt lag!

Pappan hörde sin sons röst och kom släntrande fram. Tomas tyckte att han för ett ögonblick såg bekymrad ut, men han ändrade snabbt ansiktsuttrycket och hälsade artigt.

- Hej, Danilo heter jag.

- Tack för att du kom med bollen. Milan håller på dagarna i ända och trixar med den. Han skall bli fotbollsproffs har han redan bestämt. Messi är hans stora idol, förstår du.

Tomas hade en tid att passa, så han sade hej till Milan och hans pappa och drog iväg till Arild.

Han vek av från Norra kustvägen, körde genom Stenedalsområdet och kom fram till Nabbavägen, där han snabbt hittade Åke Beckers hus. Det var andra gången på kort tid som han var i trakterna av Arild, senast var med Micke, som visat honom var han tillbringade några sommarveckor hos sina morföräldrar. Tomas märkte att det inte var så långt ifrån Åkes hus.

Huset låg inbäddat i grönska i skydd från den på vinterhalvåret så förrädiska nordanvinden. Nu på sommaren bjöd tomten både på sol och skygga. Trädgården var välskött med naturtomt växlat med en klippt gräsmatta och några rosrabatter. Åke kom ut på gårdsplanen och de gick till en berså, där han hade dukat upp med kaffe och fralla. Hembakat påpekade han och antydde därmed att han inte hade några lata stunder som pensionär.

Efter en del småprat om väder och annat, kom de till slut fram till Tomas egentliga ärende. Åke kunde berätta att de var tre som brukade träffas ibland och äta något gott och därefter spela kort. Det var han, Erik och Jan-Ove Lundin. För det mesta blev det en gång i månaden, men ibland fick någon av dem förhinder och då flyttade de på dagen helt enkelt. De hade ju tid, alla var pensionärer. Dessutom hade de ingen att ta hänsyn till längre, Jan-Ove var frånskild, Åke och Erik änklingar.

   - Den dagen när flickan som varit hos Erik och sålt några jultidningar försvann spårlöst, hade ni tydligen en pokerkväll här hos dej?

   - Det stämmer. Erik kom hit, ja han körde själv med den bilen du har nu. Han berättade att han köpt jultidningar av en flicka, som han tyckte var så trevlig. Jag minns att han sa att det var roligt med ambitiösa ungdomar. Det var så han uttryckte det.

   - Hur verkade han, var han stressad eller nervös?

   - Nej, absolut inte, han var precis som vanligt, det kan både jag och Jan-Olov intyga. Det sade vi också till polisen. Det var sorgligt att man misstänkte Erik, men man förstår ju deras resonemang, för han var den siste som såg henne i livet. Ja, förutom den som dödade henne.

- Har du egentligen någon aning om vem som kan ha dödat henne, kroppen hittades ju nu i veckan?

- Det går en del rykten, men jag vill inte föra dem vidare. Vi bor ju flera kilometer från Björketorp. Nej jag har ingen aning.

- Känner du till Gösta, han som har någon sjukdom och har svårt att tala? Han bor där i området.

- Erik pratade om honom ibland, de kände varandra bra tydligen. Inte så att de träffades, men Erik kunde få honom att lära sig saker. Han köpte för övrigt en kamera åt honom, minns jag. Men han var väl lite udda har jag förstått.

Tomas funderade på vilket sätt han var udda, mer än att han hade den där sjukdomen. Han tänkte på fotot av cykeln i vattnet, men slog bort tankarna igen.

- Minns du att en flicka drunknade här i Arild för många år sedan? En olycka sade man och avskrev ärendet?

- Nog minns jag. Vi hade just flyttat hit till Arild och tillbringade första sommaren här. Vi var väl nästan femtio båda två, min hustru och jag. Vi kände inte så många då, men tyckte det var hemskt det som hände den där flickan. Väldigt sorgligt.

Åke sjönk in i egna tankar, som om han sökte i minnets gömda vrår. Hans buskiga ögonbryn drogs ihop.

- Jag minns nu att hon hette Emma, jag hade sett henne några gånger, en rar tös som bodde hos sin mormor den sommaren. Hon var tillsammans med några andra ungdomar som brukade träffas nere i hamnen på kvällarna, minns jag.

Jag såg dem ibland när jag hade varit ute med båten och vittjat fiskenäten och lade till vid min båtplats. Trevliga ungdomar kommer jag ihåg. Ibland kom de fram och ville prata en stund.

- Minns du de andra ungdomarna?

- Nej, så långt sträcker sig inte minnet längre, även om man har lagrat en del här uppe, sade han och pekade på huvudet.

- Förresten hörde jag på nyheterna nu på morgonen att man hade tillsatt en ny utredning av Linas fall. En man från Malmö skulle vara stationerad i Höganäs och leda den därifrån.

Tomas tackade Åke för fikat och pratstunden och reste sig för att gå. Åke följde honom till bilen.

- Förresten, hur gör du med torpet? säljer du till Wallman?

Frågan överraskade Tomas, men förstod att Erik kanske berättat om byggmästarens planer.

- Jag har inte bestämt mig ännu, skall fundera en vecka till.

- Erik och Wallman blev osams, kan jag berätta för dej. Wallman hotade till och med att göra livet surt för Erik om det inte blev någon affär. Han hade nämligen fått ett skambud.

- Oj, det visste jag inte något om, det var verkligen en överraskning. Vad var det för pris och vad hotade Wallman att göra?

- Den som det visste, det fick vi aldrig veta. Erik dog hastigt strax efter. Det var sorgligt, jag saknar honom. Han pratade om dej ibland, om att du skulle ärva honom bland annat.

På hemvägen gick tankarna på hur komplicerat livet kunde vara. Människor som egentligen är i behov av att ha gemenskap med andra, lever i ensamhet utan att någon reagerar. Han skämdes för att inte tagit kontakt med sin farbror, men samtidigt var han glad över att Erik haft några vänner att umgås med. Men hur var det för Ted och Gösta? De tycktes inte ha några nära vänner som brydde sig om dem.

Tomas svängde bort till *Kajkanten* för att äta lunch innan han gjorde ett besök hos Gösta, som han lovat. Han bestämde sig för att kontakta Ted också, innan han packade ihop sina pinaler inför morgondagens hemresa.

20

Teds mor blev allt sämre och svagare för varje dag som gick. Han skulle snart vara tvungen att få in henne på sjukhus, eller i varje fall till en vårdcentral för undersökning. Hon hade hostat nu i över två veckor och febern ville inte ge med sig. Han hade köpt hem medicin och tabletter till henne, men ingenting hjälpte. Hon pratade inte längre om Lina, vilket retade Ted. Snart var det dags för begravningen och han våndades inför den. Det hade blivit ett heldagsjobb att ta hand om allt, mat, tvätt och ibland städning. Trädgården hade förfallit, liksom huset, som var i stort behov av målning. Några takpannor hade blåst ner i senaste vårstormen och inte kommit på plats igen.

Han var inte så duktig på matlagning, men hade lärt sig hjälpligt, så att han kunde laga till en måltid åt dem varje dag. Det fanns många bra recept på nätet som han försökte följa, men var dålig på att planera inköpen. Han var tvungen att cykla ända bort till Jonstorp för att handla och hade ofta missat något tillbehör, som skulle ingå i den tänkta maträtten. Så det blev till att improvisera för det mesta, men det var ingen som klagade. Hans mor berömde honom alltid och sade att det var gott. Hennes insjunkna ögon lyste av tacksamhet i det rynkiga ansiktet, men för varje dag som gick åt hon allt mindre. Några frågade hur de hade det hemma, de få gånger som han råkade möta någon han kände. Han svarade alltid att allt var bra, då tycktes de bli lättade och slapp att fråga mer. Han ville inte ha något medlidande från någon, ingen förstod honom ändå.

Arbetet med reklamutdelningen hade han fortfarande kvar och utförde sitt jobb på sena kvällar. Det var skönt tyckte Ted, han var oftast ensam ute vid den tiden på dygnet. Men nu på sommaren hade husägarna semester och höll på i sina trädgårdar med grillfester till långt in på natten. Det var inte så många som var bortresta denna sommaren upptäckte han.

Tyvärr var det inte läge att göra några inbrott just nu under den ljusa årstiden, han hade beslutat sig för att vänta några månader. Men pengarna började sina, hans mors pension var låg, liksom hans inkomst, men det gick ingen nöd på dem. Inte ännu.

Ted tänkte på Tomas som övertagit Eriks stuga och ville gärna besöka honom igen. De hade kommit bra överens till slut den natten och Tomas hade sagt att han gärna fick komma tillbaka. Ted litade på hans ärlighet, den var inte förställd. Men Tomas skulle tydligen inte stanna så länge här nere, så han skulle försöka gå dit ikväll. Han ville prata med honom om den nya utredningen av Linas död, som de sagt på nyheterna. Kanske skulle de komma på något som kunde hjälpa dem att hitta hennes mördare. Antagligen skulle den där utredaren höra av sig snart, Ted hade inte gett upp hoppet.

21

Wallenbergare med mos var dagens rätt på *Kajkanten.* Tomas satte sig utomhus på verandan, där det var behagligt svalt. Han hade knappt ätit något av salladen som obligatoriskt ingick i priset, förrän den trevliga servitrisen kom med maten. Sin vana trogen dröjde hon sig kvar medan Tomas högg in på maten. Han såg upp på henne med en frågande blick.

- Ursäkta om jag är påflugen, men skulle du vilja komma hem till mej ikväll på ett glas vin och något tilltugg? Det skulle vara trevligt. Jag heter Annika förresten.

Tomas blev helt paff över inbjudan och visste inte vad han skulle svara. Vid närmare eftertanke hade han inget för sig och det kunde vara trevligt att tillbringa kvällen med en vacker kvinna, tänkte han. Inom en minut hade han tackat ja och fått hennes adress.

När hon lämnat honom ifred med maten började han fundera på varför hon var så angelägen att träffa honom. För han kunde inte tänka sig, att han hade visat upp sin charmiga sida och stött på kvinnan. Kanske kände hon sig ensam bara och tyckte att han var ett lämpligt sällskap en sommarkväll, när hon var ledig från jobbet. Han kunde inte komma ifrån det faktum, att under samma vecka hade två kvinnor bjudit hem honom. I Saras fall var det affärsmässigt, vad Annika hade för avsikter hade han ingen aning.

Tomas såg Martin Wallman och antagligen några affärsbekanta iförda kavajer inne i restaurangen. Wallman gestikulerade och pratade, men Tomas kunde inte höra vad som sades. Vid ett bord längre bort på verandan såg han Milan sitta och äta med sin pappa och en kompis till honom. De var upptagna av en lågmäld diskussion och märkte inte att Milan hade fått syn på Tomas. Han sade något till Danilo, som tittade upp och nickade åt Tomas och lät grabben gå från bordet. Milan kom fram till Tomas och satte sig mitt emot honom.

- Hej Milan, har du lirat boll idag?

- Vi var en stund på träningsplanen, men sen kom Sebastian och ville prata med pappa. De är så tråkiga tycker jag.

Tomas visste inte vad han skulle säga och tyckte synd om Milan. De pratade en stund om vilka lag och spelare som Milan gillade och han sken upp, när någon intresserade sig för honom. Innan Tomas gick till kassan, frågade han Danilo i förbifarten om han fick bjuda Milan på en glass. Deras samtal tystnade tvärt när Tomas ställde frågan. Danilo verkade orolig för något, men samlade ihop ansiktsuttrycken och gav tillåtelse till glassen. Han log men leendet nådde inte hans ögon. Annika var upptagen med att servera, så han betalade för maten och lämnade restaurangen och Milan gick motvilligt bort till sin pappa.

Tomas körde den korta sträckan bort till Göstas hus och knackade på dörren, men ingen öppnade. Han smög runt på baksidan och kikade in i ett av fönstren. Det var låst och tillbommat överallt, tydligen var inte Gösta hemma. Det lilla huset hade sett sina bästa dagar, putsen på väggarna hade släppt på några ställen och vindskivorna såg ruttna ut. En smal grusgång, som en gång kanske varit kantad med blommor, delade naturtomten. Ett övergivet trädgårdsmöblemang med slingrande murgröna höll sakta men säkert på att försvinna i djungeln. Vid ett litet redskapsskjul med utbyggt plåttak fanns en samling ved, inte staplat i en trave, utan samlat i fyra stora jutesäckar. Hur kan någon bo så här, tänkte han.

Just som han kommit till bilen ringde mobilen, Okänt nummer. Först hade han inte tänkt att svara, men ångrade sig, det kunde ju vara bilfirman eller kanske Ted, som ville prata. Men det var ingetdera visade det sig. Mannen som ringde presenterade sig som Jonas Niska och var mordutredare, stationerad vid Höganäspolisen för ögonblicket. Han berättade om sitt uppdrag att försöka lösa omständigheterna kring Linas död, som han uttryckte det. Jonas lät trevlig och enkel att prata med, Tomas gissade att han var i övre medelåldern och var den man kunde undvara från alla vålds och sprängningsutredningar i Malmö just nu.

- Jag har kontaktat Linas bror Ted och vill prata med honom för att bilda mig en uppfattning, och för att själv se platserna som nämns i det gamla materialet. Ted ville gärna träffas hos dej, om du inte har något emot det?

Tomas blev överraskad, men samtidigt förstod han direkt Teds oro, för att själv ytterligare en gång gå igenom allt som hänt. Han tänkte snabbt på hur mötet skulle hinnas med.

- Jovisst, det kan gå bra, men jag åker upp till Göteborg i morgon förmiddag.

- Ok, men om vi säger klockan tio hos dig, går det bra?

Tomas gick med på det, någon timme hit eller dit spelade ingen roll för honom. Han skulle kunna vara iväg före lunch ändå. Innerst inne var han besviken över att inte Ted ringt honom.

Nästa samtal kom från Jannes Motor, som kom med ett glädjande besked. Bilen var fixad med ny startmotor och utbyte av några kablar. De kom överens om att Tomas skulle komma och hämta den klockan nio nästa dag och samtidigt lämna in sin Honda för en enkel service, under förutsättning att den kunde stå på verkstaden en vecka. Tomas hade för avsikt att köra ner då för att göra klart inför försäljningen. Om Åsa var intresserad av bilen skulle han skänka den till henne, var hans tanke.

Åsa! Han hade ju alldeles glömt bort att de skulle träffas innan han körde upp. Det hade hänt så mycket under den gångna veckan, så han hade totalt missat sitt förslag om att ses en stund. Hur skulle han nu göra? Om han först skulle köra ner till Malmö till Åsa, så hade han trettio mil hem därifrån. Det skulle gå, men det skulle innebära en ganska tröttsam körning på kvällen. En övernattning i Malmö var naturligtvis möjlig och Tomas bestämde sig efter en stund för att ringa till Åsa.

Det plingade till i mobilen. Det var ett SMS från Ted, som undrade om det var ok att träffa Jonas Risk hemma hos Tomas. Ted undrade också om Tomas var villig att hjälpa honom att ordna med begravningen av Lina. Jonas Risk hade sagt att de snart skulle kunna hämta kroppen. Tomas kände sig både glad för att Ted hade hört av sig, om än bara genom ett meddelande. Samtidigt blev han klar över att det nu lagts en arbetsbörda på honom, genom att hjälpa Ted med Linas begravning. Han måste få tid att tänka och ville inte genast svara honom.

Han hörde knackningen på dörren men öppnade inte. Han ville inte träffa någon mer idag, han ville vara ifred med sina tankar. Hemtjänsten hade varit där på besök med någon äcklig mat, som han inte ville äta. Spättafilé med remouladsås och potatis. Hur många gånger hade han inte förklarat att han inte gillade spätta! När han tänkte efter hade han kanske inte direkt sagt det, men de borde förstått ändå. Det verkade inte som att någon förstod honom.

Gösta ångrade att han visat bilden för den där mannen, som bodde i Eriks stuga. Som om han skulle kunna ersätta Erik. Men Tomas hade varit vänlig, det kunde han inte förneka, men han måste vara försiktig. Han hade fler bilder och teckningar, som skulle avslöja mycket av det som alla gick och undrade över. Men ingen brydde sig om att fråga honom, så de fick väl själva komma underfund med sanningen om Linas död.

Gösta hade sett att mannen gick runt huset och till och med tittade in genom det smutsiga fönstret, innan han gick därifrån. Kanske skulle Tomas komma tillbaka en annan dag och då skulle han kanske öppna. Men nu ville han och Bertil vara ifred.

Han hade hört vad de kallade honom i byn, *Streckgubben*! De skulle bara se hans teckningar, så skulle de snart sluta. Folk trodde nog att han var dum i huvudet, för att han inte gått i vanlig skola, utan fått genomlida hjälpklasser under alla år. Men han hade läst i böcker på biblioteket när han var yngre, där hade han kunnat sitta och läsa flera timmar i många trevliga, läsvärda böcker. Han hade lärt sig mycket.

Hur många av hans jämnåriga visste till exempel hur många kattarter det fanns i världen? Fyrtio stycken, om de frågade honom. Men det var det ingen som gjorde. Eller kunde svara på hur långt avstånd det var till solen. Det visste han, han hade läst det i gamla tidningar, som hans far en gång sparat och som han själv nu nästan läst sönder.

Han bredde sig en smörgås, satte sig i den bruna, nötta soffan, som hade hängt med de senaste fyrtio åren. Han gav Bertil lite kattmat och satte på TV:n. Det var dags för rapport, som följdes av Sydnytt. Förutom en skjutning i Malmö, vilket upptog det mesta av programtiden, talade man också om att man tillsatt en utredning om mordet på Lina i Nordvästra Skåne.

23

Annika bodde på Krusbärsvägen i centrala Jonstorp och vägrade flytta därifrån, även sedan hon blivit ensam. Hennes man dog i cancer för snart tre år sedan, berättade hon och avslöjade samtidigt, att han hade stora alkoholproblem under stora delar av deras äktenskap. En dotter flyttade ur huset tidigt och var nu bosatt i Stockholm. De träffades sällan, men höll kontakten per telefon en gång i månaden.

Tomas hade med sig en flaska vin och fick en lätt kram. Solen hade gått i moln, den vanliga sköna sommarkvällen tycktes utebli, så de satte sig i husets trevliga uterum, fyllt av växter och blommor. Han var glad att han inte köpt någon blomsterbukett, som hade varit lika fel som att köpa kakor till en bagare, förstod han. Uterummet var inte den vanliga kuvöstypen, med glaspartier från golv till tak runt om, utan hade tegelväggar nederst och med fönster ut mot trädgården, som var välskött. En robotklippare kilade runt på gräsmattan.

Annika strålade med hela ansiktet och Tomas lade märke till kindernas smilgropar när hon skrattade. Ändå fick han en konstig känsla av att hans beslut var fel. Vinet smakade bra, de små pajerna var utsökta, tydligen var hon duktig på matlagning. De hade lätt för att kommunicera med varandra och hon fick Tomas att berätta om sitt liv, även om han inte berättade alltför ingående om sina misslyckanden. Att han hade ärvt Erik Larkes stuga hade hon helt klart för sig, rykten sprider sig, sade hon och skrattade. Hon fyllde på glasen, det började skymma ute och Annika tände stearinljus som det fanns massor av i rummet. Ljusen flämtade i den inströmmande sommarbrisen och lämnade skuggor i grönskan. Han hade inte tidigare lagt märke till en svag musik, som kom någonstans ifrån, kanske hade hon bara obemärkt tryckt på en knapp.

Stämningen blev plötsligt laddad, något han inte riktigt var beredd på. Det var först när de satt sig i soffan, som han blev klar över vad som höll på att hända. Hon kröp närmare honom och han kunde inte värja sig. Vinet gjorde sitt till, Tomas kände att han inte skulle kunna motstå henne längre. Hon luktade gott när hon vände sig mot honom och lät sina läppar nudda vid hans.

Just då ringde han mobil, förtrollningen var bruten.

Tomas såg att det var Åsa och ville inte missa att prata med henne. Han gick ut i trädgården för att inte avslöja vad de pratade om. Tomas hade sökt henne tidigare, men inte fått kontakt. Efter en stund kom de överens om, att de skulle ändra alla tidigare planer. Åsa skulle ta tåget till Helsingborg under morgondagen och vara där efter lunch, då Tomas skulle infinna sig vid Knutpunkten och hämta henne. Hon ville så gärna tillbringa helgen i Kullabygden, sade hon och Tomas var glad över att få träffa sin dotter. Han skulle kanske ändå behöva några dagar till, för att hjälpa Ted med begravningen och han hade ju fortfarande semester. Han måste lära sig att vara flexibel.

Han återvände till Annika, som höll på att duka av. Hon gjorde ingen min av att var sur över att de blivit störda. Hon dukade fram kaffe och efter ett något mer lättsamt prat, kom hon fram till sitt egentliga ärende. Tomas började inse, att allt var noga planerat, för att få honom dit hon ville. Nu hade de blivit avbrutna och det var ännu inte läge att återgå. De kände båda att det inte var möjligt. Tomas insåg med ett mått av självaktning, att han måste vara dubbelt så gammal som hon och förstod inte vad han inbillade sig. Han måste skärpa sig.

Annika berättade att hon var dotter till Martin Wallman, som Tomas träffat tidigare i veckan. Han var en betydande entreprenör i bygden, med uppdrag och projekt lite varstans. Nu skulle man ha en jubileumsfest på idrottsplatsen om tre veckor, i slutet av juli, med många arrangemang, musikartister, serveringstält med öl och mat med mera. Eftersom Tomas var skribent, skulle hon vara mycket glad över, om han ville skriva en artikel om hennes far lagom till den stora festen, där han skulle få en utmärkelse av kommunledningen.

Tomas studerade henne medan hon pratade sig varm om sin käre far, den store Martin Wallman. Han märkte först nu, att det faktiskt fanns likheter mellan far och dotter, inte bara till utseendet, utan också till sättet att prata och framföra sina argument sakligt. Han förstod att det hela tiden varit hennes avsikt, att först få honom svag och sedan komma med sina förslag på ett smidigt sätt. Nu hade rollerna fördelats och han kände sig lite i underläge. Trots det, så kittlade det hans nyfikenhet som journalist att få skriva något, om han ändå skulle tillbringa några dagar till här nere. Hon hade säkert tagit fram alla fakta, så det skulle inte innebära alltför mycket arbete.

 - Jag har pratat med HD, de ställer sig villiga till att du skriver artikeln och lämnar in den till tidningen. Du skall givetvis få en ersättning för besväret, vi skall nog komma överens.

Vad belöningen skulle bli avslöjade hon inte. Sommarnatten var sval och doftade syren, som ännu inte var utblommad. Våren hade varit ovanligt sen och kall och därför blivit förlängd till fram i försommaren. Fåglarnas sång hade tystnat när Tomas strax före tolv kom hem, efter att medvetet kört på de lokala vägarna till sin stuga. Medvetet, eftersom han misstänkte att han inte skulle klara ett alkoprov vid någon poliskontroll på länsvägen.

Han hade kommit överens med Annika, att skriva en artikel inför jubileumsdagens festligheter och hade fått tre A-fyra sidor med uppgifter om vad hennes far, Martin Wallman hittills åstadkommit i livet. Han ögnade hastigt igenom det hon skrivit och såg att han var innehavare av fyra bolag:

Wallman Bygg, Betula AB, MW Invest och MW Holding. De två senare hade tydligen med pengaplaceringar att göra. Att Betula syftade på Björketorps projektet var han, trots den sena timmen klar över. Sen följde en rad styrelser som Wallman var suppleant i, dessutom var han tydligen kommunpolitiker för Centern och hade varit en av de krafter som verkat för att centralortens hockeyklubb inte skulle flyttas till Höganäs, utan stannat kvar på orten. Han var starkt involverad i by och företagsföreningen och styrelsemedlem i idrottsföreningen. Wallman var helt enkelt en levande reklampelare för bygden.

Enligt uppgift, vilket man kunde ana var Annikas ord, var Martin Wallman en person som startat med två tomma händer efter sin ingenjörsexamen och som nu, efter tjugo år i branschen hade etablerat sig mycket väl i Kullabygden, med sina byggprojekt.

En kort personbeskrivning berättade att han ursprungligen var från Stockholm, men fastnat för denna del av Skåne, stannat kvar, gift sig och hade två vuxna barn.

Tomas lade papperen åt sidan och tänkte att det fanns några luckor i texten som skulle fyllas. Han somnade nästan direkt.

24

Natten hängde kvar i honom. Han hade sovit som en stock i åtta timmar och klockan visade på halv nio. Det blev en snabb dusch och en ännu snabbare mugg kaffe. Femton minuter senare var han på väg till Jannes Motor. Han bytte bilar efter att betalat närmare tre tusen kronor för arbetet med startproblemet. De två anställda var sysselsatta med att fixa en bilmotor i en rostig Ford. Magnus tittade upp, men hälsade inte. En halvtimme senare var han hemma och blev överraskad över att Ted redan hade kommit.

Tomas dukade fram frukost till dem, han förstod att Ted inte ätit något på morgonen. Mycket riktigt, han glufsade i sig av både fil och smörgåsar. En stund senare dök Jonas Niska upp och blev serverad kaffe i en blommig mugg.

Jonas Niska var som väntat en man strax över sextio, gissade Tomas. Dialekten tycktes komma någonstans från Norrland, kanske rentav från Kiruna, om man skulle analysera den. De skarpa konturerna i ansiktet fick honom nästan att se ut som en seriefigur, men Tomas anade en skärpa hos mannen, som nu var tillsatt som ensamutredare i mordet på Lina. Niska satte på sig läsglasögon och tog fram sina papper ur den svarta portföljen. Han började med att tacka för att de båda ställde upp med kort varsel för att bistå honom, som han uttryckte det. Han fortsatte med det som var känt sedan tidigare, Linas försvinnande efter att hon varit i just i detta huset.

Han såg sig hastigt omkring. Upptäckten av cykeln och efter en tid kroppen, som flöt upp i närheten. Efter det hade inget hänt, inga spår efter förövaren, inga misstänkta heller, bara en massa frågor om vad som egentligen hänt den där dagen.

Niska poängterade att han var ensamutredare i fallet, eftersom resurserna var ytterst begränsade för tillfället. Tomas tänkte säga att det borde tillsättas fler poliser, men höll tyst. Han ville inte komma med några pekpinnar i det här läget. Framförallt inte till Jonas Niska. Utredaren poängterade att det var viktigt att få tips från allmänheten om man sett något, eller visste något som kunde vara av värde. I detta läget var allt välkommet, det hade han också sagt i en intervju till SVT.

- Vi har hittat DNA som vi skall följa upp, de är skickade på analys och är väl klara om några dagar, sade Jonas.

- Om ni har något nytt att berätta, vill jag gärna höra det nu.

Ted var blek i ansiktet och verkade påtagligt spänd. Han satt och stirrade ner i golvet, det var som om han helst ville därifrån. Det var Tomas som till slut yttrade sig.

- Det finns en man i närheten som heter Gösta. Jag träffade honom vid Svanshalls stenbrott där Linas cykel hittades i vattnet, några dagar innan kroppen flöt upp. Det märkliga var att han hade ett foto, som han tagit av cykeln, när den låg i vattnet.

Niska såg på Tomas och funderade en stund.

- Men, då måste vi prata med honom, har du adressen?

- Det är komplicerat, Gösta har en sjukdom som gör att han knappt kan prata, eller han pratar inte gärna med främlingar kan man säga. Att jag lyckades få något ur honom var ett under, kanske för att jag träffat personer med samma problem, i mitt yrke som journalist. De säger bara enstaka ord och bara om de själva vill.

- Skulle du vilja ta på dej uppgiften att prata med honom och rapportera till mej? Kanske försöka ta ett fingeravtryck på något han rör vid, föreslog han.

Tomas förstod, att han inte skulle kunna ta sig hem till Göteborg den närmaste veckan, nu hade han flera uppgifter som väntade. De kom överens om att Tomas skulle ringa, så fort han hade något att berätta, vad det än var. Jonas Niska hade inte mer att tillägga, ville bara köra i området för att få en klarare bild.

- Förresten, jag har också fått uppgiften att följa upp ett gammalt fall, där en flicka drunknade utanför Arild. Det är visserligen tjugo år sedan, men om det är mord är inte fallet preskriberat. Även där finns DNA som inte blivit kollat. Man kan heller inte utesluta samband mellan fallen.

- Tjugofem.

- Just det, tjugofem år var det.

Tomas förstod direkt vilket fall han syftade på. Det kunde knappast vara fler katastrofer som inträffat i de här trakterna, tänkte han. Han ville inte avslöja vad han visste ännu, det kunde de ta en annan gång per telefon. Han måste prata med

Micke om hans systers drunkning och skriva upp alla namn som han nämnt. Men att det skulle finnas några samband mellan fallen verkade osannolikt. Han trodde inte heller att Gösta skulle ha något med Linas död att göra.

När Niska gått drog Ted en lättnadens suck. Han hade fått nog av polismakten och ville bara begrava sin syster och lägga allt bakom sig. Helst av allt skulle han vilja flytta från trakten, fly från alla hemska minnen, men det var inte så lätt, han hade sin sjuka mor att tänka på också. Innerst inne förstod han inte hur allt skulle kunna ordna upp sig i hans liv. Han var handlingsförlamad och oförmögen att tänka klart längre. Han hoppades att Tomas skulle bli den vän han behövde.

   - Vet du något som du inte har berättat, Ted? Tomas såg på honom med forskande ögon.

Han kände sig besvärad när Tomas frågade så där direkt. Han hade snott den där mobilen, i vilken det fanns några konstiga SMS. Mobilen låg i tryggt förvar hemma. Men han ville inte avslöja att han stulit den.

25

Intill muren vid kyrkan i Jonstorp låg i mitten av 1800-talet ett slags ålderdomshem, som kallades för "Stackalehuset". Det var inget fattighus, utan innehöll bostäder för nödställda och för de som hade en originell läggning. Det var människor ur arbetarsamhället, drängar och pigor, som tjänat sitt uppehälle, men som nu var på avskrivning. Huset låg så nära muren att det bara var en smal stig mellan.

Den låga byggnaden hade många dörrar, eller halvdörrar och små fönster. Jordgolv tycktes vara gott nog därinne i bostäderna. De som var något "bättre" än de övriga fick bo närmast landsvägen. Varje söndag vid besök i kyrkan uppmanades de som var underhållsskyldiga, att ta med mat till de fattiga i "Stackalehuset" på stora lerfat. Här bodde under en tid bland andra "Dromma-Andersson", Tobaks-Maja", "Otta Stina" och "Petter med kruset", som vandrade med ett krus med hoptiggda matvaror. En kall februarinatt hittades han på vägen mellan Bläsinge och Rekekroken. Ihjälfrusen.

Allt detta hade Teds morfar berättat för honom, när han var liten. Han hade blivit så gripen av berättelsen, som följt honom genom åren och nu när han var på väg in i vuxenlivet, funderade han extra mycket på den. Visserligen hade människor det mycket bättre nu, men han förstod också att många hade det svårt med jobb, ekonomi och tak över huvudet. I städerna fanns uteliggare, som haft arbete och familj en gång, men av olika anledningar mist allt.

Se alltid till att du har ett jobb, hade morfar sagt den där gången. Morfar var en klok människa, Ted saknade honom. En trötthet föll över honom, en känsla av tomhet.

Han måste försöka hitta ett ordentligt arbete snart. Reklam-jobbet gav inte så mycket, nu på sommaren kunde han arbeta hos bärodlarna, som inte fått hit de utländska plockarna i år. Men till hösten skulle det bli sämre inkomster. Ted ville inte att hans mor skulle behöva flytta till ett hem för gamla, med tanke på allt han hört, om alltför många som dött på vårdhem på grund av viruset.

Tanken slog honom också vad som skulle hända om hon dog och han blev ensam kvar. Han var inte säker på hur han skulle klara sig då. Hennes torftiga pension skulle sluta upphöra, kanske måste huset säljas och han skulle behöva hyra någon-stans. Men pengarna skulle inte räcka i evighet kunde han räkna ut, även om matte inte var hans bästa ämne i skolan.

Se till att du att du har ett jobb. Orden lämnade honom ingen ro. Men hur det skulle gå till visste han inte. Kanske kunde To-mas komma med något råd till honom. Utan utbildning skulle han vara chanslös, förstod han. Teds skolkamrater var på väg ut i arbetslivet, efter studier på gymnasium och högskolor. Han hade visserligen inte pratat med någon av dem, men han hade hört berättas.

Kanske borde han sagt något om mobilen, inte för polisman-nen, men kanske till Tomas. Han skulle säga att han hittat den av en slump och inte visste vems det var. Men han visste att ägaren fanns i den stora villan där byggmästaren bodde. Han hade tryckt bort alla meddelanden i mobilen genast, för att ingen skulle kunna bevisa något. Han visste hur man bytte SIM-kort, så nu var det hans egen mobil.

Byggmästarens son var några år äldre än Ted, som sett Magnus i en bil ganska nyligen. Visserligen begagnad, men han kunde fixa med den själv, eftersom han arbetade på en bilverkstad. Ted märkte hur skillnaderna mellan honom och andra ungdomar ökade. Själv hade han bara morfars gamla moped, som han övertagit när den gamle dog. Men den fick duga, sommartid var det inga problem, men när vintern kom och snön yrde över vägarna skulle det bli värre. En gång var han tvungen att lämna in den för reparation, som kostade honom onödigt mycket pengar. Det var Magnus som fixat den åt honom på verkstaden, men han hade inte sagt ett ord, eller ens visat att han kände igen Ted.

26

Sommarens tryckande värme lade sig över bygden och gjorde den dåsig. Vattenransonering och brända gräsmattor. Hettan stannade kvar inne i husen även under nätterna, fick människor att sova dåligt, allt tycktes pulsera. Man inbillade sig att sommaren skulle vara för evigt och sökte sig till skuggan på dagarna.

Cecilia var en av dem som hade svårt att sova. Inte för värmens skull, hennes man hade installerat A/C i hela huset, som höll behagliga tjugoett grader. Det var av andra orsaker hon drog sig för att gå till sängs, bara för att vakna genomsvettig efter någon hemsk mardröm. En lång tid hade hon hållit dem på avstånd med hjälp av tabletterna, som hon fått utskrivna efter sin senaste vistelse på behandlingshemmet. Där hade hon fått hjälp med att mota bort demonerna med rätt sorts träning och hade till slut vågat somna om kvällarna. Men nu hade de kommit tillbaka.

Den händelse som startade mardrömmarna denna gången, kunde hon med säkerhet säga var, när hon upptäckte den döda flickan i vattnet. Hon hade inte vågat säga något till sin familj om det hemska, men ganska snart blev det känt vem det var som hittats. Inte med en min hade hon avslöjat att det var hon som först såg kroppen, inte ens för sin son. Hon hade läst i tidningen om utredningen, som betecknade det som ett mord. På natten hade hon den första hemska drömmen, som nu förföljde henne även på dagarna. Ibland tog hon dubbla doser av tabletterna och ringde till sin läkare för att få fler utskrivna. Men han vägrade. Hon visste inte vad hon skulle ta sig till längre och anade att hennes man snart skulle föreslå en ny vistelse på behandlingshemmet.

*

Danilo ville vara en bra pappa till Milan. Under veckan som gått hade de haft roligt tillsammans, badat, spelat fotboll och kollat på filmer på kvällarna. Visserligen blev det lite si och så med maten, han var ju inte världens bästa kock, men det gick nog ingen nöd på grabben. Men ibland hade han märkt att Milan fick ett ledset uttryck i ansiktet och Danilo undrade varför. Egentligen visste han innerst inne att anledningen var Sebastian, som de träffat under lunchen på *Kajkanten.* De hade haft en häftig diskussion om pengar, som Danilo var skyldig honom. Danilos spelsystem på V75 hade inte slagit väl ut, han kunde inte förstå hur de hästar han spikat i systemet kunde svika.

Nu hade han tomt på pengar, hyran skulle betalas och han såg drömmarna om Milans och hans fotbollsresa försvinna i fjärran. Sebastian hade gett honom två veckor att betala. Hur han skulle lösa det stod skrivet i stjärnorna. Tiotusen plus hyran om en vecka var mer än han kunde trolla fram. Kronofogden skulle snart flåsa honom i nacken, för att driva in räntor på de dyra kreditlån han tidigare tagit. Danilo vågade inte gå till sina föräldrar och be om hjälp, han visste redan svaret.

Hans kompis Kahled i Helsingborg hade en stor grej på gång,

123

som skulle ge bra med pengar hade han sagt och ville ha med Danilo på den. Vad det var hade han inte berättat ännu, men hade ringt och tjatat på honom. Danilo var tvungen att bestämma sig, annars gick chansen till någon annan.

Milan satt med sin Ipad i soffan och kollade på något. Han såg på sin son, som var alldeles uppslukad av *Snigeln Bob*. Så skönt att kunna vara så obekymrad. Han mindes knappt att han själv någonsin haft den friheten, med allt han och familjen gått igenom. Flykten från kriget, anpassning till det nya landet, skolan och helt nya livsbetingelser med krav och skyldigheter.

Han tog sin mobil och gick in i det andra rummet och slog en signal till Kahled.

27

Tomas såg bussen svänga ut från hållplatsen. Han lastade in två kassar med mat, som han handlat på ICA och startade bilen. En person kom springande framför bilen och viftade frenetiskt för att göra busschauffören uppmärksam. Men det hjälpte inte, han hade tydligen inte sett henne och körde iväg med ett fåtal passagerare. Tomas såg att det var Bim på ICA och hissade ner fönstret.

- Där hade du otur. Skall du möjligtvis till Helsingborg, kan du få skjuts om du vill?

Bim hoppade tacksamt in i bilen och torkade bort svetten i pannan. Hon var ledigt klädd i halvlånga byxor och en rödblommig blus, med nästan samma färg som ansiktet, efter den hetsiga språngmarschen. Hon sjönk ner i sätet med en suck och lade sin handväska i knäet.

- Jag trodde jag skulle hinna, men den idioten väntade inte en minut, fast han vet att det dröjer en timme till nästa buss. Så är det att bo här ute på landet, med dålig service för det mesta.

Tomas körde först hem och stuvade in det inhandlade. När han satte sig i bilen igen märkte han en doft, som han kände igen. Annas favoritparfym, han mindes att det var Gucci Flora. Bim hade tydligen velat dölja svettlukten med några droppar.

Hon berättade att hon skulle tura med *Aurora* tillsammans med en väninna, som hade födelsedag. Äta räkmacka och dela en flaska vin.

- Du sade att det var dålig service härute?

- Jo, men så är det väl i alla småorter som tillhör en större kommun. Kommunledningen i Höganäs vill inte i första taget släppa till pengar, för att bygga ut vård och omsorg till exempel. Allt skall centreras och pengar skall sparas. Här finns ingen vårdcentral, inte ens en distriktssköterska, så man måste åka nästan en mil in till Höganäs för att ta ett blodprov, som tar två minuter.

- Men vad jag förstått är Martin Wallman kommunpolitiker och hans parti har väl något att komma med?

- Det skall erkännas att han gör en hel del för bygden, men han är i första hand en entreprenör som vill tjäna pengar. Jag har sett hans agerande på nära håll, så jag förstår hur människan tänker.

- Hur menar du?

- Ja du, var skall jag börja? Han har gjort en del suspekta köp och försäljningar av fastigheter i trakterna, som inte har gått riktigt rätt till, har jag hört. Det har pratats om kartellbildning till exempel, som aldrig riktigt synats i sömmarna. I egenskap av politiker har han fått kommunledningen att gå med på köp av ett tomtområde som han vill bygga radhus på. Det är ju där du har din stuga, förstår jag.

- Men är inte det bra?

- Han betalade änkan Gertrud alldeles för lite, genom att du-
pera henne om hur bra hon skulle få det på *Revalyckan.* Jag
har hört att hon ångrar sig och vantrivs på vårdboendet. Hon
längtar tillbaka till sina blommor i trädgården, även om hon
får bra omsorg där på hemmet. Din farbror Erik och Martin
hade sina duster skall du veta. Erik ville inte sälja och det upp-
stod någon form av hot mot honom. Vad vet jag inte, men när
den där flickan försvann, dröjde det inte länge förrän Erik var
misstänkt för att vara inblandad. Som tur var så friades han.
Erik var bra, men dog tragiskt.

Tomas tänkte på sin farbror och förstod att det måste ha varit
några jobbiga dagar för honom, innan han tack och lov blev
rentvådd från misstankar.

De passerade musteriet i Mjöhult och *Ryssamöllan,* en väder-
kvarn som var inredd till bostad. Kvarnen hade ingenting med
Ryssland att göra, berättade Bim, utan namnet kom efter den
förste ägaren på 1800-talet, Tufve Ryss.

- Du har väl också fått ett bud från Wallman har jag hört?

Tomas visse inte riktigt om det var en fråga eller ett påstå-
ende, men med tanke på att alla hade koll på varandra i Björ-
ketorp och trakterna däromkring, räknade han med det se-
nare. Han svarade diplomatiskt att de hade haft kontakt för
någon dag sedan, men kände att han inte behövde berätta allt.

Vid Allerums kyrka gjorde vägen en skarp sväng och snart var
de ute på 111:an mot Helsingborg. Bim hade mer att berätta
om Wallman märkte Tomas, det var tydligen inte varje dag

hon fick komma med så många nyheter och nu var hon i sitt esse.

- Martin Wallman har vänsterprasslat har jag hört, det vet alla utom möjligen frun. Men det är väl bara en tidsfråga innan någon berättar det för henne.

Tomas smålog och tänkte för sig själv, att Bim nog var den som gärna skulle vilja hålla i yxan.

- Han åker förresten till Thailand tre veckor varje vinter, ensam. Vad han gör där kan man ju bara ana. Jo, förresten, han äger ett litet hotell i Hua Hin, har jag hört. Kommer hem solbränd och glänser mot oss vanliga, som i bästa fall har råd med en vårvecka på Mallorca.

- Men hans fru, reser inte hon med honom?

- Oss emellan är hon ett psykfall. Går på starka tabletter och åker in ibland på ett behandlingshem, när nerverna spökar. Tillbringar någon vecka där emellanåt och kommer hem utvilad, men väldigt skör. Nej, Cecilia är aldrig med och tur är väl det.

- Martin är ursprungligen från Stockholm har jag hört, men är Cecilia också därifrån?

- Nej, hon är från någon ort i Kullabygden, jag vet inte vilken. Hon är visst en gammal ungdomskärlek, de gifte sig när han kom hit ner och byggde huset de bor i nu. Inte långt efter föddes deras son. Men deras dotter var nog bara något år gammal då och är Martins egen dotter, från något annat förhållande.

De hade kommit fram till Helsingborg och Tomas var tvungen att koncentrera sig på trafiken och ville inte fråga mer under körningen. Han tänkte på vad hon nyss sagt och på hur lika Annika och hennes far var, både till sätt och utseende. Han parkerade och Bim tackade för skjutsen och sällskapet.

- Är du uppvuxen i Kullabygden och känner människor från din ungdomstid?

Tomas var nyfiken på om hon visste om Emmas drunkning för tjugofem år sedan, men ville inte ställa en direkt fråga. Han antog att Bim var tio år äldre än både han och Micke, så det kunde vara fullt möjligt att hon visste något. Om hon hade bott i trakterna då.

- Min man och jag flyttade in i ett litet radhus i Jonstorp för tjugo år sedan, men jag har lärt känna många på grund av mitt servicejobb på ICA. Vi separerade för tre år sedan och jag bor kvar. Trivs jättebra, men saknar en karl ibland.

Hon skyndade iväg uppför rulltrappan för att köpa färjebiljett. Tomas hade drygt en halvtimme på sig innan tåget från Malmö skulle komma in, så han tog en snabb promenad upp mot *Kärnan* och in på gågatan. I första bästa butik för herrkläder hittade han ett par badbyxor och hoppades att de skulle passa.

Tåget kom tio minuter försenat och Åsa kom honom till mötes på perrongen Hon var blek, men såg ändå ut att ha hämtat sig efter sin sjukdom. Några dagar i solen och naturen skulle nog göra gott, tänkte Tomas och kramade sin dotter.

Båda två hade mycket att berätta för varandra, de hade ju inte setts på minst ett år, även om de sporadiskt haft kontakt per telefon. De satte sig i skuggan på Fahlmans uteservering. Det var glest mellan borden, helt enligt folkhälsomyndighetens bestämmelser. De flesta var luttrade vid det här laget och valde att ta ett eget ansvar.

Åsa ville höra hela berättelsen om torpet han ärvt.

28

Martin Wallman kände sig orolig, vilket inte hörde till vanligheterna. Det började brinna i knutarna för hans nya projekt, som var tänkt att påbörjas till hösten. Byggnadsnämnden hade gett sitt godkännande, ritningarna var i stort sett klara, bara några detaljer återstod. Om en vecka skulle de presenteras för allmänheten, intresserade skulle få teckna sig genom ett mäklarkontor i Höganäs. De var förberedda och hade lagt ut information på nätet som kommande projekt Björketorp.

Allt hade gått enligt planerna, upphandlingarna pågick, om några veckor skulle vatten och avloppsledningar anslutas och dessutom smärre vägändringar i området åtgärdas. Så långt var Wallman tillfreds, även om det inte skulle bli tal om någon sommarsemester för egen del. Det var alltför många lösa trådar än så länge som fordrade hans medverkan och han visste, att han till vintern kunde ta sin vanliga ledighet i Thailand.

Men det fanns ett orosmoment. Huset som Tomas Larke ärvt. Han hade inte fått något klart besked från Tomas, att han godkände köpesumman för stugan. Wallman hade hoppats att de skulle ha en uppgörelse innan helgen, men ingenting hade hänt. Kanske kunde han sätta press på honom, genom att höja budet några hundra tusen, men ville inte verka alltför ivrig. Men snart måste han ha ett besked, i annat fall måste byggnaderna delas upp i två sektioner, med Tomas stuga någonstans i mitten, som en hindrande barrikad för projektet. Det skulle bli betydligt mycket dyrare och han var inte säker på att kommunen då skulle godkänna hans planer.

Han hade bett sin dotter Annika om hjälp, att försöka få Tomas rätt inställd till planerna, genom att få honom insatt i vilken betydelse det innebar för orten att få igång bygget. Enligt henne hade han nappat på förslaget att skriva en spalt om hans verksamhet, tidigare byggnationer och kommande planer. De skulle snart kontakta honom från två håll och få honom att sälja. Torpet skulle rivas, det fanns inget alternativ i Wallmans värld. Nu stod han inför den största satsningen i sitt liv, sedan han kom ner till Skåne och etablerade sig med sitt byggföretag för nästan tjugo år sedan. Han var ganska nöjd med sitt liv, det var här i Kullabygden han trivdes och hade alltid gjort. Martin tänkte på Cecilia, som fanns där när han kom ner med sin dotter och bosatte sig i Jonstorp.

Annikas mor hade strax innan dött i cancer och han hade lämnat storstaden. Sedan hade allt gått fort, Cecilia hade dykt upp för andra gången och väckt känslor till liv igen. Ett år senare var de gifta och fick ett gemensamt barn. Han startade upp sitt byggbolag.

Annika hade helt naturligt svårt till en början att acceptera sin fostermor, speciellt under tonåren, men med tiden blev det något bättre i deras förhållande. Annikas tvära attityd hade slipats bort med åren och hon tänkte numera efter innan hon öppnade munnen och övervägde konsekvenserna av sitt handlande. Det var för det mesta bra, tänkte Martin Wallman. Men det berodde på situationen man befann sig i.

De satt på hans kontor, far och dotter, och pratade om den sega processen i projektet, som drog ut på tiden. Det fanns en önskan hos honom, att Annika skulle ta steget som anställd i hans bolag och vara delaktig i den ekonomiska biten. Utbildningen hade hon, men fortfarande fanns inte intresset, utan hon envisades med att ha ett enkelt servitrisjobb. Han hoppades hon skulle ändra sig så småningom, det skulle antagligen bli hon som tog över en gång. Magnus var inte intresserad, det var bara bilar som gällde för hans del, han hade inte rätt förutsättningar heller helt enkelt.

Martins fru hade fått ett återfall och inte varit sig själv under den senaste veckan. Det hade kommit som en total överraskning helt plötsligt samma dag, som flickans kropp hittades i strandkanten. Hennes mardrömmar som höll Martin vaken av oro ville inte ge med sig, hon vaknade ofta genomsvettig med ett kvävt skrik och fäktade med armarna. Han försökte lugna henne och lyckades få henne att somna om. Själv låg han vaken och undrade vad som hänt. Han hade lagt märke till, att hon börjat dricka mer och mer okontrollerat och tillsammans med tabletter blev det ohållbart. Effekten blev att det gjorde henne kraftigt oberäknelig, med trötthet och yrsel.

Cecilia hade gått med på att lägga in sig på det behandlingshem hon tidigare varit på i östra Skåne och han hade just kört dit och lämnat henne. Några dagar där skulle ge henne sinnesro hoppades han, samtidigt som han fick ro att arbeta. Nu diskuterade han och dottern den stora jubileumsfesten, som snart skulle gå av stapeln på idrottsplatsen. En fest som bevis på, att bygden skulle framstå som ett utmärkt exempel på framåtskridande och utvecklande och där Wallmans Byggbolag fanns i centrum.

  - Jag har sagt till Tomas Larke, att hans artikel måste vara i HD två dagar före festen, för att få bra effekt. *Kajkanten* kommer att sköta öl och matserveringen, som jag håller på att planera. Du får förbereda ett tal, som du kan hålla efter kommunalrådets inledning om bygdens historia och framtida planer.

Wallman log åt sin dotter och kände sig en smula lugnare. Hon hade samma drivande kraft som han själv, såg han. Samma beslutsamhet och framåtanda. Det hade anats under hela hennes uppväxt, nu vid tjugofyra års ålder märktes det tydligt.

Han satt vid skrivbordet i sitt kontor i en före detta lanthandel, som han kommit över billigt. Hundra år tidigare var det en livlig kommers i huset, som hade en intilliggande bensinmack. I slutet av 1960-talet lades lanthandeln ner, macken revs och allt började förfalla. Wallman hade renoverat huset och gjort det funktionsdugligt för den nya inriktningen. Fortfarande fanns ett utrymme i källaren, där diverse gamla saker från en svunnen tid fanns, trälådor, potatissäckar och burkar till förvaring, en gammal våg, skyltar och andra prylar som funnits i affären. Wallman hade en idé om att göra om delar av huset till museum, någon gång längre fram i tiden.

Tre kontorsrum fanns i byggnaden. Hans rum var tillräckligt stort för att ta emot en grupp på tio personer vid ett konferensbord, där ritningar nu låg utspridda. Modern konst på väggarna och en stor bokhylla med pärmar och böcker om husbyggen runt om i världen. Han såg ut över Skäldervikens vatten, som fridfullt glittrade i eftermiddagens sol. Värmen dallrade i luften. Wallman hoppades att han snart skulle få den där hamnplatsen, som han satt upp som krav. Visserligen mot en rimlig ersättning, det var det medel han brukade använda sig av, det kunde åstadkomma mycket, ansåg han. Han kände därmed en viss makt.

Båten hade han köpt från ett företag i Göteborg, fått den levererad och körklar till en tillfällig plats i Höganäs hamn. Men han ville ha den på närmare håll och kunna göra strandhugg i Bjärebygden och på Hallands Väderö. Några dagar i sommar skulle han avsätta till detta, kanske tillsammans med sina vuxna barn. Hans hustru Cecilia gillade inte båtlivet och skulle aldrig följa med.

29

Under veckan hade Tomas genom miljöombytet fått den självinsikt han länge saknat, minnen från det förflutna kom upp i ytan och gjorde sig tillgängliga att ta tag i. Hans inre konflikter som varit smärtsamma att bearbeta, hade trängts undan. Minnen, tankar och känslor hade påverkat hans liv och relationsmönster i vardagen. Nu såg han plötsligt allt med andra ögon.

Det som också bidragit till hans förändring, förutom tid för egna tankar i en avslappnad miljö var det faktum, att han nu satt med sin dotter utanför en stuga, som han på ett mirakulöst sätt ärvt. För drygt en vecka sedan fanns det inte på kartan, att han skulle befinna sig här med Åsa vid sin sida och prata om livets alla prövningar. Hon hade tillfrisknat efter sin sjukdom, som tack och lov inte hade med den fruktade virussjukdomen att göra. Han såg på sin dotter, glad över att hon ville komma.

Hon hade försiktigt avslöjat, att hon kanske tänkte sluta sin utbildning till lärare och söka in på konstfack, för att ägna sig åt konst istället. Hon hade den senaste tiden känt att läraryrket kanske inte var något för henne, men att hon alltid känt dragning till konst av något slag. Åsa såg på sin pappa för att få hans reaktion.

Tomas förflyttades plötsligt många år tillbaka i tiden, när han själv i sin ungdom berättade för sina föräldrar, att han ville bli journalist. Hans mor hade sneglat nervöst på sin man, som först blev helt tyst. Pappans ord hade inte varit nådiga. Han hade stora förväntningar på sin ende son och ville att han skulle bli läkare som han själv. Det var ett ordentligt yrke, som han uttryckte det, ett arbete som gav respekt och där man kunde utföra underverk för många människor. Han var vid den tiden chefsläkare på Sahlgrenska sjukhuset, en ansedd läkare, som alla såg upp till. Han nästan krävde att Tomas skulle söka in till läkarutbildning på något av universiteten, en utbildning som skulle ta över fem år.

Tomas vågade inte säga emot sin pappa den gången och sökte, men som tur var kom han inte in. Pappan rasade över hans oduglighet, hans dåliga betyg, som trots allt var utmärkta. Men pappans förväntningar var som alltid högre och gjorde Tomas nervös. Han flyttade hemifrån i protest och bröt all kontakt med sin far under flera år. Han ångrade sig aldrig, men var heller inte stolt över det.

Kvällen var varm och skön, de hade tänt några stearinljus även om dagens ljus dröjde sig kvar. Luften fylldes av dofter från trädgårdars ännu blommande buskar och klätterväxter, där kaprifolen dominerade. De hade under tidig kväll besökt Tunneberga Gästis i utkanten av Jonstorp och ätit en god middag. Miljön både ute och inne var oslagbar, genuint bevarad och varsamt renoverat.

Tomas hade bryggt kaffe och de lät tankarna flyga i sommarkvällen. Ganska tydligt hördes ljudet från en fiskebåt, på väg in till hamnen efter att ha vittjat näten. Myggen var inte så besvärliga än, luften var fortfarande torr efter dagens värme. Åsa såg fortfarande på sin pappa och väntade. Han funderade kanske en stund för länge, vilket gjorde henne orolig för svaret.

- Man ställs alltid inför val här i livet, så har det varit i alla tider och det är inte alltid så lätt att veta vad man vill göra med sitt liv, vad man vill ägna sig åt i framtiden när man är ung. Men en sak är säker, att man alltid skall göra sitt eget val.

Åsa såg osäkert på honom.

- Men vad tycker du egentligen, gör jag rätt?

- Ja, jag tycker du skall följa din egen känsla. Om du tycker att du vill syssla med konst, så varför inte? Om du skulle ångra dej så kommer det alltid något annat du vill göra. Man måste våga här i livet, annars springer tillfället ifrån dej.

- Så du stöttar mej om jag hoppar av och söker in på konstfack?

- Självklart gör jag det, gumman.

Åsa såg nöjd ut och smuttade på sitt kaffe. Tomas tyckte att hon plötsligt blivit så vuxen och förståndig, men det var ju längesedan de träffades och på något eller några år i den åldern händer det mycket. Han var tacksam för att han fick dela hennes tankar och känslor, något han saknat i sitt eget liv.

- Mamma och Niklas gillade inte mitt val! De blev upprörda och tyckte jag var dum, om jag inte fullföljde min utbildning.

De tjatade om hur lätt det var att få jobb, tryggt och bra och i den stilen. Jag blev sur och gick därifrån.

Tomas avstod från att berätta om sin egen dust med sin far, som hon kanske skulle uppfatta som en ungdomlig revolt mot hans föräldrar. Han ville inte heller inför dottern kritisera hennes mammas åsikter. Men han var trygg med sitt budskap till henne och hoppades att det skulle bli bra. Som om hon hade läst hans tankar frågade hon, om han alltid velat bli journalist. Han blev ställd och visste först inte vad han skulle svara.

- Jag visste att jag ville skriva, men inte vad. Efter högskolan hade jag några enklare jobb på tidningar, innan jag fick detta jobbet jag har nu. Så för mej var det rätt, jag trivs bra.

- Vad säger din kille om dina planer? Hur går det om du åker till Stockholm för att plugga och han är kvar i Malmö?

Åsa drack den sista kaffeslurken och lutade sig tillbaka. Hon fick en något bekymrad min.

- Jag har inte berättat om mina planer än för honom. Det har varit lite strul på senaste tiden, kanske var det för den inställda resan, pandemin, min sjukdom och annat. Jag vet inte hur det skall bli faktiskt. Kanske är vi alltför olika.

Tomas tänkte på sin egen situation och hur krångligt allt kunde bli i ett förhållande, om man inte kunde respektera och hantera olikheter, samtidigt som man behåller det man har gemensamt.

- Får jag fråga en helt annan sak? Du kom aldrig till morfars begravning. Det var ju längesedan, men jag har alltid undrat. Jag frågade mamma, men hon sade att jag skulle fråga dej.

Detta var tydligen kvällen när allt skulle upp på bordet, alla hemligheter avslöjas. Tomas tänkte på tiden efter att han och Jennifer hade skilt sig, när de äntligen hade delat upp allt och gått var sin väg. Tomas hade tagit för givet, att han direkt skulle få delad vårdnad av Åsa. Men det skulle inte bli så lätt och han fick hjälp av en advokat. Jennifer hade stretat emot och en dag stötte han på sin före detta svärfar på en parkering och blev totalt överraskad över hans ord.

Jennifers far hade aldrig gillat dotterns val av man. Rune var en företagare inom elbranschen och hade jobbat hårt för att nå resultat. I företaget, som också sålde över nätet, arbetade ett tjugotal anställda. De gånger Tomas var tvungen att genomlida födelsedagar och julaftnar tillsammans med Jennifer och hennes familj, var ofta en plåga. Ibland skyllde han på en förkylning för att slippa dessa familjesammankomster. Han fick anstränga sig, att se någorlunda tillfreds ut när han var med, medan svärfadern slängde ur sig spydigheter, direkt riktade mot Tomas. Jennifer tycktes aldrig märka något och senare, när de var ensamma och han hade nämnt beteendet, skojade hon bara bort det.

När Tomas och Jennifer nyss hade skilt sig, skrev han en artikel i tidningen om en muthärva i ett av de stora fastighetsbolagen i Göteborg, där en hel del oegentligheter kom upp i dagen och ledde till åtal. Han var själv ovetande om att Rune med sitt företag också var inblandad på något sätt och hade förhörts av polisen. Genom en skicklig advokat blev straffet lindrigt, dagsböter på tjugofem tusen kronor plus advokatkostnader. Den dagen på parkeringen kom Rune fram till Tomas och trängde in honom mot bilen, samtidigt som han väste fram sitt budskap. Ögonen glödde på honom.

- Du skall hålla dej jävligt långt borta från min familj! Försök inte få någon vårdnad om Åsa, för då skall du få med mej att göra, hör du det, din skitstövel? Min advokat skall se till att du förlorar.

Hans familj innebar tydligen även Tomas dotter. Ett år senare var han död i en hjärtinfarkt. Tomas mindes orden som om det vore igår. Men han kunde inte berätta detta för sin dotter, han ville inte låta henne komma i kläm mellan sina föräldrar och hennes morfar, även om han var död sedan länge.

  - Eftersom din mamma och jag var skilda, tyckte jag det var bäst att inte gå på hans begravning. Det är nog den bästa förklaringen jag har.

Åsa såg på honom och nöjde sig med svaret. Kvällen hade övergått till natt, ljuden i naturen dämpades när fåglar och djur tystnade och vilade, innan dagen på nytt skulle gry. Tomas dotter insåg också att hon behövde sova och gick till sitt sovrum, där han bäddat åt henne.

Tomas tog fram papperen han fått av Annika och gjorde en del anteckningar i kanten, medan han ännu kom ihåg vad Bim berättat om Wallman. Visserligen kunde man kanske inte helt lita på hennes ord, men någon sanning borde det finnas, tänkte han. Han bestämde sig för att intervjua några fler personer, för att få fler synpunkter.

Han satt vid köksbordet med bordslampan tänd och ett fönster öppet. Han släckte lampan när han insåg att ljuset drog in en del småflugor och mygg och var på väg till köksfönstret. Just som han sträckte sig fram inbillade han sig en skugga, som lösgjorde sig i halvmörkret utanför och försvann mellan träden. Men han var inte säker.

30

Sara hade sett att Tomas inte kört upp till Göteborg över helgen, som planerat. Hon hade sett honom på ICA när hon handlade mat, men han var redan vid kassan, så hon fick ingen kontakt med honom. Hon hade väntat på en signal från honom, om hur han tänkte angående försäljning av huset. Men han hade fortfarande inte ringt och att han stannat kvar behövde ju inte betyda att han hade lämnat Wallman något besked.

Hon kände sig rastlös. Några av kompisarna som fortfarande var singlar skulle gå på afterwork, men hon kände ingen lust. I morgon kommer min älskade Milan tillbaka, tänkte hon och kände en stor längtan efter honom. Det var med vemod hon lämnade honom hos Danilo för några dagar sedan och så fort hon gick därifrån kom tårarna. Även om hon visste att han hade det bra, så fanns ändå oron där. Oro för Danilos arbetslöshet och brist på pengar i första hand, men också för det Milan berättat, om kompisen som hade en kniv. Sara hade ringt två gånger under veckan till Milan, som tycktes må bra. Nu skulle hon snart ha semester och göra roliga saker med honom. Åka och bada, besöka Hembygdsparken i Ängelholm och träffa hans mormor och morfar, även om de fortfarande måste hålla avstånd.

Sara hade varit ensam nu i några år och ville egentligen träffa någon hon kunde dela sitt liv med. Men det hade inte funnits något utrymme för att roa sig och leta efter den rätte ännu och hon hade nästan gett upp hoppet. Hennes kompis Anna tyckte hon skulle prova en dejtingsajt, men kunde det verkligen vara något för henne? Hon hade förlorat tilliten till män, när en kollega som hon uppfattade som trevlig och seriös, visade sig vara en mytoman ut i fingerspetsarna. Efter en kort romans hade hon genomskådat honom. Samtidigt under deras förhållande hade han kontakt med två kvinnor, som var betydligt yngre än honom, en i Stockholm och den andra i Malmö. Hon hade upptäckt hans lögner och svek i tid. Kort därpå lämnade han företaget och hon stod där arg och besviken. Men ändå lättad.

Hon satt med telefonen i handen och gick igenom bilder på Tinder. Hon svepte förbi en något kraftig man med skägg, en försäljare, fyrtiotvå år, en mörk konstnär med glasögon, trettioåtta, en fyrtioårig muskulös man med bar överkropp och tatueringar. Hon bläddrade snabbt vidare, det var svårt att sluta. Hon förstod att många kände spänning, att kunna vara anonym där på Tinder en tråkig och ensam kväll. Hon letade upp en profilbild på sig själv, en bild som inte skulle kunna avslöja henne och lade upp sin sida men ändrade namnet. Hon tog en slurk vin och sökte vidare.

Hon skruvade upp volymen när de sena nyheterna på radion berättade om kroppen, som hittats i vattnet i en ort i Kullabygden.

Flickan har troligtvis mördats, alternativ dräpts och kastats i havet. Vid ena foten fanns rester av en jutesäck fastsurrad, vilket tyder på att hon dumpats i vattnet. Ännu är ingen misstänkt

Sara tänkte på Ted och hans mor och allt som de måste gå igenom. Hon kände inte Ted, men visste vem han var och hade hört, att begravningen skulle ske om någon vecka.

Hon loggade ut från Tinder, hade ingen lust längre att leta efter en man. Av någon anledning kom hon att tänka på Tomas. Han var ju ganska snygg och verkade trevlig, kanske skulle det vara mödan värt att få en dejt med honom. Men hon gjorde sig inga stora förhoppningar, snart skulle han sälja sin stuga antingen till Wallman Bygg, eller genom en mäklare, förhoppningsvis Länsförsäkringar där hon jobbade.

Solen hade gått ner bakom de stora träden för en timme sedan och skymningen började infinna sig. Hon såg på klockan. Snart elva. Hon drack upp det sista vinet i glaset och funderade på att gå till sängs. Men hon kände sig inte sömnig trots vinet, kanske var det Tinder som piggat upp henne. Sara bestämde sig för att ta en promenad bort till Tomas stuga, för att se om han var hemma. Det skulle inte ta mer än tjugo minuter att gå dit, så hon skulle kunna vara i säng runt tolvsnåret, eller möjligen halv ett.

Hon mötte inte en människa och började snart ångra, att hon gett sig ut i mörkret. Hon var tvungen att gå igenom en skogsdunge, för att komma till vägen som ledde till området, där Tomas hus fanns. Hon tänkte på Teds syster som mördats och fick kalla kårar längs ryggen. Hon såg sig om flera gånger och skyndade på stegen. Någonstans i närheten gick en trolig mördare lös, ett faktum som hon inte tidigare reflekterat över. Sara övervägde att vända om, gå hem till den trygga sängen, istället för att springa runt som en kärlekskrank fjolla. Men något inom henne sade att hon skulle fortsätta.

Sara kom ut ur dungen genomsvettig och skymtade Tomas stuga. Hon saktade ner på stegen när hon närmade sig. Hon stannade till på avstånd, när hon såg att det var mörkt inomhus.

Det satt några personer utanför huset upptäckte hon. När hon kom närmre såg hon en kvinna resa sig och gå in och strax följde Tomas efter. Hon kände ett sting av avund. Han hade en kvinna på besök! Egentligen var det ju inte så konstigt, varför skulle han vara ledig? Han har väl bett sin flickvän komma till honom, för att ha en mysig helg tillsammans, tänkte hon besviket.

Lampan tändes i köket och hon såg Tomas sätta sig vid köksbordet och syssla med något. Han väntade nog bara på, att hon skulle bli klar i badrummet och sen krypa ner hos henne i sängen. Hon visste inte varför hon dröjde sig kvar och stirrade mot honom där han satt. Han hade inte rest hem i alla fall, det var väl det mest positiva hon kunde komma på för ögonblicket. Hon stod skyddad av mörkret, inte ett ljud hördes. Sara såg att han reste sig och släckte kökslampan och gick för att stänga fönstret. Samtidigt hörde hon ett ljud av en gren som knäcktes i närheten. En skugga försvann in bland träden, kanske inte mer än tjugo meter ifrån henne. Hon blev iskall, vände sig om och skyndade därifrån.

31

Han var tacksam för att Tomas hade ordnat så, att en diakon kommit hem till honom och hans mor. Ted hade inte vetat hur det skulle gå till att ordna med en begravning och frågat Tomas. Diakonen som hette Anders, hade varit vänlig och kommit med förslag på psalmer och annat som skulle bestämmas. Han hade ordnat med en enkel kista hos begravningsbyrån i Höganäs och beställt blommor som kistdekoration på *Maritas Blomsterglädje*. Både Ted och hans mor ville ha en ceremoni där familjen, som förutom de två bestod av en morbror och moster till Ted. Begravningsdagen var inbokad till om en vecka.

Han hade just avslutat sin runda med reklamutdelning, när han kom att tänka på Tomas och undrade om han var i Björketorp, eller hade kört upp till Göteborg. Tomas hus fanns inte på hans lista över de som ville ha reklam, men han gjorde ändå en avstickare dit. Om han var hemma kunde han kanske knacka på och växla några ord med honom. Han visste att han var välkommen, men på dagtid hade Tomas sagt och insåg med en titt på klockan, att det var för sent på dygnet.

I de flesta husen var det redan mörkt, hundägarna hade för länge sedan avslutat kvällsrundorna och var nu uppslukade av sina hem. Själv var han van vid att vara uppe och ute till långt in på natten, det var då han kunde andas bättre och tänka klart. På dagen var det en massa annat att göra och då fanns inget utrymme till funderingar.

Han kom fram till stugan just som ljuset släcktes i köket och han förstod, att Tomas var på väg att lägga sig. Han stod kvar en minut, innan han bestämde sig för att gå hem. Plötsligt hörde han ett ljud och såg en skugga röra sig bland träden. På avstånd hörde han något som rörde sig i området, kanske ett djur. Ted stod som fastnaglad, vågade inte röra sig. En lång stund senare såg han någon smyga fram bakom ett träd och sakta började gå därifrån. Ted följde efter på betryggande avstånd och höll sig hela tiden i mörker. När personen passerade en gatlykta gick det upp för honom vem det var.

32

Helgen hade gått fort. Det var söndag eftermiddag och de stod och väntade på tåget till Malmö. Tomas och hans dotter hade haft en bra helg tillsammans, en helg när de kunnat prata om allt som hänt under den struliga perioden, efter skilsmässan med Jennifer. Men också om framtiden och de kände hur de kommit varandra närmare på ett bra sätt.

De hade besökt de små byarna på Kullahalvön och upplevt den kontinentala känslan som fanns där. Åsa blev helt hänförd av allt, kanske hade hon mognat och lärt sig uppskatta naturens skönhet. De hade kört kustlinjen till Skäret, Arild och Mölle och fortsatt upp till fyren, längst ut på Kullens spets. Vid Ransvik, alldeles nere vid vattenbrynet och med Mölle som en kuliss i bakgrunden, åt de lunch.

Färden gick vidare på grusvägar tvärs över halvön, tillbaka igen. Det var fortfarande varm eftermiddag, så de körde den korta sträckan till Farhultsbaden och doppade sig i Skäldervikens vatten. Trots allmänna råd om att hålla avstånd på grund av den ökande smittspridningen av viruset, var det onödigt trångt på stranden. De kände ingen lust att stanna kvar, utan begav sig hem. Tomas hade börjat tänka på stugan som ett hem efter en vecka i Björketorp.

Han hade gjort en hemlagad pizza under tiden som Åsa såg sig om bland Eriks böcker, som fortfarande fanns kvar i en bokhylla. Det var en liten samling udda böcker, mest pocket och kriminalromaner av svenska författare. Men även böcker om konst och natur. Hon fastnade för en fågelbok och bläddrade i den. Ett hopvikt papper föll ur den. Hon gick ut i köket till sin pappa och visade honom brevet. Tomas läste det som hastigast och stoppade det på sig.

Sommarkvällen var skön, de satt tysta och funderade var för sig och njöt av varandras sällskap. Tomas hade berättat för Åsa om förslaget han fått av Martin Wallman, som ville åt tomtmarken. Brevet som Åsa hittat hade fått honom att tänka till och fundera. Brevet innehöll noteringar som var skrivet strax före Eriks död och hade med Linas försvinnande att göra, men också hoten från Wallman.

Erik hade inte haft någon han kunde anförtro sig åt tydligen och ville med detta sätta sina tankar på pränt, för att en gång kunna visa brevet för någon. Men hans död kom emellan, lägligt för en viss person, anade Tomas.

- Varför behåller du inte stugan pappa? Tänk att kunna åka hit på semestrar och helger, att inte alltid höra en massa biltrafik och känna asfalt under fötterna, så fort man går ut.

Tomas tänkte på orden hon sagt, när tåget lämnade stationen med Åsa ombord. Behålla stugan?

33

Cecilia slog upp ögonen. Det var morgon och en ny dag med de sedvanliga rutinerna, som skulle börja om på nytt, konstaterade hon motvilligt. Helst av allt skulle hon vilja sova hela dagen, istället för att behöva gå på terapi, ta sina tabletter och sedan sitta och stirra ut på ingenting. Hon var som döv och blind för sädesfälten, som böljande i den varma sommarvinden där hon befann sig. Cecilia var likgiltig.

Ibland tvivlade hon faktiskt på om hon skulle bli frisk igen, komma tillbaka till familjen, kunna gå upp på morgonen, gå ut och inte behöva känna någon rädsla längre. Det var så mycket som skrämde henne just nu. I vanliga fall brukade havets rogivande brus kunna trösta henne hemma, men inte nu längre.

Cecilia hade varit på behandlingshemmet nu i två dagar och visste egentligen att Martin menade väl som hade propsat på, att hon skulle behöva vila upp sig där någon vecka. Hon hade bara nickat till svar och gjort som han ville. Hon och Martin pratade knappt med varandra nuförtiden, bara det mest vardagliga. Han kunde förstås anförtro henne sina byggplaner och låta henne få insyn i projekten, men hon slog mest dövörat till. Ibland frågade hon något, bara för att inte verka alltför ointresserad. Hon hade slutat att ta initiativ till samtal, men svarade i alla fall om han frågade något. Det var enklast så.

En gång i tiden när de var unga och förälskade, kändes det som att det inte skulle kunna uppstå något tvivel om, att de var skapta för varandra. Hon ville till varje pris att de skulle bli ett par, men i ungdomens vår följde andra romanser för honom och hon var förtvivlad och visste inte hur hon skulle få honom tillbaka. När det så en dag åter blev möjligt ville hon träffa honom, bara för att upptäcka att han hade rest tillbaka hem för att studera vidare. Det skulle dröja många år innan de träffades igen och då gav hon sig inte.

Cecilia hade inget fast förhållande vid den tidpunkten och såg det som om hennes dröm skulle gå i uppfyllelse. Visserligen hade Martin en dotter med sig och det blev inte någon lätt match, att komma överens med henne till en början. Men med tålamod hade hon gått segrande ur stridigheterna och när Annika var i de senare tonåren hade de slutit fred. Men trots det var hon Martins dotter, det gick inte att gå mellan dem på något sätt. De skyddade och hjälpte varandra och skulle inte tillåta att någon, varken i familjen eller bekantskapskretsen, utsatte den andre för kritik. De hade ett heligt förbund tycktes det och inget fick rubba det. Därför hade det blivit mor och son som höll ihop, när det behövdes, utan att för den delen skapa några större konflikter inom familjen. Åtminstone inga som märktes utåt.

Den senaste tiden hade Magnus varit ovanligt tyst och inbunden, vilket oroade henne. Hon hade hamnat här ute i ödemarken och tilläts inte ha kontakt med någon annan än personalen. Mobilen hade de tagit ifrån henne vid ankomsten. Två gånger hade hennes man ringt till avdelningens fasta telefon, men sonen hörde inte av sig.

Cecilia slöt ögonen hårt, ansiktet fick ett spänt uttryck. I huvudet var det som ett dovt åskmuller, med små blixtar utan att lämnade de mörka molnen. Samtidigt som det kändes befriande skönt att sitta så, var det också en hotfull situation hon inte kunde värja sig ifrån. När hon åter öppnade ögonen hade åskvädret dragit bort.

Magnus! Hon måste få prata med sin son.

34

Eriks brev hade fått honom att fundera på hela den bisarra situationen. Hur allt hängde ihop hade Tomas ingen aning om, men var fast besluten att gå till botten med det. Martin Wallman hade tydligen hotat Erik om han inte gick med på att sälja till honom och därigenom hindrade hans byggplaner.

Överst på papperet hade hans farbror skrivit med stora bokstäver: *Anteckningar att läsas i händelse av min död.*

Kände Erik på sig att han skulle dö? Eller var det så att han var hotad till livet av Wallman? Tomas hade inte hört något annat, än att hans farbror dött en naturlig död och nu skulle man inte kunna utreda dödsorsaken. Erik hade somnat in i sin säng sade man, antagligen en hjärtinfarkt. Men tänk om det inte var så? I brevet hade Erik skrivit ner alla de gånger Wallman besökt honom, efter att ha lagt ett bud i samma storlek som det Tomas fått. Efterhand tydde anteckningarna på, att Wallman blev mer och mer desperat och fordrat att få köpa stugan. Eriks svar hade hela tiden varit att han inte ville sälja till något pris i världen. Det var hans hem, där ville han bo.

När det blev känt att Erik blev förhörd om Linas försvinnande, eftersom han tydligen var den som såg henne senast, blev Wallman mer hotfull och anklagade honom för Linas död. I brevet beskrevs hur Wallman hade blivit rasande och sagt att

Erik förstört hans liv och skulle få ångra det. Anteckningarna var ibland svåra att förstå. På vilket vis hade Wallmans liv förstörts?

Tomas förstod, att han måste ta kontakt med Jonas Niska, som utredde Linas fall. Kanske kunde något i Eriks brev ge några ledtrådar i den fortsatta utredningen. Han kände också att han borde försöka prata med Gösta, den tyste mannen, som han träffat en gång. Han hade varit fåordig, men sagt att Erik var bra. Kanske hade han något att berätta, eller i bästa fall nämna något mer om deras vänskap. Det var värt ett försök.

Han tänkte på Gösta och hans sjukdom, som Tomas skrivit en del om i en artikel. Han undrade om Gösta gått hela livet, utan att kunna göra sig förstådd. Kanske hade han varit helt i avsaknad av vänskapsrelationer i livet, men funnit en vän i Erik. Tomas undrade även hur det kom sig att han blev ensam, hur hans familjesituation var en gång. Nu hade han bara katten Bertil.

Tomas tänkte på sin egen farfar. Som barn hörde han de vuxna säga det många gånger. *Han pratar nog sen.* Även om han inte mindes det, måste farfar väl ha sagt något, åtminstone någon gång. Men det var inte något av värde och djup, som dröjde sig kvar i minnet. Att han pratar sen var nog som de vuxna sade, för att förklara eller ursäkta honom inför andra. Underförstått var kanske, att han pratade när de var själva, han och farmor. Det var alltid hon som pladdrade och han som satt tyst.

Men i farfars fall var det ingen sjukdom. Han var kanske bara trött efter en hård arbetsdag och ville få tystnad i sitt inre. Kanske valde han sina ord med omsorg och sade bara det som måste sägas. Farfar satt där tyst, men var ändå kroppsligen helt central för samtalet. Det var farmor som stod för orden.

Tomas funderade över sin egen sociala status, sin egen tystnad. Ett personlighetsdrag som kanske gått i arv från farfar. Ett arv som bestod i att inte ta för mycket plats. Farfar som var en tyst, stark och rationell man, som valde att prata senare. Tomas kunde ibland bli livrädd, var det sådan han var? Kanske fanns det en anledning till att han blev journalist och valde skrivandet som sitt uttrycksmedel. Han visste förstås att människor är olika och har olika behov, själv hade han tränat upp sin förmåga, att vara så social som situationen krävde. Men ofrivilligt ensam borde inte någon behöva vara.

Förutom Gösta fanns Ted där som en ensam och bräcklig ung man, utan någon som hjälpte och stöttade honom. Ganska snart skulle begravningen för hans syster hållas och då tänkte Tomas närvara. För Teds skull.

Sara visste han inte så mycket om, men hon tycktes leva ensam. Han såg på klockan. Han kände plötsligt ett behov att träffa henne och dela med sig av sina funderingar. Han hoppades att hon hade något att berätta om människorna i bygden. Speciellt om familjen Wallman. Något som inte gick att läsa i papperen som Annika hade lämnat honom.

Han hade knappt tänkt tanken, när det knackade på dörren.

35

Lastbilen rullade sakta av färjan i Helsingborg. Den bulgariske chauffören hade känt sig tvungen att dricka två starköl under den korta överfarten, för att lugna sin nervositet. Det var inte första gången han gjorde denna turen till Sverige med gods, men idag var det lite speciellt. Han hade fått rejält betalt, för att leverera några paket till en viss adress och hade först tvekat. Men med tanke på sin familj och det torftiga liv de levde, hade han ändå gått med på villkoren. Vad kunde egentligen gå snett? De flesta transporter gick över bron sju mil söderut och de hade sagt att det skulle vara riskfritt. Han fick lita på dem. Tullen var underbemannad och stoppade bara i undantagsfall bilar på kvällstid, visste han. Klockan var tio på kvällen och han kände ingen oro längre. Nu fanns ingen återvändo.

Trots det så bröt några svettdroppar ut på mannens panna, när han närmade sig tullen. Han hoppade av och lämnade in sina papper på sin last och en kvart senare var han på väg igen. Lättad knappade han in adressen han fått för leveransen av kartongerna, som först skulle lämnas av. Ödåkra låg bara någon mil norrut, därefter skulle han köra vidare mot Stockholm. Borislav tyckte om den svenska sommaren med sina ljusa nätter. Han hoppades att han någon gång skulle få möjlighet, att ta med sig sin familj hit på en semester. Men det fick dröja ytterligare några år förstod han, pengarna räckte bara till det nödvändigaste för tillfället. Hustrun arbetade som städare på ett företag och deras gemensamma lön gick åt till hyra och mat. Det minsta av deras fyra barn var dessutom sjukt och läkarkostnaderna blev dyra.

Han svängde av motorvägen och hittade snart adressen. Två personbilar stod och väntade på honom. Borislav hade på knackig engelska ringt kontaktpersonen och meddelat sin ankomst. Parkeringen låg avskilt, en stor grusplan bredde ut sig när han svängde runt, parkerade och stängde av motorn. Han såg tre personer närma sig och han kände sig för ett ögonblick utlämnad. Men det var inte honom de var ute efter, utan hans last av drygt femtio kilo cannabis. En av männen hälsade kort. Chauffören fimpade sin cigarett i gruset, öppnade lastbilens dörrar baktill och tog sig mödosamt upp. Det stillasittande arbetet tillsammans med för mycket öl gjorde honom ovig. De tre männen utanför gjorde sig beredda att ta emot varorna. De såg sig försiktigt omkring, ville inte ha några vittnen till omlastningen.

För Danilo var det andra gången han var med och hämtade paket av denna sorten. Nu skulle partiet delas och han skulle få distribuera till köpare i Kullabygden och tjäna en bra slant. Han skulle snart bli skuldfri.

Danilo kände ändå på sig att något var alldeles fel. Han ville egentligen inte syssla med detta, men kände sig tvungen för att kunna betala sina skulder. Han tänkte på Milan, som han ville åka på fotbollresa med och det kaos han orsakat genom sitt spelande. Efter denna gången skulle han bli en bättre pappa för Milan, skaffa sig ett jobb och leva ett vanligt liv. Det var hans bestämda uppfattning och vilja.

Plötsligt stormade fem tungt beväpnade poliser fram mot dem. Samtidigt kom tre polisbilar i full fart och blockerade varje möjlighet att smita därifrån. De fyra männen hade ingen chans att komma undan. Danilo grimaserade när han blev övermannad och kände det kalla stålet av handfängslet. De tre männen fördes bryskt bort i var sin bil, lastbilen blev beslagtagen och Borislav häktades. Det hela var över på en kvart och ingen människa skulle senare kunna berätta vad som utspelat sig på platsen.

36

När Tomas öppnade dörren blev han inte förvånad. Han hade nästan väntat på, att Ted skulle höra av sig och nu stod han där. Han såg ivrig ut, det var något som hade förändrats i hans beteende tyckte Tomas, men kunde inte sätta fingret på vad det var. Han öppnade dörren och släppte in honom.

Tomas märkte att ynglingen utstrålade en ny energi och beslutsamhet, som han inte haft tidigare och undrade vad det kunde bero på. Kanske hade samtalet med diakonen lett fram till något positivt för Teds räkning. Ofta behövdes det hjälp av en utomstående att bearbeta sorg och bekymmer och en kyrkans man var i detta fall helt rätt. Tomas hoppades på det.

Ted berättade att begravningen skulle ske om en knapp vecka och frågade försiktigt om Tomas ville följa med.

- Självklart vill jag det. Jag är kvar här en vecka till, just nu har jag mycket att ta ställning till.

- Allting är ordnat, diakonen har hjälpt mej att bestämma kista, blommor och psalmer, så jag är lugn nu. Det bästa är att min mor har blivit friskare och kan nog gå på Linas begravning.

Tomas såg att grabben på något sätt blivit mer vuxen och tillfreds med sig själv. Den osäkerheten han sett tidigare i veckan var åtminstone för stunden borta och ersatts av en viljekraft.

Det kunde tyda på att både han och hans mor börjat bearbeta sorgen. Men det skulle dröja, Tomas mindes sin egen sorg efter sin fars plötsliga död, för att inte så lång tid därefter när hans mor gick bort, varit tvungen att på nytt hantera den. Eftersom varje sorg anses vara unik, kunde han inte föreställa sig sorgen efter en dotter eller en syster.

Teds syster Lina var död, dumpad i havet. Micke Bloms syster hittades död i havet, drunknad. Det fanns många frågor som kanske inte kunde besvaras så lätt. Kanske Niska hade kommit fram till något.

- Sen är det en sak jag måste berätta.

Tomas såg att Ted var angelägen att berätta en hemlighet och ville anförtro sig åt någon. Hans ansikte var blekt, rörelserna livliga och rastlösa, som om han burit på hemligheten länge.

- Lina var inte min syster. Vi var kusiner.

Tomas stirrade på honom en lång stund innan han fattat innebörden i orden.

- Vad säger du! Har du vetat det hela tiden, eller...?

- Jag tvingade min mor att berätta det i förra veckan, när jag fick se ett brev som var till Linas dödsbo. Ett brev från banken om att hon hade ett fondkonto där på över två hundra tusen kronor. Hon hade tänkt att berätta, men det hade inte blivit av.

- Men hur hänger det ihop?

- Min mors syster fick Lina med en man, som hon träffade några gånger, berättade mor. Det var tydligen bara en tillfällig bekantskap och när Lina föddes träffades de inte mer. Men han gjorde rätt för sig och betalade underhåll för barnet.

- Det var ju bra, men vad hände med din moster?

Hon blev sjuk efter att Lina fötts, fick hög feber efter någon dag och dog på sjukhuset två timmar efter att mina föräldrar kört henne dit. De tog hand om Lina och adopterade henne. När Lina var två år föddes jag och mor och far hade då gift sig. I hemlighet hade Linas biologiska far tydligen satt in pengar på ett fondkonto i hennes namn.

- Hur känns det så här efteråt, att få reda på att ni var kusiner och inte syskon?

- Det var konstigt tyckte jag först och blev arg för att ingen berättat för mej, men nu har jag förlåtit mor. Jag har förstått att jag inte kan gå runt och vara arg hela tiden.

- Ja, ibland kan livet ha många överraskningar åt oss.

Tomas kände stor medkänsla för det som just berättats för honom, men visste inte för stunden hur han borde bete sig. Han var ovan vid att bli anförtrodd denna typ av hemligheter och kände sig ställd. Ted hade överraskats av en sanning som han helt oväntat måste ta till sig. Samtidigt tycktes det som att Ted själv kunde hantera den uppkomna situationen bra och verkade lättad av att få prata.

- Mor har sagt att hon skall betala om jag vill ta körkort förresten och det vill jag gärna.

Tomas gladdes åt ynglingens förändrade attityd och kände att han ville hjälpa och stötta honom. Därför föreslog han att ge honom privata körlektioner, när Ted kände för det. Han undrade samtidigt vad som hänt med Teds far, varför han inte längre fanns i familjen, men kände att det för stunden räckte med frågor. Nästa gång de träffades skulle kanske tillfället yppa sig.

När Ted stod i dörröppningen för att gå hem, dröjde han sig kvar ett ögonblick.

- Förresten, i går kväll gick jag förbi här ute. Ville se om du var hemma, men tänkte först inte på att det var sent på kvällen. Jag såg att du hade besök, så jag ville inte störa. Men jag såg en annan person, som stod bakom några träd och liksom spanade på er.

Tomas blev alldeles kall. Han hade inte märkt att något försiggick därute i mörkret under kvällen. Eller hade han det? Han blev orolig. Visserligen hade han hört talas om något inbrott som skett i närheten, men var aldrig själv rädd för något. Förrän nu.

37

Han tänkte på vad Ted just berättat. Annika Wallman! Att det var hon var Ted ganska övertygad om, när han i mörkret hade smugit efter henne en lång sträcka. När hon trodde sig vara säker, avslöjade hon sig i en gatlyktas sken. Tomas begrep inte varför hon hade varit där ute och spionerat på honom och Åsa. Möjligen hade hon tänkt besöka honom, men vid den tidpunkten på kvällen verkade underligt. Vid något senare tillfälle skulle han fråga henne rakt ut, utan att avslöja vem som tjallat.

Det var fortfarande tidig söndagseftermiddag och han kände suget efter en kopp kaffe, starkt kaffe och utan mjölk. Han bryggde några koppar och placerade en Findus kanelbulle i mikron. Han kom att tänka på en kollega, som var en stor kaffenjutare och kunde konsumera åtskilliga koppar under en arbetsdag, utan att få besvär med magen.

Vilken tur att det inte är kafferansonering också, utöver alla restriktioner för pandemin, hade han raljerat och svävade ut i jämförelser med hur det var under andra världskriget.

Utöver krig och misär var det ransonering på mat och kaffe, så de fick blanda ut kaffebönorna med mald cikoriarot, som smakade som det låter. Nu klagar man på brist på toapapper och handsprit. Jag säger bara sluta gnäll, vi har i alla fall kaffe! Tomas log åt minnet, men blev allvarlig när han tänkte på pandemin som spred sig i världen. Det måste komma en tid efteråt, en tid då alla måste anpassa sig och gemensamt skapa ett nytt sätt att tänka och leva. Nu i semestertider var det något enklare, även om man av hänsyn fick hålla avstånd till andra. Han längtade inte till jobbet ännu, fast hans arbete var intressant och givande. Kollegorna var bra men han umgicks inte med någon, mer än att de tog en öl någon gång tillsammans. Men han saknade golfrundorna med Micke och funderade på om han skulle ringa honom och föreslå spel på Mölle eller Arild. Men denna eftermiddag tänkte han besöka Sara, men först se om Gösta var hemma. De hade skapat någon form av kontakt tyckte Tomas, men var inte säker på att det skulle fungera.

Gösta satt i trädgården, klädd i samma blårutiga skjorta som förra gången. Om den var tvättad sedan sist var svårt att avgöra, möjligen hade han fler av samma sort. På marken framför honom låg Bertil förnöjt utsträckt i gräset. Tomas frågade om han fick komma in till honom och fick en kort nick till svar. Katten spände sina isblå ögon i honom och flyttade sig motvilligt en bit bort. Tomas klev in genom grinden och satte sig mittemot Gösta. Den bräckliga trädgårdsstolen knarrade betänkligt och verkade kunna gå sönder när som helst. Möblemanget, två stolar och ett bord var i behov av målning, färgflagor avslöjade åtminstone två tidigare ommålningar. Gösta tittade försiktigt upp och ett leende kunde anas i ansiktet. En lätt skäggstubb syntes på hakan. Framför honom låg skissblocket.

- Du sa sist att du har foto av Erik. Är det något jag kan få se?

- Jag träffade inte honom på många år och kommer inte riktig ihåg honom.

Gösta svarade inte, men reste sig och skyndade in och kom strax ut igen med en kartong full av bilder. Han satte sig och spred ut ett stort antal foton på bordet, mest bilder av blommor och klipporna vid havet. Till slut hade han hittat bilden av Tomas farbror, taget för två år sedan, enligt datumet i nedankanten. Tomas hajade till när han upptäckte att de var slående lika till utseendet, han och Erik. Samma ansiktsform, samma hårfäste, det var bara åldern som var skillnaden. Tomas kunde inte minnas att han var så lik sin egen far, men han hade kanske fel. Gösta sade ingenting fortfarande, väntade tydligen på att Tomas skulle fråga något.

- Har du fler bilder av honom? Någon jag kan få kanske?

- Mmm.

Gösta letade febrilt i lådan och hittade ytterligare ett, som han lämnade till Tomas med belåten min.

- Du får det.

Ett framsteg! Tre ord som långsamt tog form i hans mun. Tomas hade mest teoretiska kunskaper om sjukdomen Gösta hade och förstod egentligen ingenting om hur de själva upplevde omvärlden. Han hade aldrig ansträngt sig att försöka förstå deras situation. Förrän nu.

Fotot var taget någon dag tidigare än förra och antagligen i Eriks stuga. Han kände igen möblerna därifrån, även om bilden var något suddig. Han tackade Gösta och frågade om han fick se hans teckningar också.

Skissblocket låg framför Tomas och han bläddrade först igen det, förbi obegripliga teckningar, som antagligen bara Gösta själv kunde tyda. Några var endast enkla streck, som om de tillkommit under en brådska, snabba drag med pennan, när motivet var i rörelse. Andra var mer genomtänkta och ganska bra naturteckningar, gjorda med stor omsorg. Tomas fastnade plötsligt för en sida, där Gösta med några grova streck ritat framdelen på en bil och framför den en cykel. Så följde en ny bild, men mer detaljerat och med lugna linjer från blyertspennan. Följande blad hade han sett tidigare, en bild av en cykel i vattnet. Linas cykel, hade han sagt den gången.

Tomas förstod att detta var något som kunde föra utredningen om Linas död framåt. Något som ingen annan visste. Samtidigt skulle Göstas diffusa teckningar knappast räcka som något bevismaterial förstod han, men var samtidigt nyfiken.

 - Vems bil är det? Tomas pekade på skissen.

Gösta ville plötsligt inte prata mer. Han tittade ner i bordet och verkade ångerfull för att han visat sina teckningar. Tomas ville inte pressa honom och övergick istället att berätta om sin dotter Åsa och hennes planer inom konstens värld. Han såg att Gösta lyssnade. Han lämnade efter en stund Gösta och katten i den vildvuxna trädgården.

38

Sara såg något stressad ut när hon öppnade dörren efter andra ringsignalen. Först verkade hon inte angelägen att släppa in honom, så han undrade försiktigt om han kom olämpligt. Hon höll på med att laga middag sade hon, men öppnade dörren och lät honom stiga in. Från sitt rum tittade Milan ut, för att se vem besökaren var. När han fick se Tomas sken han upp, men verkade något reserverad. Tomas blev förvånad av att se honom hos Sara, han hade aldrig gjort den kopplingen med henne och Danilo.

- Hej Milan, så kul att se dej!

- Så ni känner varandra? Han har visserligen nämnt en Tomas, men jag fattade inte att det var du.

Tomas förklarade för henne. När han nämnde Danilos namn mörknade hennes blick. Det var något som klämde förstod han, men ville inte fråga. Stämningen blev lite tryckt där de stod i hallen och Tomas tänkte ge sig iväg för att inte störa. Han hade glömt sitt egentliga ärende och hur som helst skulle det kunna vänta. Han tog tag i dörrhandtaget och skulle just öppna dörren.

- Vad ville du egentligen när du ringde på?

Tomas svamlade om att det inte var så viktigt, de kunde ju höras en annan dag och kände sig dum.

- Har det något med din stuga att göra, eller var det något annat?

- Jo, det jag ville säga var att jag tänker behålla huset och inte sälja det just nu.

- Oj då, det var överraskande, har du berättat det för Wallman?

- Nej inte ännu. Jag bestämde mig först idag, det var min dotter som fick mej på andra tankar.

- Din dotter?

- Jag har en dotter i Malmö. Hon var på besök nu i helgen och vi har pratat en hel del, något som var riktigt välgörande åtminstone för mej.

Sara tycktes plötsligt ändra sitt något strama bemötande.

Tomas blev förvånad över förändringen och blev ställd, men lättad över att åtminstone framfört sitt beslut.

- Du kan väl stanna på middag, vi skall äta snart, skall bara koka spaghettin. Det blir köttfärssås, Milan älskar det. Är det ok? Så kan vi prata under tiden.

Tomas tackade ja till erbjudandet och satt plötsligt i köket och smuttade på ett glas rött under tiden som pastan kokade. Sara slog sig ner och såg honom i ögonen. Hon ville höra orsaken till hans beslut och hans planer.

Han berättade om Åsa och den fina relation som hade återuppstått under några dagar tillsammans. Hon hade öppnat ögon på honom, så att han kunde se mer klarsynt på sin tillvaro. Han trivdes redan bra i Björketorp och skulle kunna tänka sig att tillbringa mer tid där. Han berättade om skilsmässan och nämnde kort det senaste förhållandet med Anna, som slutade med att hon gav sig iväg.

Under måltiden var det fokus på Milan av naturliga skäl. Tomas blev imponerad av hans kunskaper, om vilka spelare som fanns i de olika fotbollsligorna runtom i Europa. Han räknade upp de stora, kända idolerna och drömde själv om att bli fotbollsproffs. Själv hade Tomas dålig koll på IFK Göteborg nuförtiden, om han skulle vara ärlig. En gång i tiden hade han spelat fotboll i Gårda BK, men det var i en avlägsen tid. Då var han ung och kämpade med de andra i laget, om att inte trilla ner till division fyra. Nuförtiden blev det golf så ofta det gick och så var han intresserad av ishockey och besökte ofta Scandinavium som åskådare.

De dröjde sig kvar vid bordet sedan Milan ätit klart och försvunnit in till sitt rum. Tomas frågade Sara om det var längesedan hon och Danilo bröt upp. Hon berättade att de delade på sig för tre år sedan, när allt blev ohållbart med Danilos beteende. Utan några ambitioner att söka jobb och istället gå på A-kassa och fördriva tiden med spel och kompisar som var i samma situation. Hon tog då sitt pick och pack och flyttade hit till föräldrarnas sommarstuga med Milan.

- Men berätta, hur ser planerna för ditt hus ut, vad har du tänkt? Skall du bosätta dej här?

- Först måste jag kolla med kommunen om jag kan få förlängt

arrende för tomten, annars spricker min plan. Om de går med på det, kan jag måla om och renovera i den takt jag har tid och lust. Sen får jag berätta för Wallman, som kommer att bli rasande. Det är planen så här långt. Jag kommer, om allt går bra tillbringa semester och en del helger i stugan.

- Jag tycker du gör helt rätt. Du vet att Wallman var på din farbror också och pressade honom, till och med hotade honom vid något tillfälle. Wallman är van att få som han vill för det mesta och tänker tydligen göra stor sak av projektet på jubileumsfesten har jag hört.

Tomas tänkte på att han erbjudit sig skriva en artikel om Wallmans livsverk, från det att han kom till Skåne och startade upp sitt byggföretag med stora planer för bygden. Han hade inte skrivit en rad och påminde sig, att berätta för Annika att han hoppade av. Han kände ingen lust att ansvara för några spaltrader, som kanske skulle klinga falskt. Det fick bära eller brista.

- Du såg väl Erik en del kan jag förstå, kan du berätta något om honom? Jag måste erkänna att jag inte kände honom så väl, eftersom vi av någon anledning inte träffades på senare tid. Jag minns honom mest från några familjeträffar i min barndom.

- Vi var kolleger de fem sista åren före hans pensionering. Han var ju bosatt i Danmark medan hans hustru levde, men arbetade som fastighetsmäklare hos Arken i Helsingborg. Det gjorde han även efter att han flyttat hit till Björketorp. Men av någon anledning ville han jobba närmre sin bostad, så han fick jobb på kontoret där jag jobbar.

- Men hur var han som människa?

- Han var trevlig, lugn och sansad, duktig mäklare även om vissa tyckte han var alltför fåordig ibland. Han var något dämpad i sitt sätt, inte den bullrige pratglade, som vissa. Men jag tyckte om honom, vi kom bra överens. Han utstrålade en trygghet tyckte jag. Det var sorgligt när han plötsligt inte fanns mer.

- Men vad hände egentligen? Han dog av en hjärtattack och hittades i sin säng, har jag hört.

- Ja, det kan gå fort ibland. Jag pratade med honom två dagar tidigare, det var då han hade blivit hotad av Wallman. Förutom hotet så verkade han alldeles frisk, tyckte jag. Jag vet att han tog illa vid sig, när han blev anklagad för Linas försvinnande, något han inte riktigt kom över. Jag pratade en del om det med honom och tyckte han skulle gå till en psykolog, men han ville inte.

- Tror du att Wallmans hot har med Eriks död att göra?

De såg på varandra en lång stund. Tanken hade nog funnits hos båda den senaste tiden, men ingen hade vågat uttalat orden.

- Det skulle ju vara fruktansvärt i så fall.

Sara slog upp mer vin i glasen. Fast det kändes fel med tanke på bilen som stod parkerad utanför, så skulle han givetvis kunna gå hem den korta sträckan och hämta bilen nästa dag. Sara hade en fridag på måndagen.

 - Vet du om att du är väldigt lik Erik till utseendet? Ja förutom att du är yngre förstås.

Tomas blev plötsligt generad och berättade att han själv upptäckt det, när han såg ett foto som Gösta tagit. De skrattade åt jämförelsen. Han tyckte om hennes skratt.

Milan kom in till dem och ville prata om något som en kompis berättat. Tomas lyssnade, men hade tankarna på annat håll.

39

Det ångade från asfalten efter regnet. Han var på väg till arbetet och hade radion på. De lokala nyheterna rapporterade om en skottlossning i centrala Malmö. Innan väderprognosen uppdaterades också det oförklarliga mordet på Lina i Kullabygden. En sammanfattning om hennes försvinnande och hur hon senare hittats.

Han lyssnade uppmärksamt för att avgöra om det framkommit något nytt, samtidigt som han svängde in på parkeringen till sin arbetsplats. Han dröjde kvar i bilen för att lyssna klart. Utredaren Jonas Niska uttalade sig i något besvärande ordalag, att man inte hade häktat någon och att ingen misstänkt fanns. Däremot väntade man svar på några DNA prov, som skulle kunna leda arbetet framåt. Niska sade att han hade gott hopp att hitta den skyldige.

Han stängde av radion och dröjde sig kvar i bilen en stund. Han oroade sig inte längre, var inte rädd för att man skulle komma på vad som hänt med Lina. Det hade gått så lång tid nu och inga vittnen hade trätt fram. Dessutom var det ju en ren olycka. Åtminstone som han såg det. Men en sak oroade honom. En person hade varit i närheten när cykeln dumpades i stenbrottets vatten och han visste vem personen var. Han stoppade in en prilla under läppen och lämnade bilen.

40

Han hade sovit oroligt under natten. Först vid halv två hade han somnat, för att väckas av åskvädret strax efter sex på morgonen. Tomas satt med sitt morgonkaffe och såg på regnet som fortfarande vräkte ner genom trädens kronor och lämnade stora pölar på marken. Åskan var på väg bort och skulle så småningom följas av uppklarnande, hoppades han.

När han kommit hem från Sara föregående kväll, hade han letat igenom Eriks saker ytterligare en gång, för att kanske hitta något som kunde ge upplysningar om hotet från Wallman. Han läste brevet som Åsa hittat, ytterligare en gång. Wallman hade sagt att Erik *förstört hans liv och att han skulle få ångra det.* Tomas begrep ingenting, hittade inte någon förklaring. Så småningom hade han fått släppa det, men kunde ändå inte somna.

Han ringde till Åke i Arild, som svarade efter tre signaler. Tomas tackade för en trevlig pratstund och en god fika senast. Åke hörde dåligt, så Tomas fick anstränga sig att tala tydligt. Han sade sig ha ytterligare en fråga angående sin farbror, om det gick bra att tala om det i telefon.

- Ja kom du bara, jag är hemma.

Tomas förstod att det inte var någon mening att förklara, så han slängde sig i bilen och en kvart senare var han i Arild.

Regnet hade upphört, ett grått dis låg över Skäldervikens vatten, som var helt stilla efter åskvädret. Det var som om ingenting hade hänt några timmar tidigare, naturen anpassade sig och njöt av regnet, märkte Tomas när han hörde fågelkvitter i buskarna utanför Åkes hus. Det skulle bli en fin dag.

- Jag undrar bara om Erik pratade med dej, eller någon av de andra ni träffade, om Wallman och hotet från honom. Vet du något om det?

Åke tänkte en god stund. Tomas hörde den gamla köksklockans sövande ljud och tänkte att det måste vara tråkigt, att sitta så alldeles ensam med sina tankar på ålderns höst. Tack och lov var Åke ganska alert fortfarande, tycktes det. Först såg det ut som om Åke skulle somna i stolen, men efter några minuter vaknade han plötsligt till och började minnas.

- Erik berättade den sista gången han var här, att Martin Wallman skrikit åt honom att han skulle göra livet surt för honom om han inte sålde sin stuga, så att byggplanerna gick i lås. Jag minns inte så bra, men det var något med Wallmans dotter också tror jag.

- Wallmans dotter, Annika? Varför skulle hon blandas in i det sammanhanget, hon arbetade ju inte för Wallman?

- Nej, det gjorde hon kanske inte, jag minns nog fel. Det blir så ibland, när man är gammal.

Tomas förstod inte något av det han pratade om och anade att han blandade ihop en del saker. Martin Wallman hade ju en dotter och en son och inga andra, vad han visste. Tomas förstod att det inte var så lätt att minnas och tackade honom för pratstunden.

På hemvägen ringde han till Jonas Niska och berättade om det han visste än så länge. Att Gösta, en man med en ovanlig sjukdom hade gjort en teckning, föreställande en krock mellan en bil och en cykel. Dessutom hade han ett foto på Linas cykel, som hittats i stenbrottet. Han berättade också att Lina och Ted inte var syskon, utan kusiner och att någon, troligen Linas biologiska far, hade sparat i en fond till henne under alla år.

- Det var ju något nytt! Bra jobbat Tomas, men vi måste ta in den där Gösta och fråga ut honom om vad han vet.

Tomas förklarade återigen Göstas sjukdom och att man nog måste gå varligt fram. Han lovade att försöka få fram något mer konkret och berätta det senare. Niska nöjde sig med det tillsvidare.

- Förresten, gjordes det någon obduktion efter min farbror Eriks död? I så fall, finns det en rapport att läsa?

- Det har jag ingen aning om, det var ju innan jag kom hit. Men jag kan kolla upp det åt dej. Är det något särskilt du tänker på?

- Han somnade in i sin säng har man sagt och det förekommer ju såklart att äldre dör i sömnen, men har man verkligen konstaterat orsaken till hans död? Han var så vitt jag vet alldeles frisk för övrigt.

Niska tyckte att hans begäran var rimlig och lovade att kolla upp Eriks död. Men antagligen hade allt sin naturliga förklaring.

Tomas var hemma i sin stuga och lade upp dagens planer. Det var ju egentligen inte klokt tänkte han, det var hans andra semestervecka och han hade kunnat ligga på en strand någonstans, spela golf och bara ha en behaglig ledighet. Istället hade han fullt upp med en mordutredning, planer på att renovera en stuga och vara fritidspsykolog åt en man med talsvårigheter, samtidigt som han erbjudit sig att skriva en artikel om bygdens store man, som visade sig vara en fähund. Dessutom hade han lovat Ted körlektioner.

Han ringde upp Höganäs kommun. Det tog en god stund innan han kopplats till rätt avdelning, genom ett antal knapptryckningar. Tjänstemannen lovade att ta upp hans begäran om förlängt arrende för tomten i Björketorp före semesteruppehållet, det ville säga under torsdagen. Men tjänstemannen trodde inte det skulle vara något problem och hänvisade till ett annat ärende som godkänts nyligen. Kommunens löfte till Wallman tycktes inte vara så klart, som han själv hade framställt det. Vid deras möte hade han sagt att det fanns ett godkännande från kommunen, att området skulle bebyggas efter att de två kvarvarande fastigheterna blivit inlösta. Tomas kände sig lättad och segersäker och slog nästa signal till Martin Wallman.

Samtidigt knackade det på dörren och utanför stod Wallman med ett beslutsamt uttryck i ansiktet. Kanske hade han anat Tomas beslut. Här i Björketorp tycktes människor känna på sig andras tankar på något underligt telepatiskt sätt, tänkte han.

De slog sig ner vid köksbordet och Wallman avböjde erbjudandet om kaffe. Han ville gå rakt på sak, som den affärsman han var. I hans värld var kaffebjudning något för syföreningar och bokklubbar och hörde inte hemma i affärsvärlden. Han undrade om Tomas bestämt sig för att anta erbjudandet för bostaden, eller om han ville ha ytterligare någon dag på sig. Tomas märkte hur angelägen mannen var att få sin vilja igenom, men drog sig inte för att låta honom få nobben.

   - Nej, jag behöver inte längre betänketid. Jag har bestämt mej.

Martin Wallman log osäkert, visste inte riktigt vad han hade att förvänta sig. Han såg frågande på Tomas.

   - Jag säljer inte. Jag kommer att ta hand om bostaden och bo här när jag känner för det, på semestrar och en del helger.

Wallman tappade hakan för ett ögonblick och förstod att han mötte en ny motståndare, lika envis som Erik. Han försökte med att höja priset med två hundra tusen, men Tomas var bestämd. Det hade inte med pengar att göra, han skulle fixa till huset och göra det till sin lilla oas. Wallman spände ögonen i honom och reste sig resolut och gick mot dörren.

   - Du kommer att ångra dej!

Orden kom hotfullt, som i raseri och Tomas kände en olust i situationen, som om han just skrivit under sin egen dödsdom. Ögonblicket senare var mannen ute vid sin bil. Motorn rusade på bilen, en blå Audi, som gjorde en rivstart i gruset. Det var nog inte sista gången de träffades, Wallman var en man som aldrig gav upp, förstod Tomas. Men han var inte bekymrad, han hade givetvis rätt, att själv få bestämma över sin bostad. Erik hade stått på sig och nu hade han själv bestämt sig. Innerst inne fanns ändå en viss ängslan över hur resten av semestern skulle bli.

41

Huset var knäpptyst som vanligt så här dags på eftermiddagen. Nattens oväder var som bortblåst, liksom Martin. På förmiddagen hade han kommit hem och varit rasande för något. Hon orkade inte bry sig längre. Alltid var det något som gick honom emot och kom hem som ett åskmoln, fäktade med armarna och vräkte ur sig svordomar, som om allt var hennes fel.

Martin hade hämtat hem henne från behandlingshemmet, när hon vädjat om det. Men nu när hon gick runt i det tysta huset, önskade hon nästan att hon stannat kvar några dagar till. Han hade kört iväg igen, antagligen till kontoret för att smida planer och trötta ut sina anställda med sin vrede.

Det är så här det skulle kännas att leva utan Martin, tänkte Cecilia, när hon gick genom det stora huset. I vardagsrummet fanns det konst och värdefulla prylar de samlat på sig under alla år, men för henne saknade de värde. Det hade bara varit Martin som räknades, den person hon hade lagt ner hela sin tid och själ på. Men nu var det annorlunda. Tiden och hennes oro, liksom hans temperament, hade påverkat förhållandet.

Men jag kan väl inte lämna allt detta, avsluta efter så många år, tänkte hon. Vad är jag utan honom?

Hon slog upp en whiskey utan is och drack en klunk. Hon såg

ut över havet och fick rysningar när vågorna slog in mot klipporna. Blicken sökte sig in i rummen, som nu var omgjorda efter att ungdomarna flyttat ut. Ingenting fanns kvar av det gamla, inga idolaffischer på väggarna, inga otvättade kläder i högar på golvet längre. Det var så tomt. Var detta ett liv att leva?

Mycket hade förändrats på senare tid, inga träffar med vänner, inga semesterresor, hon gick där i sin grå vardag. Cecilia stod framför den öppna kylskåpsdörren. Efter en lång stund kunde hon inte komma på, vad hon hade där att göra. Istället tog hon fram en av sina tabletter och sköljde ner den med whiskey.

Sommaren skulle vara ännu en tid, men snart skulle den kortas av för varje dag som gick och drömmar som kommit med vårens glädje skulle obönhörligt bytas mot mörker, kyla och ännu mer tystnad. Hon tänkte det som ett svart hål som släckte allt ljus i hennes liv.

Hon tänkte på döden. På döden som en befriare.

42

Tomas blev plötsligt väldigt trött. Han hade huvudvärk, något han nästan aldrig drabbades av. Kanske var det nytt åskväder på gång, eller så var det mötet med Martin Wallman, som hade tagit på krafterna och gjort honom utmattad. Han gick igenom mötet med byggmästaren än en gång i minnet. Tomas kunde till viss del ana att Wallman skulle reagera, men inte på det sättet. Nu började han förstå, att hans farbror känt sig hotad. En tanke for genom hans huvud. Skulle han själv råka ut för något allvarligt hot? Han behövde någon att prata med.

En timme efter Wallman hade lämnat honom i ilska ringde telefonen. Annika! Djungeltelegrafen hade talat om att Tomas Larke inte tänkte sälja sin stuga tydligen. Snart skulle väl hela Björketorp och kanske alla i Kullabygden veta, att någon än en gång stoppat Wallmans planer för utbyggnad av området. En del skulle säker dra på smilbanden, förstod Tomas, kanske skulle någon ogilla det.

Annika hade först låtit förvånad och undrande över hans beslut. När han sakligt förklarat, blev hon vassare i tonen och undrade till sist hur det gick med artikeln han lovat skriva. Han sade uppriktigt att det inte var så stor idé längre för egen del, med tanke på konflikten mellan Wallman och honom. Dessutom verkade inte den stora jubileumsfesten bli av nu,

183

med tanke på pandemin. Annika hade avslutat med att klicka bort samtalet.

Sådan far sådan dotter, tänkte Tomas och sjönk ner i soffan. Han kände att han behövde prata med någon vettig människa, men visste inte vem han kunde anförtro sig åt. Han behövde också ta en dag ledigt. Hela första semesterveckan hade gått åt att ta beslut och att träffa nya människor, några av dem med stora problem och bekymmer. Han tänkte på Ted och Gösta, var och en av dem udda personligheter.

Telefonen ringde på nytt och Tomas fasade för nya utskällningar. Han blev glad när han såg Mickes namn dyka upp i displayen.

- Hej på dej gamle vän, hur är läget där nere i Skåne?

Tomas gjorde en kort utläggning om vad som hittills hänt, sitt beslut att inte sälja och Wallmans ilska.

- Det verkar som om du behöver ta en golfrunda med mej snart? Vad säger du om jag kommer ner om en vecka?

- Det passar mej alldeles utmärkt, denna veckan har jag lite att fixa och så är det Linas begravning på fredag.

- Just det ja, det hade jag glömt. Hur går det med utredningen?

Tomas förklarade i korthet situationen och lovade att berätta mer när de skulle ses följande vecka.

- Jag skickar ett SMS till dej om koden på mitt lås, så kan du kanske hämta ut min golfbag också. Glöm inte skorna!

Han kände sig något bättre efter samtalet med Micke. Huvudvärken hade släppt när han gick ut ur huset och kände den friska luft, som ersatts av den tidigare tryckande värmen. Tomas lade märke till koltrastar, som ilade fram på gräset i jakt efter föda till sina glupska ungar. Han hade tidigare upptäckt, att en familj valde att bo under en sprucken takpanna till uthuset. Han lät dem hållas. Ville de bo kvar, så var det upp till dem. Han skulle inte vräka dem.

Tomas behövde handla hem en del matvaror och kom på att han hade en av bilarna borta hos Sara. Efter två glas vin hade han inte vågat köra hem, även om det var en kort sträcka. Det hade varit en trevlig kväll, sedan Sara mjuknat och bjudit in honom på mat och vin. Han tyckte om henne, de hade lätt för att prata med varandra märkte han, vilket var helt hennes förtjänst. Hon fick honom att öppna sig, utan att pladdra på om sitt eget alltför mycket. Sara berättade om sin familj, syster i Småland och föräldrarna i Ängelholm, men undvek att säga för mycket om henne och Danilo.

Tomas hoppades att de skulle träffas fler gånger. Han kände att han längtade efter beröring, skratt och en kvinnas famn. Men han ville inte bara ha de där korta stunderna av lycka, som det skulle kunna bli. Mycket annat kunde följa med som var krävande och han visste inte om han var beredd ännu. Kanske inbillade han sig bara att gillandet var ömsesidigt. Han var ju trots allt några år äldre än henne, förstod han.

Tomas mindes att Sara skulle vara ledig denna dagen, när han ringde på dörrklockan. Han hade egentligen inget ärende, ville bara tacka för gårdagen. Han hoppades på att få hennes vackra leende tillbaka. Efter andra påringningen gick han mot sin bil, eftersom hon tydligen inte var hemma. Just som han skulle sätta sig i bilen öppnades dörren av en andfådd Sara.

- Tyckte väl att det ringde på dörren. Jag höll på med att dammsuga, förstår du.

Han såg att något hade hänt, hennes ögon var tårfyllda, hennes händer darrade och hon kunde inte gömma sin bräcklighet.

- Men vad har hänt Sara?

Sara förstod att hon inte kunde dölja något för Tomas, utan bjöd in honom. När dörren stängts kom tårarna. Han stod handfallen och visste inte, om han skulle hålla henne i sin famn, eller låta henne lugnt sätta sig och berätta. Lösningen blev enkel, hon slog armarna om honom, där de stod innanför dörren. Salta tårar kändes mot hans kind och värmen från hennes kropp gjorde honom omtumlad.

De satte sig i köket och Sara drog hela berättelsen om Danilos trassliga liv, som nu resulterat i att han blivit häktad. Danilo hade varit en av dem som polisen grep för några dagar sedan i Ödåkra, när han och några andra män gjorde en omlastning av narkotika från en lastbil, som kommit med färjan till Helsingborg. Tagna på bar gärning. Danilo hade försatt sig i en besvärlig situation och inte lyckats lösa sina problem, utan utökat dem. Det skulle inte gå att komma undan straff för något sådant.

- Förlåt, jag vill inte belasta dej med mina bekymmer, du har ju egna att tänka på.

- Jag tror att jag är en god lyssnare, så det är ok för mej.

Sara hade givetvis inte berättat sanningen för Milan, han var för ung och skulle inte förstå Danilos handlingar, än mindre kunna han fatta att hans pappa snart skulle hamna i fängelse.

- Det var hans syster som berättade vad som hänt och hon får hålla kontakt med en advokat, om vad som kommer att hända framöver. Jag orkar inte själv. Milan är hos mina föräldrar, de kom och hämtade honom och han skall vara där hos dem resten av veckan.

Tomas undrade om hon skulle gå på Linas begravning. De kom överens att gå dit tillsammans, men först ville Tomas bjuda på en enkel middag under kvällen. Saras samtyckte med ett vagt leende.

43

Molnen hade drivit bort och en blå himmel lovade en stabilisering av vädret. Inte med den tryckande värmen som varit den senaste veckan, utan mer normal temperatur. Han andades in den krispiga luften. Vindens varsamma prasslande i löven var rofyllt och Tomas drabbades av en energi att göra förändringar i sin stuga. Det skulle vara skönt att få utlopp för en kreativitet han inte känt på länge. Men först måste han givetvis avvakta kommunens besked om en förlängning av arrendet, eller om han skulle behöva friköpa tomten. Han skulle börja med att klippa gräset och fixa till utomhus runt huset. Någon mer dispyt med Wallman räknade han inte med för tillfället.

Kvällen med Sara hade avlöpt bra. Han hade dukat fram en god nudelsallad med räkor och grönsaker, som han gav en asiatisk smak med koriander och ingefära. Rätten var en av de få han kunde fixa till utan recept. Han gillade att laga mat, men behövde oftast utgå från en kokbok för att få de rätta proportionerna.

De hade pratat om allt mellan himmel och jord, han tyckte det gick lätt att samtala med Sara och trivdes i hennes sällskap. Ett glas vitt vin hade förhöjt stämningen. Vid kaffet efteråt frågade han henne, om hon som mäklare hade några tips till en förändring av inredning och annat i hans bostad. Hon kom med några bra förslag, bland annat nya möbler och kanske en liten modernisering och målning. Han tog tacksamt emot dem och såg själv framför sig hur förändringen skulle bli utmärkt. För stunden tycktes hon ha skjutit undan tankarna på Danilo. När hon gick hem fick han en varm kram av henne. En kram som lovade mer.

Telefonen ringde. Han såg på displayen att det var Anna, av alla människor. Han hade inte ännu tagit bort henne i telefonboken, sedan hon flyttade ut från deras gemensamma lägenhet. Hon hade ju tagit alla sina saker den gången och lämnat honom med några bestämda ord. Han hade inte ägnat henne en tanke sedan dess, eller hade han det?

Hennes röst var vänlig och han stålsatte sig att lyssna, på vad hon egentligen ville. Han kunde ana en inställsam ton i hennes sätt att prata. Ett annat tonläge än där på trottoaren, när hon for iväg med bilen.

   - En fågel viskade i mitt öra, att du har skaffat dej en sommarstuga nere i Skåne.

Det var mer ett påstående än en fråga. Hon hade tydligen hört det på omvägar. Tomas tänkte hålla konversationen kort, men ändå vänlig.

   - Jag hade ingen aning om att fåglar kunde prata. Men det stämmer, jag har faktiskt ärvt den.

   - Men du, jag hade tänkt köra ner en vecka nu på min semester. Kan jag få komma och hälsa på?

Tomas var inte beredd på en så direkt fråga. Han kände inte för att återuppta relationen, vilket skulle kunna bli verklighet om de tillbringade några dagar och nätter tillsammans. Han hade haft tid att tänka igenom sin situation den senaste veckan och ville inte trassla in sig fler gånger i någon tillfällig förbindelse, som inte skulle hålla. Hon märkte att svaret dröjde.

- Du, det är nog inte så lämpligt, jag har en del att göra resten av semestern här, så det får tyvärr vara så.

Han märkte att hon blev besviken, men han skulle inte ändra sig. Förr hade han ofta låtit henne bestämma, även om han hade tänkt något annat. Bara för att glädja henne hade han låtit henne ta kommandot i det mesta, men ändå hade hon kunnat vräka ur sig hur oengagerad han var. Han var egentligen inte långsint, men vissa ord hade sårat honom. Tomas hade också äntligen insett, att de var för olika i många saker. Tidigare hade han velat göra henne glad och lycklig, men lusten från förr infann sig inte mer, insåg han.

Hon avslutade samtalet tvärt och Tomas fick nästan dåligt samvete. Kanske ville hon bara vara vän med honom och hälsa på en stund. Men han insåg att han gjorde rätt trots allt.

För att avleda tankarna på telefonsamtalet gick han ut i redskapsskjulet och drog fram gräsklipparen. Han fyllde på bensin från en gammal dunk, som stod intill, kollade oljan och drog i snöret. Ingenting hände. Han smålog trots att han borde bli arg, när han tänkte på sin bil som inte startade.

Det är nog startmotorn. Han stod och funderade på att skruva av tändstiftet och rengöra det, något som en stadsbo kanske skulle kunna klara av. Tomas hörde han ett kvidande ljud alldeles i närheten. När han vände sig om såg han Gösta komma i rask takt med andan i halsen. Gråten var inte långt borta, insåg Tomas och skyndade mot honom. Undrade vad som hänt.

- Bertil!

-Vad är det med katten?

- Den e dö!

Tomas såg framför sig katten påkörd och död i närheten av Göstas hus, någon annan förklaring kunde inte finnas. Gösta verkade upprörd av naturliga skäl, katten var ju hans bästa vän, kanske hans enda.

- Kom så kör vi hem till dej och ser till katten, Gösta.

Han lät Tomas lägga armen om hans axlar och de var på väg till bilen, när Gösta slet sig loss och började småspringa med trippande steg längs vägen, bort till sin bostad. Han tycktes något lugnare när han fick dela sin sorg med någon, men såren revs upp igen när de närmade sig.

Katten Bertil låg inte på vägen, som Tomas trott, utan på grusgången strax utanför huset. Han låg utsträckt alldeles stilla, men andades svagt, ögonen var stängda. Munnen som var öppen såg ut att le, men Tomas förstod att djuret hade plågor. Han upptäckte en skål med röda smulor och bitar av choklad i närheten. Råttgift! Katten hade blivit förgiftad och skulle inte klara sig, om de inte snabbt hittade en veterinär, som kunde hjälpa den stackars katten.

Tomas sprang tillbaka och hämtade sin bil. Under tiden hade Gösta hittat en kartong, som de lade Bertil i och snart var de på väg till Höganäs. Gösta fick ha hjälp med säkerhetsbältet, Tomas undrade när han senast åkt bil. Under färden var Gösta tyst, det gick inte att få något vettigt ur honom. Men Tomas pratade lugnande med honom, utan att vänta på svar. Någon hade tydligen velat skrämmas genom att placera ut råttgift, som katten lockats till och dessutom ätit med god aptit.

Veterinären undersökte katten, medan Tomas berättade vad han trodde var orsaken till förgiftningen. Efter att ha fått ett motgift och gjort några uppkastningar, blev Bertil något piggare. Ögonen lyste på Gösta av tacksamhet. Han fick utskrivet en medicin till katten och besked om, att den nog skulle vara kurant igen om några dagar. Gösta betalade kontant ur sin stora plånbok och snart var de på väg tillbaka.

Tomas frågade Gösta om han visste något om råttgiftet och förstod av de fåtaliga orden, att någon annan hade med berått mod försökt ta livet av Göstas katt. Tomas anade att det var för att skrämmas, men varför? Vad hade Gösta gjort för att behöva utstå något sådant med sin älskade katt?

Han kom att tänka på teckningarna av cykeln i stenbrottets vatten. Kanske hade någon sett Gösta vid det tillfället och började bli rädd för att bli synad. Någon som ensam, eller med någons hjälp hade slängt Linas cykel, när en fåordig man blev vittne till händelsen. Tomas räknade inte med att få något besked från Gösta och absolut inte nu när han var koncentrerad på katten.

Utflykten hade tagit två timmar och Tomas kände inte för att ta tag i gräsklipparen direkt. Han bredde sig en smörgås och drack en kall öl i skuggan av ett träd. Han såg ut över den vildvuxna gräsmattan. Jag måste skaffa en robotklippare, tänkte han och började googla på vilken modell som passade bäst. Med en sådan skulle han kunna komma ner till sin stuga och se en nyklippt gräsmatta. Kanske kunde han be en granne att se till den ibland.

Han tänkte på Sara. Var det alltför påfluget att be henne? Han skulle fråga försiktigt nästa gång de träffades. Eller fanns det något annat alternativ? Ted?

Tomas tänkte på sin egen situation. Hur livet normalt rullar på i en vanlig lunk under årets alla dagar, men så ibland händer saker, som försätter människan i oväntade tillstånd. Det var i det tillståndet han befann sig just nu, kände han. Han fick nästan nypa sig i armen för att förstå allt som hände på hans lilla plätt i universum. En plätt som hette Björketorp.

Men det var antagligen inte slut ännu, det skulle komma mer. Tomas beslöt sig för att prata med Niska om Göstas katt och höra om det framkommit mer om farbror Eriks död. Han tog fram de bilder han smygtagit med sin mobilkamera, av Göstas teckningar i ett obevakat ögonblick. Bilderna var suddiga och blev ännu mer diffusa när han zoomade in dem. Teckningen av bilen som tydligen krockat med en cykel hade nog inte gjorts på plats, utan skissats hemma av Gösta. Plötsligt förstod han, att mannen varit vittne till en olycka som slutat med Linas död. Svagt kunde Tomas skönja bilens karakteristiska ringar i emblemet och han började förstå sammanhanget mellan de enkla teckningarna och förgiftningen av katten i ett försök att skrämma Gösta. Men vem var den skyldige och hur skulle en teckning kunna bevisa något? Var Gösta trovärdig? Hade han verkligen sett olyckan, eller var det bara en efterhandskonstruktion?

44

Han visste att han var annorlunda. Gösta hade känt det ända sedan han var liten och föräldrarna oroade sig för att han inte pratade som andra barn. Efter en tid hade de tagit honom till sjukhuset, där en läkare hade talat om för dem, att hans oförmåga att prata berodde på en hjärnskada. Han hade en nedsatt funktion i talmuskulaturen och hade svårt att artikulera.

Allt detta hade hans mor berättat för honom, när det var dags att börja skolan. Föräldrarna var skilda då och Göstas mor fick dra hela lasset med att försörja dem och hjälpa honom så gott det gick. Han fick gå i en specialklass, där han trivdes bland de som hade liknande sjukdomar. De var bara åtta i klassen och kunde på något sätt konversera med varandra, med tecken och att rita eller skriva ner vad de ville säga. Han lärde sig också teckenspråket och visade sig begåvad i övrigt.

Efter skolan fick han arbete på en skyddad verkstad i Höganäs, dit hans mor skjutsade honom fyra dagar i veckan. Senare fick han färdtjänst dit och allt fungerade bra, tills Gösta var i fyrtioårsåldern och hade lärt sig så pass mycket, att han klarade av att bo själv. Hans mors plötsliga död blev en vändning till det sämre för honom. Han blev mer tillbakadragen, höll distans till arbetskamraterna och hade svårt att sköta sina sysslor på verkstaden. Socialtjänsten ingrep och bestämde att han skulle få sjukpension. Gösta nöjde sig med beslutet. Till en början värkte ensamheten i honom, men för varje dag blev han övertygad om att klara ut sin situation, genom sin hobby att rita av det han upplevde. Gå in i en spännande värld, fylld av nya upptäckter. En annorlunda hobby, som blev hans egen.

Vad är det för fel på tystnad och ensamhet, tänkte han oftast. Han var ju inte dum i huvudet, genom åren hade han lärt sig mycket och fortfarande läste han om sådant som intresserade honom. Ibland tyckte han att ord var så tomma hos många människor och han lyssnade inte alltid på dem. Ofta hade han en dialog med sig själv, genom sina tankar. Det räckte långt.

Han hade länge tänkt, att det kanske skulle vara dags att flytta till en lägenhet snart. Hans syster i Västerås kom någon gång om året och hälsade på honom, bara för dagen och hon kom alltid ensam, utan sin man. Som en slags plikt, förstod han. Det gjorde inget, tyckte Gösta, det hade varit alltför jobbigt med fler personer inpå sig. Systern visste att det skulle byggas ett trygghetsboende nästa år i Jonstorp och hon hade satt upp honom i en kölista där. Två rum och kök och en liten uteplats skulle bli utmärkt, istället för det stora hus han nu bodde i, med en trädgård som förföll mer och mer för varje år. Bertil skulle givetvis följa med.

Tomas, som nu bodde i Eriks hus kunde han på något sätt lyssna på, han var inte av den tjatiga typen, som hela tiden malde på med en massa ord, som om de skulle vara till någon nytta. Tomas hade lyckligtvis varit hemma och hjälpt honom med katten. Gösta hade blivit förskräckt, när katten bara låg där som död och han hade rusat till Tomas, den ende han litade på. Gösta bävade för den dagen, när Bertil en dag inte längre fanns. Med honom kunde han prata några ord och även om katten inte svarade, så förstod de varandra. Då brukade Bertil titta undrande på honom med sina kloka ögon, för att snart sova vidare igen.

De satt i morfars gamla gungstol som var bådas favoritplats. Både Gösta och katten hade repat sig ganska bra efter den hemska upplevelsen, tack vare Tomas rådiga ingripande. Medicinen gjorde nytta märkte Gösta, men vågade inte släppa ut katten i första taget. Han strök Bertil över den mjuka pälsen.

Någon ville skrämma honom och visste att det hade med hans teckningar att göra. Förståndet var det inget fel på, men han skulle vara mer försiktig i fortsättningen, förstod han. Kanske borde han försöka berätta mer för Tomas, om händelsen med bilen som körde på Lina. Snart skulle hon begravas och ingen hade dömts för hennes död. Han följde med i nyheterna både på TV och i dagstidningen, men eftersom han inte deltog i grannarnas oroliga spekulationer om vem den skyldiga var, så glömde han ibland bort händelsen. Men nu var det hög tid, han måste försöka prata med Tomas. Han sökte efter orden han skulle säga och tränade. Det kändes ovant i munnen, kanske var det bara han själv som begrep sammanhanget, men han gav sig inte. Satte ihop flera ord som han uttalade sakta, så att de bildade en sorts mening. Gösta kände sig stolt och nöjd.

Han saknade Erik. Han hade lovat att ta med honom på en biltur till Kullaberg och Gösta hade sett fram emot det. De hade suttit i Eriks trädgård en eftermiddag och druckit kaffe, när han hade lagt fram förslaget om utfärden kommande dag.

Gösta hade fått en kamera av Erik, som lärt honom grunderna för att kunna fotografera. En digital kamera där han kunde se bilderna direkt, men också kunde beställa de foto man ville och sätta in i album. Gösta blev exalterad av denna present, den bästa han någonsin fått. Bättre än den rakapparat han fått av sin mor i femtioårs present. Han hade svårt att somna den kvällen och hade talat om för Bertil att han skulle åka bort några timmar nästa dag, så han var tvungen att klara sig själv. Gösta hade märkt att katten förstod.

Erik kom aldrig som han lovat nästa dag. Gösta hade blivit besviken, gick hemma i orolig väntan flera timmar, tills han gav upp hoppet om en utflykt.

Nästa dag fick han förklaringen. Erik var död.

45

Det var mycket som var förändrat i landet under den första perioden av pandemin. Människor hade helt enkelt fått anpassa sig efter rådande bestämmelser för att inte sprida smitta, eller att själva bli smittade. För många, särskilt de inom hotell och näringsverksamheter, resebolag och andra var det rena mardrömmen, med stora indragningar och i värsta fall konkurs.

Äldreboenden var värst drabbade och anhöriga fick inte träffa sina föräldrar och släktingar. De över sjuttio år borde inte krama sina barn och barnbarn, men kunde träffas utomhus på behörigt avstånd. Alla undrade hur länge detta skulle fortgå. Konserter av alla slag, liksom biografer var stängda, fotbollsmatcher spelades utan publik.

Som en följd av detta bestämdes att den årliga Kullamarknaden i Jonstorp, som alltid inföll under första veckan i juli, blev inställd. Den stora jubileumsfesten på idrottsplatsen gick samma öde till mötes, vilket blev en besvikelse för många. En av dem var Annika Wallman, som tillsammans med restaurangen hon arbetade i, hade planerat för mat och ölserveringen där. För hennes personliga del var det den uteblivna hyllningen av hennes far, Martin Wallman, som grämde henne mest. Hon hade sett fram emot tal och berömmelse för hans insatser inom byggbranschen i Kullabygden under många år. Nu skulle det inte bli något av detta. Möjligen skulle

festen flyttas till nästa år, hade man sagt i kommittén för fest-
ligheterna.

Det som också retade henne var, att Tomas Larke vägrat
skriva några spalter i Dagbladet om Martins Wallmans verk-
samma år i Skåne. Hur han förutom sitt arbete som entrepre-
nör, också villigt skänkte pengar till välgörande ändamål.
Detta skulle inte komma till allmänhetens kännedom nu.

Stämningen på Wallmans kontor var allt annat än munter.
Han och Annika hade stängt dörren till sitt kontor och sagt att
de inte ville bli störda. Utanför dörren var det tryckt stämning
hos de två anställda som ännu inte gått på semester. De vis-
kade sinsemellan och tog en extra lång kaffepaus.

Annika var väl förtrogen med sin fars projekt som låg på kon-
ferensbordet framför dem. *Projekt Björketorp, ett attraktivt
boende för den medvetna familjen,* stod det överst. De väl-
gjorda tredimensionella bilderna med digitala människor,
som redan flyttat in, hade en förmedlande känsla av evig som-
mar. På den blå himlen seglade några fiskmåsar, utanför hu-
sen promenerade en barnfamilj. Hon insåg nu, att det måste
till en ändring av byggplanerna, om inte kommunen kunde
påverkas att tvångsinlösa Tomas fastighet. Wallman kände
som politiker flera i stadsbyggnadskontoret och byggnads-
nämnden och var beredd att gå hårt fram för att få sin vilja
igenom. Tomas Larke skulle inte känna sig alltför säker på att
få behålla semesterbostaden. Wallman skulle trycka på rätta
knappar den här gången. Erik Larkes död hade kommit allde-
les lämpligt den gången, men Wallman var inte beredd på att
en arvinge skulle komma och ställa till nya problem. Den här

gången skulle det bli annorlunda. Han informerade sin dotter, som mer och mer tycktes mogen, att axla rollen som hans efterträdare så småningom. De hade båda samma inställning att kämpa för det resultat de ville uppnå, även om det ibland blev på bekostnad av att någon trampades på fötterna. Hon var hans dotter ända ut i fingerspetsarna.

- Vet du något om den där Tomas, något som man kan använda mot honom?

Annika tänkte efter. De hade bara träffats den där kvällen, när hon hade försökt närma sig honom, men blivit avbruten av ett telefonsamtal.

- Nej, egentligen inte, men jag har märkt att han träffar både Linas bror Ted och *Streckgubben* ibland. Han har också kontakt med Sara, hon som är fastighetsmäklare. Kanske de har kokat ihop något tillsammans och trissar upp priset på torpet, för att sälja det.

Martin Wallman såg för ett ögonblick förvirrad ut. Vad hade Ted och Tomas för gemensamt egentligen? Dessutom den stumme figuren, som strök omkring lite varstans i bygden. En oroande tanke dök upp hos Wallman. Sara hade han träffat vid något tillfälle i samband med en bostadsaffär och visste att hon varit gift med den där Danilo, odågan som sökt jobb hos honom.

- Kan du försöka kolla upp vad som är i görningen, Annika? Lite diskret som bara du kan.

De log, i vetskap om att Annika var son klippt och skuren för rollen, att gräva fram obekväma sanningar, som kunde användas i deras syfte.

Utanför fönstret med utsikt över viken styrde en fiskebåt mot hamnen med morgonens fångst. Numera var det inga större mängder som fastnade i näten, men en och annan spätta skulle med stor sannolikhet snart landa på en tallrik borta på Tunneberga Gästis. Wallman blev hungrig av tanken och föreslog sin dotter en lunch där. Det skulle bara vara de två, Magnus jobbade och hustrun ville aldrig följa med på någon restaurang nuförtiden. Hon höll sig mest hemma, åt något salladsblad till lunch och lät honom stå för matlagningen på kvällen, något som han för all del gillade. Nu under pandemin kunde han inte övertala henne att gå ut på restaurang någon kväll.

I samma ögonblick knackade det på dörren. Wallman blev irriterad och öppnade med ett ryck.

- Vi ville ju inte bli störda! Är det så svårt att fatta?

Agneta, hans trotjänare på ekonomiavdelningen såg skärrad ut och darrade något på rösten.

- Polisen är här, de vill prata med dej.

- Polisen?

Samtidigt öppnade hon dörren åt en man, som presenterade sig som Jonas Niska och sträckte fram ett papper under näsan på Martin Wallman.

- Vad i helvete är det här?

Wallman hade till slut reagerat efter att först gapat som en fågelunge över det oväntade besöket.

- Vi undersöker en flickas död för något år sen och har beslut om en husundersökning här och dessutom vill vi ha nycklarna till den blå Audin, som står utanför. Vi kommer att göra en teknisk undersökning av den, sade Niska samtidigt som ytterligare två poliser kom in i rummet.

- Jag tror inte det här är sant, jag vill ringa min advokat först.

- Det kommer inte att hjälpa er Wallman, nu gör vi som jag säger, annars måste vi ta dej med till stationen. Förstått?

- Vi vill också göra en topsning på er båda först.

Annika protesterade, hon var redan försenad och skulle börja sitt arbete på restaurangen tio minuter senare, sade hon. Men hon fick inget gehör för sina argument, utan fick lydigt finna sig i Niskas regler.

Knappt två timmar senare var Martin Wallman ensam kvar på kontoret och kände sig som om ett godståg kört över honom, förödmjukad inför sina anställda. Han försökte samla sina tankar, slog upp en stor whiskey, öppnade asken med snuspåsarna och stoppade in en under överläppen. Wallman tog fram mobilen och ringde ett samtal. Vid tredje signalen svarade den uppringde.

- Jag har ett jobb åt dej.

Wallman tryckte bort samtalet och såg ut över det glittrande vattnet. Men hans tankar var upptagna av annat.

46

Till slut lyckades han få igång gräsklipparen. Bland Eriks verktyg hittade han en skiftnyckel att ta loss tändstiftet med och upptäckte sot, som han blåste bort och torkade rent med en trasa. Han fyllde på med olja från en plastflaska med tydlig text på, så att det inte fanns något att ta fel på. Erik var en noggrann person tydligen. När han drog i snöret hostade motorn till, men efter tredje försöket startade klipparen.

Tomas kände sig nöjd efter att ha klippt största ytan framför huset, men lämnat andra delar orörda, för att låta sommarängen blomma. Han hittade några dynor i förrådet, som passade till en gammal, något rostig hammock som nu lockade på honom. Med en kudde under nacken lade han sig raklång och såg upp mot himlen, där små molntussar sakta seglade fram mellan trädens kronor. Långt borta hördes en radio, någon lyssnade tydligen på en av de dagliga sommarpratarna. Ulf Lundell, trodde han. Några barn stojade i närheten. Vindens sus och koltrastens sång vaggade honom till ro, medan gungan sakta svängde fram och tillbaka. Han slöt ögonen.

Han mindes barndomens somrar. Föräldrarna hade också haft en hammock och satt ofta i den på kvällarna och såg på solnedgången, medan han höll på med annat. I trädgården fanns en del bärbuskar, hallon, krusbär och röda vinbär. Ett äppelträd som gav goda sommaräpplen och ett päronträd, som han var med att plocka ner frukten från i mitten av september, runt hans födelsedag. Tomas mor brukade baka en god pärontårta, som smakade gott till födelsedagskaffet, eller läsk för hans del. Han hörde i drömmen sin mor ropa på honom, att komma och plocka ner päronen.

Men Tomas såg inte henne och undrade vart hon tog vägen. Han ryckte till och vaknade ur drömmen. Han hörde ett skratt. Borta vid staketet stod Sara leende och ropade ännu en gång.

- Ska du hämta din cykel och följa med på en utflykt? Jag har packat en kaffekorg och har nybakade bullar med.

Tomas for upp och skakade drömmen av sig. Snart hade han inspekterat Eriks cykel och efter att ha pumpat däcken och smort kedjan gav de sig iväg. Det kändes som att semestern äntligen hade infunnit sig. Han log mot Sara, som tagit kommandot och de styrde norrut på länsvägen mot Arild.

Han kunde inte minnas när han cyklade senast. Det måste varit många år sedan, möjligen på någon utlandssemester med Jennifer och Åsa. Eriks cykel hade bara tre växlar, men Tomas lyckades ändå hänga med Sara, som tycktes vara en van cyklist. De vek av vid skylten som visade till *Flickorna Lundgren*, det berömda kaféet med sin lilla halmtaksförsedda stuga och en underbar trädgård, som drog massor av turister varje sommar. Nu var det glest mellan borden, men ändå ganska mycket folk där.

Den förre kungen Gustav VI Adolf kom på besök en gång varje sommar och drack kaffe med sina vänner, när han tillbringade några veckor på sitt *Sofiero*. Sara hade hört att han alltid fick en kartong vaniljhjärtan med sig därifrån och den lilla kaffestugan blev känd över hela landet.

De passerade sommarstugor varvat med åretruntbostäder och hade den steniga kustremsan alldeles i närheten. De skymtade Kullaberg bakom utstickande klippor, där små vikar blev tillhåll för ejder och fisktärnor. Tomas började bli andfådd av trampandet, men ville inte klaga. Sara hade inga svårigheter att ta sig uppför backarna, som snart planade ut och övergick till en rak asfalterad väg. Tomas kände igen vägen där han kört bil från andra hållet till Åke Becker, som bodde alldeles i närheten. De kunde nu skymta gamla Arild längre fram, orten hade svällt ut åt söder med stugor och permanentboende.

Vid Rusthållargården svängde vägen brant ner till hamnen och Tomas fick bromsa rejält, för att inte styra rakt in i ett lågt trähus. De parkerade sina cyklar och Sara berättade för honom om gamla Arild, fiskeläget dit turister, konstnärer och författare samlats i över etthundrafemtio år.

Under sillfiskets storhetstid i mitten av artonhundratalet öppnade Cecilia Andersson och hennes man sitt stora hus och drev Värdshus där. Konstnärer från både Danmark, Norge och Sverige drogs dit, Kröyer och von Dardell med flera, förtjusta av det rofyllda fiskeläget, bygdens naturskönhet och ljuset över Kullaberg. På kvällarna förekom många intellektuella samtal på punchverandan. Kung Oscar II var gäst på *Mor Cilla* som stället hette i folkmun, i slutet av århundradet. Hon drev stället fram till sin död, då andra verksamheter tog över.

Tomas blev överraskad över hennes kunskaper om Arilds historia, men det hade sin förklaring. Sara var född i de trakterna, där föräldrarna hade haft en handelsträdgård och flyttade till Lund, för att studera när hon var tjugo. De följde Hagavägen med sina små idylliska hus, där stockrosor i läckra färger klättrade på fasaderna och kom till ett grönområde med parkbänkar där Sara dukade upp kaffe och bullar. Tomas kände att det ömmade i baken när han satte sig ner och förstod, att lårmusklerna skulle få känna av träningsvärk, som ett brev på posten, alltså någon dag senare.

- Har du hört något om Danilo, frågade Tomas.

- Han har tydligen släppts från häktet, men kommer att bli åtalad i höst, berättade hon. Han ringde häromkvällen och var ångerfull, ville prata med Milan.

- Förstår Milan vad som hänt?

- Jag tror inte det, jag försöker låta honom vara ovetande, men man vet inte vad han får höra av kompisar på skolan senare. Ungar kan vara riktigt odrägliga mot varandra.

För ett ögonblick såg Sara nedstämd ut och han ångrade sina ord.

- Det var inte meningen att göra dej ledsen, förlåt.

- Det är okey med mej, jag är glad att du ville följa med mej på cykelutfärd idag. Jag tycker att det är så fridfullt här och tar gärna en sväng hit varje sommar. Men oftast ensam.

Tomas kände en värme sprida sig i kroppen och glömde för en stund bort det ömma i baken och att de måste cykla tillbaka samma väg. Just i den stunden kände han sig ung, trots sina snart fyrtiofem år, en lyckokänsla kom över honom när han såg upp mot den blå, vidsträckta himlen. Minnen av sommardagar med blöta fotsteg över stenar efter badet. Nu, en vacker kvinna vid hans sida. Hennes närvaro lyfte bort mycket av onödigt grubbel, bekymmer för en framtid man trots allt inte kan styra över helt och hållet. Det räckte gott för stunden.

Han var van genom jobbet som reporter, att gräva fram information från olika kanaler, om de brott som skulle klaras upp av polis. Hemma hade han därför kollegor på andra tidningar och vänner inom polisen att luta sig mot, men här hade han bara utredaren Jonas Niska och hade ingen aning om hur han resonerade, eller kommit fram till angående Linas död och eventuellt Cecilia Bloms mystiska drunkningsolycka för många år sedan. Tomas hade velat fråga Sara, men kände att det inte var rätt tidpunkt för det nu. Dessutom hade han semester.

Kaffet smakade utmärkt, bullarna likaså. De såg ut över havet och vågorna som slog in mot klipporna. En flock fiskmåsar flög upp i luften för varje våg, för att snart dyka ner och försöka hitta något gott som spolats upp.

Han märkte att Sara tänkte på något, men han vågade inte fråga. Hon vände sig mot honom.

- Här nånstans drunknade en flicka för många år sen. Kanske var det lite längre bort, förbi hamnen, om jag minns rätt. Hon skulle gå hem till sin mormor, som hon bodde hos på sommarlovet, men kom aldrig hem. Det var en mörk sensommarkväll och man kunde inte leta så länge. Någon dag senare hittade man henne drunknad.

Tomas hade inte behövt bekymra sig för att föra något av det som upptog hans tankar, på tal själv. Sara berättade och visste. Han måste ha sett underlig ut, för hon studerade hans ansikte.

- Vad du blev tyst, visste du om detta?

Tomas berättade om sin kompis Micke, som helt nyligen avslöjat att han syster drunknat.

- Kände du de här ungdomarna?

- Nej, jag var bara tolv år och höll inte till nere i byn då. Men jag har hört, att det var ett gäng som höll ihop där, både ungdomar från byn och några sommarboende.

- Minns du några namn? Tomas kopplade in sin jobbhjärna.

- Nej, det är ju så längesen, kanske mina föräldrar kommer ihåg dem.

- Om du har lust att fråga, skulle jag vara tacksam. För min kompis skull alltså. Han har undrat hur det var möjligt, att hon bara föll i vattnet och drunknade. Självmord var helt uteslutet, hon hade skador i huvudet, när de hittade henne.

- Nu låter du som en polis! Menar du att det skulle vara någon som hjälpte henne. Någon som dödade henne?

Något han lärt sig som reporter var, att brottsutredare inom polisen avskydde slumpen vid den typen av dödsfall och försökte alltid hitta orsaker. Som med Emmas drunkning för tjugofem år sedan och Linas död. Även om ett samband var uteslutet, så fanns det ändå något gemensamt. Jo, han lät som en polis och tänkte som en sådan. Han måste skärpa sig.

- Man vet aldrig.

De släppte ämnet och började prata om trevligare saker. Sara frågade honom om Åsa och han berättade i korthet deras tidigare sköra förhållande, som nu blivit helt igen. Återförening och kramar. Sara berättade om Milans drömmar om att bli fotbollsproffs eller polis, han hade inte riktigt bestämt sig ännu. De skrattade åt hennes sons planer, som kanske aldrig skulle slå in. Eller så gjorde de det.

- Vad har du för drömmar? Tomas slängde fram frågan utan att tänka.

Sara såg fundersam ut och tycktes inte kunna ge ett svar. Efter en stund hade hon tänkt klart.

- Jag hoppas kunna träffa nån som jag kan lita på, en man som ser mej och vill bilda familj med oss. Danilo är ett passerat liv, men han är ju Milans pappa, så jag vet inte hur det skall bli. Allting hänger i luften, kan man säga. Du själv då?

Tomas ångrade nästan att han gått in på personliga frågor, men kunde inte värja sig nu. Vad hade han för drömmar? Han visste det knappt själv, allt hade varit så omtumlande de senaste dagarna, helt olikt hans vanliga liv uppe i Göteborg.

 - Jag hoppas jag kan behålla stugan, att kommunen går med på fortsatt arrende menar jag. Sen vill jag gärna komma ner så ofta som är möjligt, märker att jag trivs väldigt bra här. Här finns ett annat lugn än i en stad, åtminstone inbillar jag mej det. Fast att det hänt en del nu.

Han tyckte själv att det lät bra och Sara tycktes bli nöjd med svaret. Hon log sitt självsäkra leende.

 - Det låter som ett bra beslut! Vad säger du, ska vi cykla hemåt?

 - OK, men vad säger du om middag på Tunneberga ikväll?

Sara var inte sen att tacka ja till inbjudan. De cyklade på Turistvägen och kom upp på Stora vägen. Tomas kommenterade det fantasilösa namnet.

 - Vad sägs om Semestervägen då, den finns här i närheten?

De hade kommit överens att cykla till Gästgivargården på kvällen, för att kunna dela på en flaska vin. Men Tomas började nästan ångra sig, när han kände att det stramade i benen för varje tramptag. Han skulle antagligen få en rejäl träningsvärk under morgondagen, förstod han. De skiljdes åt, Tomas skulle boka bord till klockan sju och lovade komma en kvart före till Sara.

När han kom hem plingade det i mobilen. Det var hans chef, Simon Bjelke. Simon var något äldre än Tomas och också god vän till Micke Blom. Simon och Micke hade gått på högstadiet samtidigt och blivit väldigt bra kompisar. Sedan Simon gift sig hade deras utekvällar med kompisar blivit avsevärt färre, för att nästan utebli helt efter en tid. Dessutom spelade Simon inte golf, vilket i mångas ögon var en nackdel i gemenskapen.

- Hur har du det där nere i Skåne?

Tomas förstod att Simon hade något jobb åt honom, i annat fall hade han inte ringt.

- Allt är toppen, jag har semester!

- Jo, jag vet det, men skulle du inte kunna skriva några rader om utredningen av flickan de hittade i vattnet där i Kullabygden? Lina var det väl? Vi gör en grej om gamla ouppklarade dödsfall i Skåne.

- Jag är ingen kriminalreporter och dessutom har jag semester.

- Tomas, det tar dej inte så lång stund med en uppdatering när du är på plats. Dessutom hörde jag av Micke att det fanns något DNA på hans syster Emma, som dog för många år sen, det kunde du kanske också kolla.

- Patrik då?

- Han är på fjällvandring i Abisko. Du är på plats.

- Sa jag att jag har semester?

- Du kan ta en extra dag ledigt, om du skickar in några rader innan veckans slut.

- Du är grym. Vad sägs om en vecka extra?

- Kollar upp det. Bra, mejla vad du vet innan fredag. Vi hörs.

Samtalet var slut, Tomas stod kvar med mobilen vid örat och kände sig både hedrad över uppdraget, men också en smula stressad och kände pulsen öka. *Fan ta dej Bjelke.*

Tomas tog en dusch och gjorde sig i ordning för kvällens middag med Sara. Som tur var hade han tvättat sin ljusblå skjorta, som med de bästa jeansen skulle bli en lämplig klädsel för en sommarkväll. Han kände sig upprymd, nästintill förväntansfull, när han satte sig på cykeln och försökte ignorera att musklerna ropade på vila.

47

Nästa dag vaknade han med lätt huvudvärk. Kvällen hade varit hellyckad, middagen var utsökt på Gästgiveriet, vinet likaså. Därefter hade de fortsatt med kaffe och konjak hemma hos Sara. De hade pratat, lyssnat på musik och inte förrän bortåt ettiden hade Tomas gett sig iväg hem till sitt. När han skulle gå stod de helt nära varandra, han kunde känna hennes varma kropp. Hon såg upp på honom, gav honom en kram, innan deras läppar möttes i en försiktig kyss. Det kändes helt rätt, men ändå ville inte någon av dem ta första steget till något mer. Tomas hade känt sig omtumlad när han cyklade hemåt.

När han tog steget upp ur sängen var det som benen skulle vika sig. Cykelturen hade väckt en del muskler, som han inte använt på länge. Efter några försiktiga steg, mjuknade kroppen något.

Tomas mindes gårdagskvällen och log vid tanken. Han hade njutit av hennes beröring, men visste inte hur han skulle göra framöver. Kanske var det bara att se tiden an, men han ville inte strula till det igen, varken för honom själv eller för henne. Hon var ju trots allt flera år yngre förstod han och dessutom hade hon ett barn, som skulle komplicera ett förhållande.

Han kom också ihåg samtalet med sin chef och slog en signal

till Niska, som svarade direkt. De kom överens om att träffas på polishuset i Höganäs vid elvatiden. Tomas såg på klockan. Den var halv tio. Han var redo för en biltur och tänkte samtidigt med besöket, kolla på och kanske köpa en robotklippare. Han drack det sista av kaffet, tog en snabb dusch och var snart iväg. Men först skickade han ett meddelande till Sara och tackade för en trevlig kväll. Han lade till ett hjärta och en smiley, men ångrade sig direkt och ändrade till en glad gubbe, för att inte visa för många känslor, som kunde misstolkas. Tomas svängde förbi Göstas hus och såg honom och katten ute i trädgården. Allt tycktes lugnt där.

Det visade sig att Höganäs, liksom många andra svenska småstäder drabbats av butiksdöden i stor utsträckning. Två gator som gjorde anspråk på att vara affärsgatorna i staden, eller bruksorten som vissa envisades att kalla den, låg ganska öde på förmiddagen. Köpmansgatan var numera den som bäst lämpade sig som centrum, med enkelriktad trafik och med både en bokhandel och ett bibliotek, men var ändå folktom efter att systembolaget flyttat och numera fanns vid sidan av Lidl, borta vid Storgatan. Kommersen fanns nu på Outletområdet och i Höganäsbolaget gamla lokaler, som gjorts om till Saluhall och Magasin 36. Parkeringarna var överfulla så här i semestertider och Tomas brydde sig inte om, att ens försöka hitta någon plats.

Istället frågade han en man på en bänk vid Storgatan, som var uppfräschad på ett modernt sätt med planteringar och bänkar för en säkrare trafikmiljö, var man möjligen kunde köpa en robotklippare. Mannen såg på honom, som om han kom från en avlägsen planet.

- V e de för nåd?

Tomas insåg att mannen var så pass gammal, att han inte följde med den nya tekniken. Kanske hade han bott i lägenhet i hela sitt liv och aldrig klippt en gräsmatta. När Tomas förklarat pekade mannen med handen med handen längs Storgatan.

- Försök pau Jem o Fix borta pau Övre.

Tomas tackade och körde vidare. Han hade hört att de gamla höganäsborna delade upp staden i *övre* och *nedre*, ett begrepp sedan gruvans och brukets storhetstid. På *övre* fanns på den tiden gruvarbetarbostäderna, gruvtorget och disponentbostaden. Numera också Höganäs museum. Det så kallade *nedre*, området vid Öresund, var förknippat med fiske och sjöfart.

På Jem & Fix fanns en okänd modell av robotklippare och Tomas antog att det var ett lågprismärke och ville inte chansa på något sådant. Det skulle bli att köra till Helsingborg, eller Väla Köpcentrum strax utanför. Klockan närmade sig elva och Tomas tog en cappuccino på Café Bistro innan han steg in på polisstationen för att träffa Jonas Niska.

Polishuset var en låg enplansbyggnad på Torggatan, vid sidan av Stadshuset, som tornade upp sig med flera våningar bakom. Han parkerade på en av de två besöksplatserna. Tomas presenterade sig i entrén och ombads vänta en stund. I det trånga rummet fanns bara en besöksstol som såg oanvänd ut. Här fanns tydligen en polisstation, som det inte fanns någon egentlig anledning att besöka mer än i undantagsfall. Höganäs var en av landets kommuner med lägst brottslighet, hade han hört. Inga rån det senaste året, bara fyllerislagsmål och några skadegörelser. Men trots allt hade ett förmodat mord eller dråp skett vid Björketorp, som var en del av Höganäs kommun. Återstod att se om Niska skulle lyckas klara upp det och kanske skapa ljus i Emma Bloms mystiska drunkning för länge sedan.

Tomas behövde inte vänta mer än två minuter innan Jonas Niska tog emot honom. Han visade in honom till ett av de små rummen, med utsikt mot gatan. Tomas noterade, att bara en polis var i tjänst för dagen, kanske beroende på semestertider, men förstod att indragningar gjorts på en del poliskontor, som dessutom bara var öppna under normal affärstid. Fritt fram för buset efter sex på kvällen alltså.

Rummet var opersonligt inrett, skrivbord med en besöksstol, bokhylla med pärmar och några tavlor, föreställande gamla Höganäsmiljöer på väggarna. Skrivbordet var välstädat, i fönstret stod två krukor, med slokande gröna växter i det gassande solskenet, som silade genom persiennerna. Det enda som kunde ses som personligt, var ett foto föreställande två personer, på skrivbordet. Tomas gissade att det var Niskas dotter och barnbarn, fotograferade vid en strand i Grekland, eller Spanien. Möjligen på Kanarieöarna, tänkte han.

Niska tog fram en pärm och sina runda läsglasögon. Sedan de sågs senast hade han börjat anlägga skägg, vilket fick hans ansikte att se mindre kantigt ut. De kantiga dragen hade jämnats ut, men blicken var skärpt och påminde om en örns. Han såg att Tomas sneglande på fotot och berättade att det var hans dotter Aili och barnbarnet Tuva. Han nämnde inget om en eventuell fru och Tomas ville inte fråga, respekterade den norrländska ordkargheten, även om Niska numera efter många år i Skåne ändrat sig något. Tomas kom att tänka på vitsen om ett gäng skogsarbetare, som under en paus i skogen korkade upp sina pilsnerflaskor. En av dem utbrast: Skål! En av de andra kommenterade det med: ska vi prata eller supa?

Inte mycket hade förändrats i utredningen. Wallmans bil hade undersökts noga, men teknikerna kunde inte hitta några bevisade skador på den. Inte heller några andra spår av att Lina skulle ha transporterats i den. Något alibi efter så lång tid skulle vara omöjligt att få fram. Han hade blivit topsad och svaren skulle komma inom kort. Något förhör hade inte gjorts. Däremot hade man beslagtagit en jutesäck från källaren i Wallmans kontor och funnit likheter med den som Lina förvarats i, när hon låg på havsbotten. Teknikerna höll som bäst på att analysera den och hade tagit DNA-prover. En vädjan hade gått ut i Dagbladet om att folk skulle höra av sig om de visste något, eller märkt att någon bil varit på verkstad under det senaste året, för att reparera skador i karossen. Alla tips var välkomna hade man skrivit.

Tomas förstod att han skulle kunna använda Niskas ord i sina rader till Bjelke. Klent resultat men ändå något. Han frågade om man kommit fram till vem som överfört pengar till Lina under alla år, men där hade man inte fått något napp. Kontot som pengarna kom från, var ett privat konto i en utländsk bank och skulle ta tid att få fram ägaren till, på grund av banksekretessen.

Tomas reste sig för att gå. Vid dörren frågade han om man hittat något nytt om Emma Blom. Han förväntade sig inte, att Niska skulle känna det angeläget att grubbla över ett så gammalt fall, men frågan var ju fri tyckte Tomas. Som reporter kunde man ibland unna sig att fråga en gång för mycket.

- Jo, det är så att vi faktiskt fått in några namn på de ungdomar flickan umgicks med under den sommaren nittiofem, när hon drunknade. Vi håller på att kontrollera dem och kommer att höra de som fortfarande är i livet, vilket nog är de flesta av dem. Vi har DNA från Emma och kommer att försiktigt jämföra dem med de mest troliga.

Tomas blev häpen över svaret och frågade om han kunde använda svaret i sin rapport. Niska bad honom vänta, men gav tillåtelse till en vag beskrivning och ville se texten innan den skickades till tidningen. Tomas lovade.

- Hur många är de?

- Åtta stycken har vi fått fram, men vi sållar kanske bort några, som inte är relevanta.

Tomas lämnade det lugna polishuset och begav sig ner mot hamnen för att äta lunch.

48

Holger Albing hade varit orolig en tid, men nu fick det bära eller brista, ansåg han med en plötslig myndig attityd. Han kunde inte längre sticka svansen mellan benen och bara lyda sin tidigare kompis och gå emot nämndens beslut. De måste stå eniga i frågan, så var reglerna.

Ärendet gällde Wallmans exploatering av marken i Björketorp, som han tidigare fått ett vagt löfte om att kunna genomföra. Kravet var att vägfrågan löstes och att alla inblandade husägare ställde sig positiva till byggnation. Ett större problem hade uppstått, som gjorde att bygg och miljönämnden fattat ett nytt beslut, vilket innebar ett klart nej till en planändring och därmed stopp för byggprojektet. Lantmäteriet undrade i ett mejl till kommunen vad som egentligen gällde, ett mejl som skickades vidare till nämnden att svara på. Holger var den som fick uppdraget att låta bilan gå.

Martin Wallman var rasande. Han ringde upp Holger och hotade att berätta för hans hustru, om Holgers snedsprång vid några besök i Köpenhamn föregående år. Wallman hade då bjudit ut Albing på en fin restaurang i den danska huvudstaden och sedan hade de fortsatt till en nattklubb. Holger hade vaknat framåt morgonen och upptäckt en kvinna bredvid sig i sängen. Långsamt klarnade tankarna och han mindes vagt alla drinkar de druckit och bjudit några kvinnor på. Holger skämdes den gången, men kunde inte säga nej när Wallman ytterligare en gång ville ha honom med.

Otroheten skavde i Holger, han älskade ju sin hustru och ville absolut inte lämna henne, eller bli lämnad, vilket skulle kunna bli verklighet om Wallmans planer, att berätta blev av. Men han hade beslutat sig för att stå rakryggad den här gången och ta sitt straff, vad det än blev.

Wallman skulle inte få sin vilja igenom, han skulle få se sitt byggprojekt i Björketorp gå i graven. Dessutom hade Holger en hållhake på honom. Vid ett svagt ögonblick under spritens inverkan hade Martin avslöjat sin hemlighet för honom och dessutom bett om hjälp, att avvärja avslöjandet, givetvis mot en ersättning. De hade ett avtal, som Holger följt ända fram till för ett år sedan, när allt blev förändrat och avtalet upplöstes av sig själv.

49

Han körde förbi Sundstorget och det stora gula huset, som varit föremål för TV serien *Husdrömmar*. Hamnområdet var uppfräschat på senare år med flera byggnader, där två restauranger etablerat sig. Trots det utmärkta läget för verksamhet eller butik för båtfolket, fanns det inte ett spår av detta. För några år sedan ville delar av de styrande i kommunen utöka området med ett hotell med femtio rum, bostäder och någon form av kulturell verksamhet. Martin Wallman var inblandad i detta och hade långtgående planer på en hög byggnad, som skulle innehålla hotell och bostadsrätter, som ett nytt landmärke, avsett att bidra till en växande besöksnäring. Allt föll platt till marken, efter vilda protester från boende och en grupp, som var emot förändringen. Detta fanns att läsa i dotter Annikas lista över faderns idéer. Wallman hade blivit snuvad på konfekten. De nuvarande byggnaderna innehöll nu en liten hotelldel, tillhörande en av restaurangerna, kontorsrum, en frisersalong och ytterligare kontorsrum. Inget av detta tycktes öka turistbesöken i hamnen i någon högre grad.

Tomas beställde en Wallenbergare och en öl på restaurang Bryggan. Det var ganska många som letat sig ner till hamnen och han satte sig utomhus, under ett parasoll och såg ut över en välfylld småbåtshamn. Trots att det var semester låg de flesta båtar kvar vid sina bryggor. Vädret var utmärkt för segling, men bara ett fåtal båtar syntes utanför i sundet. Han såg bort mot Danmark, som nu släppt restriktionerna för svenskar att resa dit. För hur länge visste ingen.

Fredrik kom med maten, som smakade som en Wallenbergare skall smaka. Efter maten tog han en promenad förbi *Kvickbadet,* en grund badvik med badbryggor och solaltaner, grönområde, kiosk och minigolfbana i en skön miljö, som låg bara ett stenkast från stan. Tomas satte sig på en bänk och såg på några ungdomar som spelade volleyboll på stranden.

Det var dags att köra till Väla Köpcentrum och försöka hitta en robotklippare. Han fick plötsligt en idé att ringa till en kollega, som hade arbetat på Helsingborgs Dagblad, men som numera antagligen var pensionerad. Tomas hade träffat honom vid Kronprinsessans första besök på Sofiero, det vackra slottet utanför staden och en trevlig vänskap hade uppstått. De hade träffats en gång till för något år sedan i Göteborg, men därefter hade de varken setts eller hörts av.

Håkan Lundström svarade inte. Antagligen hade han inte lagt in Tomas i sin telefonbok och svarade inte på okända nummer. Tomas talade in ett meddelande och började gå mot bilen. Han hade inte tagit många steg förrän det ringde.

- Tomas, det var längesen!

Håkan förklarade att han bara kört hem för att se till lägenheten och passa på att ta en *tura,* när han ändå var i stan. En *tura* innebar en tur med färjan till Danmark fram och tillbaka, för att köpa öl och sprit på båten, ibland kombinerat med en öl och en pölse. Det visste Tomas. Håkan och hustrun tillbringade normalt sommaren i Magnarp på Bjärehalvön, i hennes ärvda sommarstuga.

- Men kom hit och gör mej sällskap på färjan över, vi kan ta en dubbeltur, så vi hinner snacka också. Tänker köpa en del öl och snaps till kräftfesten om några veckor. Aurora går om femtio minuter, du hinner.

Tomas nappade på förslaget och kände sig upprymd.

På väg 111 var det mycket trafik. Han svängde av vid vägen mot Laröd och passerade Sofiero slott, för att komma bakvägen in i Helsingborg. Tomas såg på klockan, han hade ytterligare tjugo minuter på sig. Efter Pålsjö krogs gula träbyggnad stod en malplacerad staty av Henrik Larsson, stadens egen fotbollskung, just där Drottninggatan började. Den första långa raksträckan upptogs av pampiga, nästan överdådiga villor i mångmiljonklassen på hans vänstra sida. Alla hade utsikt mot sundet, Danmark, badande människor och ett stort antal flanörer på den breda stenläggningen. Sundet, som påstods vara ett av världen mest trafikerade, glittrade i solskenet. Han räknade till sex stora fraktfartyg, några segelbåtar och färjorna som pendlade över sundet mellan länderna.

Han valde att parkera under Sundstorget vid Dunkers kulturhus och skyndade på stegen på Kungsgatan och hade åtta minuter till godo, när han slank in på Knutpunkten. På avtalad plats stod Håkan och viftade med två biljetter. Med sig hade han en kärra, för att transportera dryckerna han tänkt köpa. Tomas upptäckte att flera andra hade samma utrustning med sig, ett transportmedel som tycktes vara nödvändigt här.

Håkan hade mycket riktigt dragit sig tillbaka från sitt arbete på Dagbladet, där han de senaste åren skrivit kåserier för läsarna en gång i veckan. Han var även föreläsare och frilansjournalist, varvat med livet som pensionär. Han hade gift sig i femtioårsåldern med en tidigare revyartist och skådespelare, Malin Bangert och föll pladask för hennes humor, något som även smittade av sig i Håkans kåserier. Hans tidigare yviga frisyr var nu ett minne blott, hjässan var nästan kal men i nacken krusade sig håret. Håkan var solbränd och klädd i en kortärmsskjorta, slitna jeans och blå sportskor. De hälsade, men tog inte i hand, utan nuddade armbågarna mot varandra.

- Jag köpte en biljett till dej så du slipper stå i kö.

Färjan avgick punktligt. Trots att människor hade semester var det inte någon trängsel på båten, så Håkan ställde sig i kön för att köpa sig två danska pölser med lök, och en grön Tuborg, som blev hans lunch. Tomas nöjde sig med en kaffe och ett wienerbröd.

Överfarten varade tjugo minuter och de hann med att prata av sig om allt som hänt sedan de senast sågs. Tomas berättade om huset han ärvt, om Gösta med sin katt, Ted och hans kusin Lina, som skulle begravas kommande dag. Han berättade också om de otrevliga dispyterna med Martin Wallman, som hade ett stort projekt på gång och ville lösa in Tomas bostad.

- Martin Wallman. Han är en följetong i Dagbladet kan jag säga dej. Han har figurerat i flera skumma affärer på sistone, så han är inte att lita på, har jag förstått. Passa dej för honom.

- Vad då för skumma affärer?

- Du får lova att inte skriva något om detta jag kommer att berätta. Jag har fått höra det från ett säkert håll, men vi har ju källskydd, som du vet.

- Självklart, jag vet. Men det är bra att veta vem man har att göra med.

Färjan var nu i Helsingör och en del människor lämnade för att gå en stund på ströget, eller kanske besöka Kronborg slott, där Shakespeare lät det mytomspunna dramat om prins Hamlet utspela sig. Håkan lutade sig tillbaka och lade in en prilla under läppen och fortsatte.

- Wallman kom som du kanske vet från Stockholm, för många år sen och hade en dotter med sig. Han var ute och festade en del med gamla kompisar och nyfunna vänner, som tyckte att han var spännande. För Wallmans del handlade det bara om att skaffa sig kontakter för att så småningom kunna utnyttja dem i olika sammanhang. Han startade Wallman Bygg och hade en hel del idéer, som han till viss del färdigställde, tillsammans med en kompanjon på den tiden. Men det bar sig inte bättre än att kompanjonen föll i en trappa på Oslobåten, som de åkte med och där de festade rejält tydligen.

- Herregud, vilken soppa. Hur gick det för mannen?

- Det fanns en läkare ombord, de väckte honom klockan fyra på morgonen, men han kunde inte göra mycket. Tre timmar senare kom båten in till kajen i Oslo och då var kompanjonen död. Läkaren hade inte kunnat göra något.

- Gjorde norsk polis någon utredning?

- Det verkade inte så, de hade varit ganska överförfriskade båda två, så det tydde på en ren olycka.

- Vet du vem kompanjonen var?

- Nej jag minns inte, men kommer jag på det får du ett pling. De hade en kompanjonförsäkring som löste ut, så mannens änka fick ersättning och Wallman kunde fortsätta sen i egen regi.

- Var han gift på den tiden?

- Strax efter att han kom ner till Skåne blev han tillsammans med en gammal kärlek från ungdomstiden och de gifte sig ganska snart och fick en son. Men han var ute och vänsterprasslade, kanske på flera håll, har jag hört. Han var en kvinnokarl tydligen och hade lätt att få de kvinnor han ville. Hans fru anade nog vad som skedde och blev knepig på kuppen, sa man. Sen gick det ett rykte om, att han gjorde en kvinna på smällen och tog på sig faderskapet. Men det tystades ner.

Färjan var nu på nästa tur till Danmark och Håkan fick bråttom, att rusa till butiken ombord och förse sig med drycker till kräftorna. Tomas följde med. När färjan var mittsunds öppnades dörren till alkoholhaltiga drycker och man hade tio minuter på sig, på danskt farvatten, att handla. Stressade män for omkring, men Håkan visste exakt vad han skulle inrikta sig på. Snart hade han packat ner tre flak öl och några snapsflaskor, tillsammans med ett rosévin till sin kära hustru.

- Det gäller att veta vad som är billigt och bra, inte stå och vela, förkunnade han med en kännares säkerhet.

Tydligen åkte han ofta över när han var hemma i Helsingborg, för han rörde sig som en inföding i djungeln. Hälsade igenkännande på kassörskan och några av kunderna. Håkan var en kändis på båten. Tomas köpte två flaskor vin, som var lagom att bära. Två timmars båtfärd var över och de gick på *Suckarnas bro,* med sina varor till Knutpunkten. De lade inte märke till mannen, som stod bakom dem i rulltrappan och som suttit vid bordet bredvid på överfarten.

- Du Tomas, vi har ju en kräftskiva nästa lördag ute hos oss i Magnarp. Du kan väl komma över och ta med dej någon, om du har lust. Vi ordnar säkert med så att ni kan sova över, dumt att köra hem på natten, förstår du. Vi blir nog tio personer med er tror jag.

Tomas blev överraskad och tyckte det lät trevligt och lovade att återkomma. Magnarp fanns vad han visste vid kusten, mellan Ängelholm och Torekov. Han måste prata med Sara och hoppades att hon ville följa med.

- Förresten, vi hade bjudit Huge Grant också, men han skulle tydligen spela Veteran SM i Tennis i Båstad och ville vara i form, så de tackade nej.

- Va, den Huge Grant, skådespelaren?

- Japp, de bor i Torekov. Vi hörs.

Håkan försvann med sin kärra som en tjuv om natten. Tomas gick till Sundstorgsgaraget och hämtade sin bil.

På den högra framskärmen såg han skrapmärken i lacken och en inbuktning i plåten. Platsen intill var tom, men Tomas förstod, att någon hade stått alltför nära och stött till hans bil, när föraren backade ut, något som tyvärr kunde ske i trånga parkeringshus. Svarta repor i den ljusa lacken lyste förargligt mot honom. Tomas svor över att föraren inte hade gett sig till känna, en lapp på vindrutan hade väl varit på sin plats! Men tyvärr var det alltför lätt att smita från platsen obemärkt och det var inte lönt att ringa polisen, förstod han. Nu skulle han få punga ut med en självrisk på minst tre tusen, han mindes inte hur stor den var. Ringa försäkringsbolaget, uppsöka en verkstad skulle bli nästa uppgift för Tomas. Arg och frustrerad satte han sig i bilen och körde ut på Drottninggatan.

Han hade ingen lust längre att leta efter inköpsställe för en robotklippare, men tog ändå en sväng till Väla för att köpa en skjorta till begravning nästa dag.

50

Närmare trettio personer var närvarande vid Linas begravning i Farhults kyrka.

- Din tid på jorden var kort, men den tid du fick här hindrade dig inte från att beröra så många människor, värdig ett helt långt liv.

Prästen såg ut över de församlade i bänkarna och även om kyrkan rymde omkring tvåhundra besökare, så satt alla utspridda med avstånd från varandra, förutom på främsta raden. Ted var klädd i en mörk skjorta och mörkblå jeans. På andra sidan om hans mor fanns hennes bror och svägerska, alla med varsin ros i handen. Ted såg blek ut och stirrade rakt fram mot kistan.

Två rader bakom dem hade Tomas och Sara slagit sig ner. Övriga var klasskamrater med lärare och ortsbor, de ville hedra och ta ett sista farväl av Lina, som nu låg i en vit kista framme vid altarringen. Gula rosor prydde kistan och på golvet låg några buketter och kransar.

Kommunrådets ordförande Göran Sjöberg och några från ortens ridklubb var där också. Alla såg väldigt tagna ut i sorgens bleka ensamhet. Just som sången *Himlen är oskyldigt blå* spelades och sjöngs av en klasskamrat bröt solen fram genom molnen och riktade sina strålar mot kistan. Det blev ett vackert avslut, som ingen kunde värja sig emot. Många grät.

Det hördes ett ljud från kyrkdörren och Tomas vände sig om, lagom för att se ryggen på en person som lämnade kyrkan. Han var inte helt säker, men tyckte sig känna igen Martin Wallman

*

Tomas handlade mat på väg hem från begravningen. Sara skulle till sina föräldrar i Ängelholm för att hämta hem Milan, som varit där under veckan. Hon skulle sova över två nätter och komma hem först på söndagen. Han hade nämnt inbjudan till Håkan och Malin kommande lördag och hon sken upp.

 - Ja, visst följer jag med, det var längesen man var på en kräftskiva, hade hon sagt.

Mörka moln drog över himlen och ett omslag av vädret var att vänta. Tomas tänkte ta det lugnt i sin stuga under helgen, summera utredningen direkt när han kom hem och skicka iväg en rapport till sin chef. Kolla upp verkstäder och bilförsäkringen, läsa och besöka Gösta.

Vid kassan radade han upp sina varor och upptäckte att det var Bim som satt där. Hon log igenkännande.

 - Hur är det med hälsan och kärleken? Har sett dej och Sara tillsammans.

Tomas kunde inte annat än le, han började bli van vid alla ögon som såg, alla rykten som surrade i Björketorp.

231

- Vi är bara vänner.

- Jo visst, det brukar ju börja så. Sara är en bra tös, konstaterade hon med ett nytt leende.

- Fyrahundratrettiotvå kronor. Förresten, det går rykte om att du inte tänker sälja till Wallman. Så du stannar?

- Det är riktigt, jag behåller huset och kommer att bo där från och till, svarade han och betalade sina varor.

Han hörde ett svagt muller på avstånd. Åskväder var på gång. De första dropparna kom när han bar in sina kassar och just som han öppnade kylskåpsdörren, kom den första knallen. Det hade mörknat utomhus och han tände belysningen i köket.

Han förstod inte först vad som var fel. Något var förändrat sedan han lämnade huset under förmiddagen, men kunde inte sätta fingret på vad det var. Men känslan växte sig starkare. Mattan på köksgolvet hade spår av grus och låg en aning snett. Någon hade varit inne i stugan medan han var borta! Inne i vardagsrummet låg hans laptop på bordet och han kunde tydligt se att någon rört den. Han brukade alltid lägga den i kant med bordsduken, en obegriplig företeelse som ibland kunde reta honom själv. Men denna gången var den till stor hjälp, någon hade öppnat datorn och lagt den tillbaka slarvigt. En vas med några blommor hade flyttats någon decimeter, vilket syntes tydligt på ett avtryck i duken.

Tomas kände på dörrarna och kollade fönstren. Ett fönster på toaletten stod på glänt med haspen på. Han sökte efter något avtryck, men hittade inget. Hade han glömt att stänga fönstret? Han mindes inte helt plötsligt. Inget tycktes vara stulet, men känslan av att någon tagit sig in och rört hans saker var bekymmersamt. Den som varit i bostaden hade något i kikaren, men vad? Han kollade sin dator, men inkräktaren hade inte lyckats öppna den, eftersom han hade ett bra lösenord. Allt fanns kvar. Men det uteslöt förstås inte att någon lyckats knäcka lösenordet och kopierat det som var viktigt. Men hur Tomas än grubblade, fanns det inget i den, som skulle vara till hjälp eller information för någon annan.

Nu var åskan över Björketorp med blixt och dunder. Regnet forsade ner, piskade de dammiga fönstren rena efter sommarens värmebölja. Eventuella spår utanför huset skulle spolas bort.

Någon polisanmälan var inte lönt att göra, de skulle inte köra ut i åskväder en fredagskväll, för att bara konstatera att inget var stulet och att han antagligen glömt stänga ett fönster. Han förbannade sig själv och förstod, att han måste bli mer försiktig. Kanske installera ett larm. Det var annat på landet än i en lägenhet i stan, förstod han. Larm var förmodligen en bättre investering i huset än en robotklippare. Vid något tillfälle skulle han fråga Ted om han kunde tänka sig att klippa gräset och se till huset, när semestern var slut och han återvänt till Göteborg.

Tomas hade lugnat ner sig en aning. Rapporten till Bjelke var knapphändig, men det fanns för stunden inte mer att skriva om. Eller rättare sagt, det fanns inte mer som han fick berätta just nu. Längre fram skulle han kanske kunna bidra med ytterligare uppgifter.

Han stoppade in en paj i mikron, gjorde lite sallad och slog upp ett glas vin. Tomas tog fram ett block och gjorde tre rubriker överst: LINA, EMMA, ERIK. Undertill skrev han de fakta som fanns.

Alla tre var döda av orsaker ingen kunde uttala med säkerhet. Utom kanske i Eriks fall. Men Niska hade nämnt att obduktionen visat att det funnits spår av fiber, från till exempel en kudde i hans andningsvägar, vilket skulle tyda på att någon möjligen påskyndat hans död, genom att kväva honom. Han hade hittats liggande stilla på rygg, vilket skulle i så fall utesluta egen påverkan till att fiber kom in i svalget. Ingen hade ifrågasatt dödsfallet och nu var det svårt att bevisa något. Men man hade ett svagt DNA, hade Niska sagt. Hoppet stod till det.

Lina hade tydligen blivit påkörd av en bil och därefter stoppats i en säck och slängd i havet. Inga tydliga DNA fanns på säcken eller kroppen, som var ganska upplöst när hon hittades. Om Gösta hade rätt skulle bilen vara en Audi, men det var högst osäkert. Wallmans bil var ren, inga spår fanns av varken Lina eller några spår av olyckan. Man letade vidare, kollade verkstäder och skadade bilar. Tiden hade tyvärr runnit iväg och den skyldige hade antagligen för längesedan lagat skador på sin bil.

Emmas fall var ännu mera avlägset. En drunkningsolycka för över tjugo år sedan var svår att greppa. Där letade man fortfarande efter namn på de som umgicks med Emma den där sommaren. Även där fanns ett DNA, men ingen person att testa.

Åskvädret hade dragit bort, regnet upphört. Långt borta hördes ett försiktigt hoande från en uggla, som för att tala om att nu är det lugnt i Björketorp, nu är allt som vanligt igen.

Men allt var inte som vanligt. På något vis kunde allt detta som hänt ha någon form av samband, tänkte Tomas. Han kunde inte förmå sig att tro på slump och tillfälligheter, eller för den delen naturliga orsaker. Lägg också till den förgiftade katten och inbrottet här. Det sista sade han högt för sig själv. Jag måste prata med Gösta igen, tänkte Tomas.

Tomas hade läst en intressant artikel om DNA någon vecka tidigare. *Hitta ditt ursprung,* stod det i en annons, som utlovade att kunna ge besked på, varifrån man härstammade för femhundra år sedan. Därifrån skulle man kunna gå vidare med en släktforskning framåt i tiden. Man beställde helt enkelt ett kit, tog ett salivprov och skickade in det mot en betalning av drygt tusen kronor. Efter cirka två månader skulle svaret komma.

Tomas tyckte då att det lät spännande och hade utan att reflektera beställt ett kit och satt nu med det framför sig på bordet. Han ställde sig frågan om detta var något att lägga ut pengar på, det fanns så mycket han behövde åtgärda i bostaden och dessutom fixa bilen. Men nyfikenheten var stor. Han skulle göra testet och skicka det under morgondagen.

Tomas kom i säng vid tolvsnåret, men hade svårt att somna. Han vågade inte ha fönstret öppet som han brukade, rädd för att någon skulle överraska honom i sömnen. Vid tvåtiden hade han fortfarande inte somnat. Han steg upp och satte sig med sin egen utredning och funderade. Det var något som han förbisett, något med olyckan och Linas död. Han kände att han var nära, men kunde inte komma på den felande pusselbiten. Tröttheten tog överhand och han stapplade till sängen. Tankarna malde; Lina, Emma, Gösta, Ted, Wallman. Utanför hade ugglan tystnat, ett svagt sus från trädens kronor vaggade sakta honom till ro.

Men alla sov inte denna natt.

51

Torg har alltid spelat en viktig roll som handelsplats och en plats för möten av olika slag. Denna lördagsförmiddag var torghandeln i full gång framför kyrkan och det gamla rådhuset. Efter kvällens regnväder, med inslag av åska hade molnen drivit bort och en blå himmel mötte Sara och Milan, när de strosade runt bland stånden med blommor, frukt och bär. Hon älskade de här morgnarna i en stad, där man kunde gå ut och träffa folk, handla hem något gott till kaffet, eller sätta sig på ett café med en kaffe latte. När hon blev pensionär, kunde hon definitivt tänka sig att flytta till Ängelholm, som hennes föräldrar gjort.

Milan hade haft en bra vecka hos morföräldrarna, med utflykter till Hembygdsparken, med alla sina djur och gungor. Men mest gillade han nog Trollskogen, ett äventyrsland i sagornas rike. Även om morfar närmade sig sjuttio år, hade han följt med Milan till en gräsplätt där de kunde lira fotboll.

Sara köpte hallon och tänkte överraska med att göra en hallonpaj, när de var tillbaka hon föräldrarna på Thulingatan. Hon tänkte på Tomas. Sara hade blivit glad när han bjöd henne med på en kräftskiva, även om de som anordnade festen var helt främmande människor. Visserligen hade hon följt Håkans kåserier i HD tidigare och hört talas om Malin Bangert, men de andra var okända. Tomas var trevlig tyckte hon, även om han var något tyst och grubblande ibland. Antagligen hade det med hans yrke att göra och trots att han hade semester förstod hon, att han genom kontakt med Ted försökte lösa mordet på Lina. Han hade avslöjat vissa detaljer, som gjorde henne uppmärksam på det. Han hade frågat mycket om människorna i Björketorp och ibland fick hon säga till honom att han skulle koppla av och njuta av sin ledighet. Därför tog hon med honom på den där cykelturen, som han tycktes gilla.

Det var längesedan hon var förälskad och undrade om hon någonsin skulle få uppleva den känslan igen. Inte sedan den där mytomanen som hon spolade, hade hon haft något kärleksliv. Tinder hade hon släppt för gott. Hon och Milan hade det bra, hon behövde ingen man egentligen, var rädd för att bli bränd. Att det skulle bli fel igen. Men en romans skulle inte vara i vägen. Hon fnissade högt vid tanken.

- Vad skrattar du åt, mamma?

- Jag tänkte bara på hur roligt det är att gå här med dej.

Han såg upp på sin mamma, för att övertyga sig om att hon talade sanning. De gick på gångbron över Rönneå, som slingrade sig genom staden och kom fram till Thulingatan.

Tomas kom upp i hennes tankar igen. Hon borde kanske berätta för honom, om samtalet hon och Erik haft två dagar innan hans död. Som före detta arbetskamrater hade de en skön vårdag suttit hans trädgård och druckit kaffe och pratat. Då hade det kommit fram att han oroade sig för sin framtid. Hur allting skulle bli efter att han var borta, som han sade. Ingen kunde ana hur fort det skulle gå. Milan sprang iväg före henne, han var ivrig att få trycka på portkoden.

52

Det var varmt i rummet. Tomas kände torrheten i munnen och gick upp för att dricka vatten. Molnen hade skingrats och solstrålar smög blygt in i sovrummet, tvekade en stund, men bestämde sig snart för att ta kommandot. Klockan var redan tio på förmiddagen. Han hade sovit som en stock i nästan sju timmar och borde bara utsövd. Men det kändes som om han skulle sova i sju till. Han vädrade ut, bryggde kaffe och hämtade tidningen, som han prenumererat på för några helger.

Efter en tallrik fil med färska blåbär började han känna sig någorlunda vaken. Han kvävde en gäspning. Dagbladet var tunt och många av sidorna upptogs av stora annonser för möbler, bilar och sängar. Han förstod problemen på tidningsredaktionerna runt om i landet. Det var inte lätt att få ekonomin att gå ihop, för få prenumeranter, folk läste nyheter i mobiler nuförtiden.

Han bläddrade medan han drack kaffet och åt sin smörgås, alltid med Kvibille cheddarost på, en vana som var svår att rucka på. Han orkade inte läsa allt om pandemin längre, visst var det angeläget att veta, men ibland kunde det bara bli för mycket. Han försökte använda sitt sunda förnuft och inte oroa sig. Skjutning i Malmö, våldtäkt i Ystad, misshandel i Växjö, demonstrationer i Hongkong, båtflyktingar någonstans ifrån, det tog aldrig slut. Världen var brutal, full av våld. Plötsligt fick han syn på en spalt som gjorde honom klarvaken.

Smitningsolycka i Helsingborg.

På torsdagseftermiddagen blev en äldre man påkörd vid ett övergångsställe i centrala Helsingborg, när han korsade en gata. Mannen var på väg hem efter en tur med färjan till Danmark och träffades av en bil, som avlägsnade sig från platsen. Mannen fördes till Helsingborgs sjukhus med skador, som enligt uppgift inte var livshotande.

Kaffemuggen darrade i hans hand, kallsvetten kändes i pannan. Det skulle ju kunna vara Håkan, men han var ju inte en äldre man, kanske bara något mer än sextio, trodde Tomas. Han fick onda aningar och ringde upp sjukhuset på direkten. Där upplyste man honom, att de inte fick lämna ut uppgifter om patienter utan deras tillåtelse och den man som kom in efter en olycka, hade just vaknat upp från sin medvetslöshet.

Tomas visste reglerna, men gav sig inte.

 - Ok, det är så här, jag antar att det är Håkan Lundström som ni har som patient. Vi är gamla kolleger och träffades i torsdags. Vi kan göra så här: Jag påstår att det är han, är det då rätt, behöver du inte säga varken ja eller nej. Är det inte han, så säger du nej. Då har du inte gjort något fel.

 - Så, är det Håkan Lundström?

Det blev tyst i telefonen, men han hörde henne andas.

 -Tack.

Tomas blev alldeles knäsvag. Han kunde inte tänka klart längre. Det började bli alltför mycket som hände och olusten kröp in på bara skinnet. Han letade upp telefonnumret till Håkans sambo Malin, men ingen svarade. Antagligen var hon hos honom på sjukhuset. Han måste vänta till morgondagen och försöka igen.

Tomas kunde inte ta sig för något, utan satt bara och stirrade rakt fram en lång stund. Visst, det kunde hända olyckor överallt om man var oförsiktig, men det här luktade något helt annat. Hans instinkt sade honom, att någon kört på honom med avsikt och sedan smitit från platsen. Sara skulle direkt ha avfärdat hans tankebanor, men nu var hon inte där och tankarna fick fritt utlopp.

Han märkte att han saknade Sara. Hon skulle komma hem först nästa dag och då ha Milan med sig. Ensamheten kom över honom, kände hur väggarna trängde sig på och föste in honom i ett hörn. Vad gjorde han egentligen här nere i Skåne? Han hade semester, men hade inte haft många lugna stunder sedan han kom hit. Åtminstone kändes det så. Skulle han trots allt sälja stugan till Wallman, resa hem och leva sitt vanliga liv? Där var han också på ett sätt ensam, men märkte inte av det på samma sätt. Där fanns det alltid människor han kände och kunde ta en öl tillsammans med någon på stan. Här var det annorlunda.

Han kunde förstå hur Gösta kände sig, han var verkligen ensam, utan att finnas i någons tankar. Även om han inte var den pratsamme, tänkte Tomas ändå gå bort och träffa honom, visa att de var vänner i de ensammas förening.

Tomas skakade av sig de dystra tankarna, ville inte fastna i någon sorts självömkan. Det skulle vara förödande för honom och beslöt sig för att ta sig i kragen.

På Jannes Motor var det ovanligt tyst och lugnt. Tomas hade inga större förhoppningar, att någon fanns på plats nu i semestertider och blev överraskad av att dörren var öppen. Han steg in. På det lilla kontoret, som inte var större än Tomas sovrum, hittade han Janne, som med pekfingrarna skrev på tangentbordet till datorn. Ett skrivbord var överbelamrat med papper, bakom Janne fanns en bokhylla med en massa pärmar och på väggarna diplom från flera år tillbaka. Han såg upp, tände en cigarett och såg frågande på besökaren.

- Jasså, de e du. Du har väl inte krångel me motorn igen?

Tomas förklarade sin situation och Janne följde med ut och såg på skadorna på Tomas bil. Fakturorna kunde vänta, sade han och tillade, att han faktiskt hade haft två veckors semester. Han och hustrun hade varit i deras stuga i Småland och kopplat av, fiskat och bara latat sig.

- Men nu börjar pengarna tryta, så ja måste skicka iväg räkningar, så att det kommer in lite kulor.

Han synade Tomas bil grundligt.

- Lämna in den i slutet av vickan, så fixar Jörgen den te dej för en billi peng. Kanske en tusenlapp eller nåt.

Janne berättade att Jörgen det senaste året hade lagat skador på två bilar, skador som var mer omfattande än på Tomas bil. De kompletterade varandra på ett bra sätt, hans två anställda,

Jörgen och Magnus. När Tomas skulle gå fick han syn på en skylt, som låg i ett hörn. En grön skylt med vita bokstäver: *Övningskör.* Han frågade om han fick köpa den och tänkte på vad han lovat Ted. Janne hade bara skrattat och gett honom skylten.

- Vi sätter upp det på räkningen, skrockade han.

Tomas försökte än en gång ringa Malin, men fortfarande svarade hon inte. Han talade in ett meddelande. Han lade sig i hammocken och hade just slumrat till, när Ted ropade på honom från vägen. Grabben verkade ovanligt glad och visade upp ett körkortstillstånd. Han hade anmält sig till en körskola i Höganäs och skulle börja på den om tre veckor. Ted undrade försynt om Tomas ville lära honom några grunder.

En stund senare var de på väg till ett stort grustag i närheten, där det fanns bra plats att övningsköra för en nybörjare. Tomas förstod att han borde ha ett handledarintyg, men det hade han alldeles glömt bort. Ted skulle kunna lära sig en hel del där, innan han började ta lektioner på riktigt och Tomas var i Göteborg.

Det märktes på Ted att han var stolt, när han satte sig bakom ratten och utförde instruktioner, som han fick av sin körlärare. Han var en bra elev och fattade direkt hur en bil fungerade. Några halvhjärtade försök hade Åsa med Tomas hjälp åstadkommit för några år sedan. Övningarna blev sporadiska och var aldrig så lyckade. Strax efter flyttade hon till Malmö och gav upp planerna på körkort. Han tyckte själv att det var ett misslyckande från hans sida, han skulle ansträngt sig mer.

Efter en timme var Ted nöjd och Tomas berömde honom, för viljan att lyssna och lära sig. Det såg ut att ordna sig bra för Ted.

Tomas bryggde kaffe och de satte sig i trädgården. Han berättade sina misstankar om att Lina blivit påkörd av en bil, utan att nämna Göstas bevis på sin sanning, i den teckning han gjort. Ted visade ingenting, kanske hade han lyckats lägga allt bakom sig och ville inte bli påmind längre. Men Tomas försökte igen. Han undrade om Ted sett någon bil med skador i fronten det senaste året, eller längre tillbaka. Ted skakade på huvudet. Tomas såg att han funderade på något, men ville inte pressa honom.

- Ska vi ta lektion nummer två i morgon Ted? Kom till frukost klockan nio.

53

Söndagen kom med en bris som luktade högsommar. Sädesfälten på åkrarna stod guldgula och väntade på att skördas. Sara hade namnsdag, vilket innebar att *fruntimmersveckan* inleddes enligt gamla bondepraktikan. Enligt den var det en regnig period att vänta, under de dagar som bar kvinnonamn. Men gammal folktro hade inte alltid rätt, statistiken visade på omväxlande vädertyper under hela månaden, en normal sommar helt enkelt. Numera brydde sig inte människor om det gamla, utan kollade väderprognosen på mobilen och blev sina egna meteorologer.

Fortfarande hade somliga semesterdagar kvar, vilket märktes på all biltrafik i bland annat Kullabygden. Besöken var planerade till Mölle, Arild, Nimis, Outletbutiker, Saluhallen och Höganäs keramik. I skogen vid Svanshall fanns gott om blåbär, för de som ville böja på ryggen och plocka med någon liter till morgonfilen. Loppiskyltar lockade besökare, hos Flickorna Lundgren, doftade det gott från vaniljhjärtan och jordgubbssaft, i den nyöppnade baguetterian *2020,* erbjöds goda mackor och himmelsk glass. Köerna blev långa, även hos Holy Smoke i Bräcke, där rökdoften kittlade smaklökarna. Det var alltså fortfarande sommar, vädret bra och människor stannade i stor utsträckning kvar i Sverige, för att upptäcka hur underbart land de levde i.

För Tomas del fanns det inga tankar på att göra något speciellt denna dag, mer än att undervisa en ung grabb i bilkörning. När han stod i köket och kokte två ägg medan kaffet bryggdes, hade han inte en aning om, att söndagen skulle bjuda på både tråkiga och trevliga överraskningar. Just som Ted knackade på dörren ringde hans mobil och samtidigt plingade äggklockan. Han lyckades överraskande väl öppna dörren, kyla äggen och svara uppringaren inom en tidsrymd av en halv minut.

- Tomas.

- Hej, jag heter Malin Bangert. Jag såg att du hade ringt.

Tomas kände igen den sensuella rösten, han mindes att han hört från någon film hon medverkat i för några år sedan. Han kände sig osäker på hur han skulle inleda samtalet, något disträ över den plötsliga situationen. Tomas gjorde tecken åt Ted att slå sig ner och gick in i ett annat rum för att prata.

- Ja, det stämmer. Jag träffade din sambo Håkan i torsdags och...

- Han har berättat det. Som du kanske vet blev han påkörd strax efter ni skiljts åt, när han var på väg hem till lägenheten och ligger nu på sjukhuset.

- Usch, så trist, hur är det med honom?

- Han är av segt virke ska du veta. En arm är bruten, liksom några revben och en del skrubbsår, men annars är han ok. Han hälsar så gott förresten.

- Det var skönt att höra, du får hälsa honom så gott. Hoppas han snart är på benen igen.

- Tack, det ska jag göra. Vi får se hur det blir med kräftfesten, hörde att han bjudit dej till den. Han är som sagt envis som synden och tänker bli återställd till dess. Jag kan väl höra av mej på torsdag, går det bra?

De avslutade samtalet och han återvände till frukostgästen. Han berättade kort för Ted vad som hänt och såg på hans reaktion att han blev upprörd.

- En smitningsolycka sa du, som för Lina. Fast han lever i alla fall, konstaterade han.

Tomas lyckades genast ändra på den dystra stämningen genom att prata om bilkörningen. Han hade letat fram en bok med vägskyltar, som han lämnade till Ted för att lära sig dem. Tomas hade ingen aning om pedagogisk undervisning, men visste att vissa grunder måste finnas för att kunna ta körkort. Om Tomas fick sin extra semestervecka av chefen, skulle de kunna hinna med några turer till.

De gjorde sig beredda att köra iväg. Denna gången hade Tomas tänkt använda bilen som varit Eriks, i ett speciellt syfte. Om Ted lyckades ta sitt körkort, skulle han få låna bilen som en ersättning, för att han passade Tomas hus och klippte gräset, när han inte var där. Ted sken upp över förslaget och lovade att göra allt för att klara av det.

Just som de skulle köra iväg ringde telefonen igen.

Det var ett okänt nummer och Tomas tryckte bort det, inget skulle hindra dem, det var säkert inget viktigt.

Denna gången var Ted något mer osäker, men lyckades ändå genomföra de övningar Tomas hade planerat. Ytorna i grustaget var stora och det fanns ingen risk att något skulle kunna inträffa. Ingen människa syntes till, vilket inte var så konstigt. Att tillbringa en söndagsförmiddag där hörde inte till vanligheterna. Tomas lade ut några stenar som skulle föreställa gatukorsningar och lät Ted göra några enkla övningar och förklarade högerregler och huvudled för honom.

Lektionen var över och Tomas kände sig nöjd med sin elev. Han lade sig i hammocken och tänkte på Håkan. Telefonen ringde igen. Det var samma nummer som tidigare. Tomas svarade motvilligt, han hade tänkt sig en stunds vila efter undervisningen. Det var från polisen i Helsingborg.

Mannen presenterade sig som polisassistent Stefan Hamill och ville gärna prata med Tomas om smitningsolyckan I Helsingborg, där Håkan Lundström blivit skadad.

- Men varför det?

- Bara i rent upplysningssyfte, kan vi säga i morgon klockan tio här på polishuset?

Telefonsamtalet gjorde Tomas helt ställd. Vad kunde han berätta, vad skulle han ha för upplysningar? De hade haft några trivsamma timmar på färjan och sedan skiljts åt, något annat kunde han inte upplysa om. Men nu hade han gått med på ett möte och han skulle passa på att besöka Håkan, när han ändå var i stan.

Han försökte trycka bort en orolig tanke som uppstått. I badrumsspegeln såg han i sitt orakade ansikte, att den lilla rynkan mellan ögonbrynen blev allt djupare. Tomas rakade sig och tog en dusch. Efteråt kändes det bättre och han gjorde sig en sallad med tonfisk till lunch. Ibland kunde telefonen vara tyst flera dagar, men denna söndag i juli var undantaget. Det ringde på nytt. Det var hans bästa vän Micke Blom, som ville komma ner och spela golf.

- Kan du på tisdag, eller onsdag?

- Jag kommer ner på tisdag eftermiddag, så kan vi kanske spela på onsdag. Om jag får sova över en natt förstås?

De kom överens och Tomas tänkte avsluta, men märkte att Micke hade något mer han ville säga.

- Jag har träffat en kvinna, vi hade en fin dejt igår kan du tro.

- Men så kul, Micke! Hur träffades ni?

- Hon är här just nu, hon är i duschen. Jag berättar mer på tisdag. Vi ses.

Tomas blev glad för att Micke äntligen träffat någon. Han hade varit ensam så länge, sedan hans fru gick bort alltför tidigt. Sedan dess hade han inte brytt sig om att söka någon ny kontakt, medan hans kompisar gift sig, skilt sig och skaffat andra partner igen. Han och hans fru hade inte kunnat få några barn och det gjorde ensamheten klart sämre. Men han hade sitt goda humör, jobbade mycket och hade byggt upp företaget med båtförsäljningen till en bra nivå.

Tomas hade alldeles glömt bort att besöka Gösta på några dagar och gjorde en promenad dit för att se hur han och katten mådde. Han förstod direkt att något hänt. Gösta verkade alldeles frånvarande, där han satt i trädgården med katten i famnen. Tomas närmade sig försiktigt. Gösta såg på honom med ledsna ögon. Han hade blivit gammal, tyckte Tomas. Ansiktet var blekt och en ängslan lyste i ögonen på honom.

- Har det hänt något Gösta?

- Inbrott, svarade han snabbt.

- Har du haft inbrott? I natt?

Gösta nickade till svar och strök katten mjukt över ryggen. Tomas undrade för sig själv, vad som rörde sig i mannens huvud, när orden inte räckte till eller kunde sägas.

Gösta reste sig mödosamt, som om han suttit där hela dagen och inte vågade gå in i huset. Tomas hade aldrig varit inne i bostaden, men blev överraskad över den ordning som rådde, förutom en odiskad tallrik och kopp som stod på bordet. Gösta skötte sitt hem exemplariskt tydligen, det var bara utvändigt som hus och trädgård behövde en upprustning. Gösta stannade upp vid en bokhylla och pekade. Tomas förstod inte först vad han menade.

Men sedan fick han syn på skissblocket som rivits sönder i småbitar och låg på golvet intill en byrå. Där fanns också hans kamera. Någon hade alltså brutit sig in bara för att göra det här? Tomas fattade inte ett dugg, men återigen fanns den där onda aningen om samband.

- Har de stulit något?

Gösta tog upp kameran och visade honom att minneskortet var borta. Tomas aningar började bli säkrare, frågan var bara vem som var så angelägen, om att få bort alla bevis på skulden till Linas död. Den som var skyldig till hennes död, förstås. Han försökte inte skrämma upp Gösta och lovade honom att skaffa ett nytt skissblock och ett minneskort under morgondagen. Tomas frågade om köksfönstret varit öppet under natten. Gösta nickade.

Då ringde Tomas mobil igen.

54

Inte nu igen tänkte Tomas när han hörde mobilens telefonmelodi. Han hade lämnat Gösta, som tycktes lugnat ner sig förvånansvärt fort och nästan glömt vad som hänt. Åtminstone tyckte Tomas det. Det var alltid svårt att tyda känslorna hos en person som inte kunde uttrycka sig.

Tomas såg på displayen. Sara.

- Hej Sara, är du hemma igen?

- Ja, vi kom för en stund sen. Milan har haft det bra, men nu ville han hem till sina egna saker. Har du nåt för dej den närmaste timmen?

Tomas hade tänkt sig en stund i hammocken för att ta igen sig och summera allt som hänt under dagen, stänga av mobilen och låta vindens stilla sus få honom att koppla av. Han kände att han behövde det.

- Absolut inte, ljög han.

Vad hon än ville, så skulle han ställa upp när det gällde Sara.

- Bra, då kan du väl brygga en kanna kaffe, så kommer Milan och jag med något gott att äta till. Ska vi säga om en halvtimme? Han kom att tänka på hennes namnsdag och klippte av några av rosorna, som blommade så fint i trädgården och satte dem i en vas på bordet i trädgården. Medan kaffet puttrade klart kände han energin komma tillbaka. Sara gjorde honom på gott humör helt enkelt.

Han såg dem komma cyklande, Milan något vingligt före Sara. Han berättade stolt att han fått en cykel av morfar och mormor på sin födelsedag. Nu hade den förra cykeln med stödhjul gjort sitt.

- Jag visste inte att du har födelsedag. Då skulle du fått en present av mej.

Milan tycktes inte bry sig. Sara berättade att det var först nästa dag han fyllde år. Sju år och skulle börja skolan om en månad.

Hon tyckte Tomas dukat fint med blommor på bordet och kommenterade det.

- Det är till dej, du har ju namnsdag. Grattis!

Hon gav honom en försiktig kram och dukade upp en stor bit tårta, som hon tog fram från en kylväska.

- Mamma har alltid bakat den här typen av tårta på min namnsdag. Hon kallar den för Saratårta, men den har nog lika många namn som kvinnorna i almanackan misstänker jag. Åtminstone några av dem. Vi hade den till kaffet igår och vi fick resten med oss hem, tillade hon.

Tomas kände igen den som Brittatårta, men det berättade han inte. Hans mor Brita bakade den ibland till någon födelsedag, på den tiden när han var barn, mindes han. En fyllning av grädde och hallon mellan lager av sockerkaka och ett lock av maräng. Tårtan gav honom en familjekänsla, som var svår att värja sig mot. Alla tråkiga händelser var borta och en slags lycka strålade mot honom just i den stunden.

- Har det hänt något medan jag varit borta?

Tårtan var nästan uppäten, Milan satt vid ett eget bord och färglade en målarbok, som han haft med sig och var i sina egna tankar.

Tomas såg på henne och berättade.

55

Receptionisten var klädd i en blå skjorta utan slips. Han bad Tomas vänta och kollade att han hade en avtalad tid. Polishuset på Berga allé låg så nära motorvägen, att ljudet från framrusande fordon påminde om en bisvärm inne i byggnaden. Det var här som entrén sprängdes sönder för något år sedan och utredningen om brottet var inte avslutat, visste han.

Stefan Hamill var en storväxt man i femtioårsåldern, med mörka ögon och buskiga ögonbryn. Blicken var som på en örn, tänkte Tomas direkt. Hamills arbetsrum var ingen överraskning, de sedvanliga pärmarna samlade i en bokhylla, en stor väggkarta över Skåne, en dator på ett för övrigt tomt skrivbord. Inget överflödigt, bara det nödvändiga för polisarbete. Han bad Tomas sitta ner och tog fram några papper.

- Tack för att du kunde komma så snabbt. Som du förstår får inte vårt samtal publiceras i någon tidning, för undersökningens skull. Är vi överens?

Tomas förstod att polismannen hade full koll på vem personen som skulle förhöras var och gick med på hans krav. En mikrofon placerades på bordet framför Tomas.

- Är det nödvändigt?

- Vi brukar använda oss av det för protokollets skull. Man kan inte hålla allt i huvudet nuförtiden, sade han utan ett leende.

- Tråkig historia det här med Håkan Lundström.

- Ja verkligen.

- Du var bekant med honom förstår jag.

- Vi träffades en gång när vi båda gjorde ett reportage på Sofiero och någon gång senare på en fest.

- Så helt plötsligt får du för dej att ringa honom och stämma träff på färjan till Danmark?

- Ja det blev så, en spontan idé helt enkelt.

- Visste du att han skulle vara i stan den där dagen?

Tomas började känna sig olustig av frågorna och undrade vart det skulle leda.

- Nej, jag hade ingen aning. Ringde bara upp honom.

- Föreslog du att ni skulle träffas?

- Nej, det var han som ville ha sällskap på båten och ville prata.

- Hur många öl drack du på båten?

Tomas blev irriterad på blicken från örnögonen, som kändes obehaglig. Väntade på att klorna skulle hugga tag i honom.

- Vad är det för frågor, är jag anklagad för något?

- Det är jag som ställer frågorna, så hur många öl drack du?

- Jag drack kaffe om det är så viktigt och åt en kaka.

- Blev ni ovänner på båten eller efteråt?

- Vad tror du? Han bjöd hem på kräftskiva, så nej.

- Ni delade på er efter färjeturen. Vad hände sen?

- Jag hämtade min bil och körde hem.

- Hur dags var du hemma igen?

- Jag var hemma vid halv tre, svarade han uppgivet.

Tomas hade börjat svettas under förhöret. Han ogillade Stefan Hamill och hans metoder, men försökte ändå behärska sig. En ung kvinnlig polis med hästsvans kom in och såg avmätt på Tomas, medan hon lämnade en fotoutskrift till Hamill. Han studerade den en stund.

- Men enligt uppgift skiljdes ni åt strax före ett, det tar väl inte en och en halv timme att köra till Jonstorp?

- Enligt min färdplan som jag har bevarat i minnet, körde jag till Väla, köpte en skjorta till en begravning dagen efter, åt en hamburgare på MAX, drack en Cola och gick på toaletten. Sen handlade jag på Ica i Jonstorp och var hemma i Björketorp ungefär halv tre. Är vi färdiga nu?

- Jag ser att du har plåtskador på din bil, vi skulle vilja kolla den under en timme. Du får gärna stanna kvar, eller komma tillbaka.

Tomas spände blicken i polismannen, arg och frustrerad. Trodde inte att han hört rätt.

- Ni kan få två timmar, så kanske ni kan hitta den som skrapade till bilen i Sundstorgets parkeringshus under tiden. Såvida det inte kommer oläjligt mitt i lunchen.

Stefan Hamill ignorerade honom, som det proffs på förhör som han var och reste sig utan att kommentera Tomas utfall.

- Tack för att du kom.

Tomas svarade inte, utan slängde bilnycklarna på bordet och lämnade polishuset.

Han tog en taxi till sjukhuset för att hälsa på Håkan. Stora omändringar var på gång på sjukhusområdet och gjorde det svårt att hitta rätt. Hela området liknade en byggarbetsplats. Men väl inne tycktes allt fungera, åtminstone hjälpligt. Med en duktig guides hjälp hittade han rätt avdelning. I kafeterian tog han en kaffe och smörgås och gick igenom besöket på polisstationen i tankarna. Någon gång tidigare hade han kallats till förhör hemma i Göteborg, men aldrig utsatts för något liknande. Han hade tydligt misstänkliggjorts för att ha orsakat Håkans skador, vilket var helt absurt. Stefan Hamill stod inte högt i kurs hos Tomas.

Det var egentligen inte besökstid och han stoppades av en sköterska som upplyste honom om just det. Tomas kopplade på sin charm som brukat gå hem i de flesta fall, men hon stod på sig och talade om för honom att det inte gick an att komma på fel tid, så att personalen blev hindrade i sitt arbete. Tomas kände en smygande irritation, efter förmiddagens möte med otrevlige Hamill, men lyckades behålla lugnet. Han visste att han till sist skulle vinna kampen och föreslog i en ny charm-offensiv, att hon skulle gå in till patienten och fråga om det var okey att ta emot en vän. Motvilligt snurrade hon på klacken och gick in i salen. Efter en minut kom hon ut med en mörk blick och gav honom en halvtimma.

- Men inte mer, sade hon och var redan borta.

Han låg i sin säng och såg ut att sova. Men när Tomas stängde dörren ryckte han till och log, när han såg vem det var. Tomas hade dumt nog inte köpt något till honom, men av blomster-havet att döma i fönsterkarmen, skulle det vara onödigt. Hå-kan såg eländig ut där han låg under den gula filten. Armen var gipsad och han grimaserade när han försökte resa sig upp i sängen, med hjälp av den friska handen. Huvudet var något svullet och med blåmärken och skrapsår på ena kinden.

- Hur är det med dej, Håkan. Har du mycket ont.

- Jag har väl mått bättre kan jag säga, men de är så duktiga här och tar väl hand om mej. Snällt att du ville komma.

- Vad hände egentligen?

- Vet inte så noga, såg bara en bil som kom med full fart rakt mot mej där på övergångsstället. Jag hann hoppa åt sidan, men något för sent, så han träffade mig och jag stöp i backen. Sen minns jag ingenting, förrän jag vaknade upp här i sängen.

- Bilisten stannade alltså inte, såg du vad det var för en bil?

- Minns bara att det var en svart bil. Polisen har förhört mej om den, men allt gick så fort. Den värsta smällen tog på ölkärran faktiskt, jag har hört att det luktade öl i hela kvarteret, nästan som på Oktoberfesten i Tyskland, skrockade han belåtet och grimaserade av smärtan.

De skrattade åt skämtet men skrattet fastnade i halsen på Håkan.

- Det kunde gått illa.

Tomas ville inte berätta om förhöret hos polisen, det var inte läge att oroa Håkan om det. Men reportern i honom var ändå nyfiken.

- Har du nån aning om vem som skulle vilja göra dej något, eller är det bara en ren olycka?

Håkan såg besvärad ut för att kollegan frågade och ville först vifta bort det, som att han var på fel plats vid fel tidpunkt. Olyckan kunde hänt vem som helst. Det var vad han ville tro på, men samtidigt ville han vara ärlig.

- För en tid sen blev jag hotad i ett brev, att de skulle märka mej. Jag hade raljerat i ett kåseri om att det nu var huliganfritt på Olympia, när publiken inte tilläts komma på fotbollsmatcher. Det var tänkt som ett skämt, men någon blev tydligen sur och ville ge mej en läxa.

Sköterskan kom in och visade på sin klocka, att det var dags för Tomas att lämna rummet. Nådetiden var slut. När han stod vid dörren hörde han Håkan nämna för henne, att han snart måste skrivas ut, för han hade en kräftskiva på lördag att ordna. Tomas log för sig själv och undrade om Håkan skulle vara kapabel att orka med en sådan.

Tomas ville inte komma för tidigt tillbaka till polishuset. Han gick över Hälsovägen, genom Slottshagen, parken vid den gamla medeltidsborgen *Kärnan* och fortsatte nerför trapporna. Utsikten därifrån kunde tävla med vilket turistmål som helst. Han hamnade mitt i centrum och såg ut längs Stortorget, mot sundet bakom de nya bostadshusen vid Oceanhamnen. Den korta promenaden gjorde honom andfådd på grund av alla trappor. Han var trött och längtade hem till lugnet i Björketorp.

Bussen mot Höganäs släppte av honom i närheten av polishuset. Samma man satt i receptionen och lämnade nycklarna till Tomas bil, med ett vänligt leende och ett meddelande från Hamill att de skulle höra av sig om det skulle behövas.

56

Luften var fylld av dofter. Inte av mjölk och honung som i Kanaans land, dit Abraham förde sitt folk enligt Bibeln, som han studerade ibland. Snarare var det en doft av grädde, tyckte han. Egentligen visste han inte varifrån har fick den förnimmelsen, men tyckte det lät bra. Sanningen var nog den, att det var en blandning av mogen säd från böndernas åkrar, äppelodlingarna i närheten och hästskiten i hagen vid stenbrottet. För Gösta del spelade det ingen roll, ingen brydde sig ändå om vad han tyckte.

Under alla år hade han fört noga anteckningar om väder och vind i ett skrivhäfte, som hade blivit många genom åren. Han visste inte vad han skulle ha dem till, men ibland studerade han sina gamla anteckningar, som just idag och kunde då konstatera, att denna dagen för femton år sedan regnade det hela dagen och temperaturen låg på blygsamma sexton grader som högst.

Men det var inte bara väder han antecknade, utan också händelser i bygden. Sådant som lätt skulle kunna glömmas, om inte han hade skrivit upp det i sina häften. Som att Bill Haley var i Kullaparken den tolfte juni 1968 och spelade sina rocklåtar för över tusen personer. Eller att gymnastikföreningen där hans mor var med, hade uppvisning på Svenska Flaggans dag 1969. Det hade säkert de flesta redan glömt bort. *Oslobåten* som gick på grund vid Kullaberg i januari 1971, Kungens besök i Höganäs och den där Vilks hopspikade pinnar längst ut på Kullanäsan och mycket annat fanns bevarat i hans häften.

I den nuvarande dagboken, som han gömt på ett säkert ställe och tack och lov undgått att stjälas, fanns händelser från de senaste åren bevarade. Kortfattade noteringar, som kompletterade hans skisser. Men om han var ärlig hände det inte så mycket nuförtiden, tyckte Gösta. Ingen frågade honom om något som hänt, utom kanske Tomas. Han hade tittat på hans skisser en gång och ställt frågor. Frågor som Gösta inte visste om han skulle avslöja svaret på.

Vilsenheten tog överhand och han tänkte ibland på sin mors vädjan, att inte avslöja något om att Göstas far slog henne, oftast när han var berusad. Hon hade då tittat på Gösta med blåmärken på armarna och i ansiktet. *Förstår du det Gösta,* hade hon frågat och han hade nickat och gjort sitt bästa för att se förstående ut, utan att förstå ett dugg.

Han ville inte göra henne ännu mer ledsen. Göstas moster som kom någon gång då och då märkte vad som pågick, men undvek att säga något. Åtminstone så att han hörde.

Gösta hade blivit glad för skissblocket som Tomas köpt till honom och dessutom ett nytt minneskort till kameran. Han är en snäll människa, precis som Erik var, tänkte Gösta. Om Tomas inte haft så bråttom iväg, skulle han nog ha försökt tala om för honom vems bilen var. Den han undrat över en gång. Den som körde på Lina.

57

- Grattis på födelsedagen!

Milan slet upp sitt paket han fått av Tomas och ögonen strålade på den lille sjuåringen. Ett paket Lego med rymdbil och en massa tillbehör blev genast uppackat. Sara hade berättat att rymden var hans andra stora intresse, förutom fotboll. Nu handlade hans framtidsdrömmar uteslutande om att bli antingen astronaut eller fotbollsproffs. Han kunde inte riktigt bestämma sig.

Sara blev rörd över Tomas omtanke och ville gärna att han stannade på middag, men Danilo hade varit enträgen och ville absolut komma och gratulera sin grabb. Hon hade inte kunnat säga nej. Hon bjöd Tomas på en kopp kaffe och de satte sig vid köksbordet.

Snart skulle det bli rättegång för Danilo, som var djupt ångerfull. Sara visste inte hur det skulle gå för honom, med antagligen ett långt fängelsestraff och sedan ut till vad då?

 -Hur ska jag kunna berätta för Milan att hans pappa sitter i fängelse? Hur kommer han att reagera?

Hennes kinder var blanka av tårar, hon såg på Tomas med sorgsna ögon. Hennes ena hand låg på bordet och såg ensam ut. Han tvekade, men kunde inte motstå att ta den i sin hand och krama den lätt. Ännu mer tårar. Just då hade det varit så lätt att ta henne i famn, trösta henne, göra henne glad igen. Säga att allt skulle bli bra.

De blev avbrutna av Milan, som ville visa dem vad han byggt med Legobitarna. Sara torkade tårarna för att dölja dem för Milan. Ville vara glad på hans födelsedag.

När Tomas skulle gå kramade hon honom och viskade i hans öra.

- Kan vi ses i morgon?

- Jag hade gärna gjort det, men en kompis från Göteborg kommer på besök och vill spela golf. Vi får ta det en annan gång kanske. Spelar du golf förresten?

- Nej, jag försökte en gång, men det blev inte mer. Du kan väl lära mej. Förresten vet Danilo om att vi har träffats några gånger, det såg inte ut som om han gillade det.

Tomas telefon ringde och de fick inte tillfälle att prata vidare. Han hade tänkt att berätta om besöket hos Håkan på sjukhuset och om förhöret hos polisen, men det skulle få vänta. Han märkte att han hade behov av att ha någon att anförtro sig åt.

Det var hans chef som ringde. Motvilligt gick Simon Bjelke med på ytterligare tre dagars semester, om Tomas kunde prestera något mer än sin hittills svaga rapport. Tomas förklarade återigen att han hade semester och gjorde detta bara för sitt höga nöjes skull. Det var så det var, kände han.

- Du får en rapport på fredag, ljög han.

- Det låter bra, vi ses nästa fredag på redaktionen.

- Vi får se.

På väg hem stötte han på Astrid, damen som bodde i närheten av Gösta. Hon gick raskt och satte stavarna hårt i marken, med ett klickande ljud.

- Hej, sa hon och sken upp.

- Hej, sa Tomas och log.

- Har hört att du inte tänker sälja till den där...

- Den där?

- Ja, han Wallman, med sin falska ödmjukhet. Tror visst att han med välgörenhet kan bli respektabel, ge bort pengar så att vi vanliga ska bli imponerade. Nej, det säger jag dej, han är bara ute efter mer pengar och makt. Det räcker tydligen inte med en lägenhet på Östermalm och ett hotell i Thailand. Ja förutom sitt stora hus här och båten han köpte nyligen.

Det var uppenbart att Astrid var uppretad och Tomas vågade inte säga emot henne. Men hon väntade inte på hans svar, utan fortsatte gärna själv.

- I de lugnaste vatten går de största fiskarna.

Det var tydligt att det var ordspråkets dag och Tomas hade svårt att hinna med i hennes resonemang, men förstod ändå antydningarna. Han hade själv upptäckt en del av Martin Wallmans dåliga sidor.

- Hur menar du?

- Polisen var på hans kontor häromdagen och gjorde någon husrannsakan, tror jag det heter. De var kvar där en hel timme och kollade på hans bil också minsann. Han har visst inte rent mjöl i påsen, har jag hört.

- Det var vad grannen som bor nära Wallmans kontor berättade. Alla här tror att han har något med flickans död att göra. Wallman alltså, inte grannen. Ingen rök utan eld!

- Nä, nu måste jag vidare, ska hem till en bekant och dricka kaffe. Tack för pratstunden.

Pratstund sa du, det var ju en monolog.

Men det sade han inte. Astrid gjorde en rivstart så att stavarna sprätte i gruset och var snart bortom kröken. Tomas stod kvar en stund och funderade. Han skulle ringa Niska när han kom hem. Det gick inte an att stå där på vägen och diskutera en brottsutredning. Kanske skulle han få något att rapportera till Bjelke.

Magen knorrade och ville ha mat. Tomas hade inte ätit något ordentligt under dagen och dessutom fanns det inte mycket hemma inför Mickes besök under morgondagen. Efter en smörgås blev det en tur bort till Ica, där han efter en dålig planering handlade hem de nödvändigaste basvarorna. Han försökte undvika Bim, men det visade sig vara lönlöst. När han stod vid mejeriavdelningen dök hon upp som en joker ur leken.

- Har du hört att Wallman fick besök av polisen?

- Jo, jag hörde något om det, de utreder ju Linas död.

- Ja, det är nog några som är skiträdda nu kan jag tänka.

- Tänker du på någon särskild?

- Nej, inte direkt, men det är tydligen något konstigt med Wallmans familj. Det kan ligga en hund begraven där, vem vet.

Tomas log. Dessa ordspråk igen. Kanske hade hon och Astrid gaddat ihop sig och spred nu rykten i bygden? Det verkade nästan så. Han hoppades att de inte gick till överdrift med sina antydningar, som skulle kunna bli farliga i längden och samtidigt försvåra utredningen. Men Bim fortsatte.

- Wallmans fru var här och köpte cigaretter för en tid sen, hon såg inte frisk ut, stackarn, går visst på tabletter och borde nog inte köra bil.

Tomas sträckte sig förbi henne för att komma åt fil och mjölk.

- Det har varit ganska lugnt här i trakten under några år, bara det vanliga med ungdomsbråk och sånt, men nu var det ju nån som förgiftade Göstas katt, hörde jag. Han har väl inte gjort en människa något förnär?

En kund frågade henne om något, så att hon var tvungen att avlägsna sig och han fortsatte hem för att ringa till Niska.

De hade blivit förtrogna vid det här laget, även om Tomas förstod att han inte fick veta allt. Men samtidigt bidrog han själv till vissa uppgifter, som kunde leda till ett uppklarnande av brottet. Jonas Niska kunde meddela att de kollat samtliga tjugotre registrerade Audibilar runt om i bygden, men inte hittat några misstänkta skador på dem.

- Är du säker på att det var en Audi, frågade han.

Tomas lovade att göra ett nytt försök, att få Gösta till att av-
slöja mer. Nu fanns inte hans skissblock kvar, bevisen var
borta, men kanske skulle det gå att lirka något ur honom. Det
var dags för ett nytt besök snart.

En knackning på dörren fick honom att rycka till. Tomas hade
nickat till en kort stund. Det var Ted som undrade om de
skulle ta en körlektion. Tomas kände att han måste ta igen sig
efter en händelserik dag och lovade att ställa upp på förmid-
dagen kommande dag, innan Micke skulle komma. Ted tyck-
tes förstå och lommade iväg.

58

Hennes man hade fortfarande inte kommit hem. Vid sjutiden på kvällen hade han gett sig av med sin lilla träbåt från hamnen i Höganäs och skulle vara borta högst en och en halv timme. En sväng bort till Kullen och tillbaka igen hade han sagt. Klockan var nu nio och det började skymma. Snart skulle det vara mörkt och hon visste, att mannen inte hade några lanternor på båten. Det var inte likt honom att vara ute så sent, även om kvällen var varm och det inte gick några vågor på havet. Han brukade kolla noga på vinden och om det blev vita gäss på vågorna. Det var alltid ett tecken på att inte ge sig ut med en så liten båt, menade han. Men nu kom kvällsmörkret smygande.

Holger Albing hade inte varit riktigt sig lik den senaste tiden, kunde hon erkänna. Hon hade försökt prata med honom om det, men han slöt sig som en mussla. Antagligen var det någon dispyt på jobbet, ekonomiskt hade de det bra, barnen utflugna och klarade sig utmärkt, så det måste vara något annat som gnagde.

Vid tio blev hon riktigt orolig och försökte ringa på hans mobil, men blev häpen när hon hörde ringsignalen komma från sovrummet. Där låg hans mobil på nattygsbordet. Hon cyklade den korta sträckan från Björkvägen ner till hamnen, bara för att konstatera att båtplatsen var tom.

Det var nu hon blev rädd på riktigt. Hade det hänt något med båten, motorstopp, så att han inte kunde ta sig iland? Hade han blivit sjuk och låg utan hjälp i båten? Hon ringde polisen som kopplade till sjöräddningen direkt. Det fanns en räddningsbåt i Höganäs, så när de fick larmet gick de ut direkt och sökte i närområdet och bort mot Kullen.

Trots två timmars spaning hade de inte hittat båten och fick avsluta sökningen, på grund av mörker. Monica Albing hade ringt de två döttrarna, för att underrätta dem om deras försvunna far. De hade ingen möjlighet att komma hem direkt, eftersom båda tillbringade semestern på var sitt håll, i Stockholms skärgård och i Värmland. De lovade att komma under morgondagen, om han inte kommit tillrätta innan dess.

*

Kustbevakningens flygplan lyfte från sin bas klockan sju på morgonen, samtidigt med en helikopter från Malmö. Vädret var något disigt ute till sjöss, men efter en halvtimme började dimman lätta och sikten blev klar. En del fritidsseglare var redan ute på sundet, men ingen hade rapporterat att de sett någon träbåt. Efterlysningen hade inte gett något resultat. Sökområdet var stort, men de koncentrerade sig i första hand på Helsingborg i söder, till Kullaberg i norr och med Skånes och Själlands kust som yttre fasta gränser. Från hamnen i Höganäs kunde fru Albing och några nyfikna med fasa följa händelseförloppet. Flygplanet flög på låg höjd i svepande rörelser under en lång stund, som upplevdes som en evighet, innan helikoptern plötsligt hovrade över något. Sjöräddningsbåten var på väg.

59

Luften fylldes av dofter från ett stilla sommarregn. På avstånd mullrade ett åskväder förbi på andra sidan Skälderviken. Det var sensommar och Tomas sista vecka av semestern, som han lyckats förlänga med några dagar.

Medan han drack sitt morgonkaffe sökte han i Aftonbladets senaste nyheter på mobilen. Han fick genast ögonen på en notis om en saknad man, som inte kommit hem efter en båttur i sundet, vid Höganäs. Sökandet skulle fortsätta nu på morgonen.

Ted kom som avtalat och de tillbringade en timme på den vanliga platsen. Men Tomas hade inte mer att lära honom där och lät Ted köra tillbaka hem, för att han skulle få känna på landsvägskörning. Det gick över förväntan bra, berömde Tomas honom och var samtidigt lite rädd för, att råka ut för en kontroll av behörighet. Det var dumt att riskera något och Ted skulle dessutom ganska snart börja på körskolan.

Tomas ville ha hans telefonnummer och såg att Ted hade en ganska ny mobil, vilket var förvånande. Ted märkte hans blick och flackade med blicken för ett ögonblick, något Tomas observerade.

- Är det något du vill berätta för mej, Ted?

Pojken såg ut som han först inte skulle avslöja något, det var tydligt att han brottades med sitt samvete, något som gnagde.

- Ut med språket, jag lovar att det är mellan dej och mej, vad du än berättar. Vi skall inte ha några hemligheter, eller hur?

Ted såg upp på Tomas med gråtfyllda ögon och visste i den stunden, att det var dags att erkänna för Tomas. Han berättade om den gången han varit inne i byggmästarens hus och snappat åt sig en mobil som låg på ett bord.

- Du stal en mobil?

- Ja, jag vet att det var dumt och hade först tänkt lämna tillbaka den, men var rädd för att bli anmäld, så det blev inte av.

- Herregud, Ted, det var illa. Varför?

- Jag vet inte, tyckte allt var så orättvist efter Linas död, så jag brydde mej inte om några följder just då. Efter den gången har jag inte gjort något fuffens. Inte sen jag träffade dej och märkte, att vi kunde prata med varandra.

Tomas funderade på vad han just sagt. En övergiven och depraverad ung pojkes kamp med sig själv, där ingen vuxen fanns tillhands, när han som bäst behövde det. Berövad sin bästa vän i livet och en mor som ibland föll in i hopplöshetens svarta töcken, gjorde det inte lätt för honom att göra rätt.

- Menar du att mobilen var Wallmans?

- Antagligen var det Magnus mobil, han var hemma och passade hunden.

- Magnus? Han som jobbar på Jannes Motor?

Ted nickade. Tomas blev ställd över att han inte tagit reda på vem som var son till Martin Wallman, något som förbigått honom totalt. Han frågade om Ted sett något i mobilen innan han tömde innehållet.

- Det var något meddelande om att någon behövde hjälp med något. Jag vet inte om det var Magnus som skickat det, eller om han var mottagare. Jag ville inte behålla innehållet, så jag raderade allt ganska snabbt. Men jag såg att det meddelandet var skickat samma dag som Lina försvann.

60

Tomas var osäker på om han hade handlat rätt. Kanske borde han sagt åt Ted att lämna tillbaka mobilen, det skulle vara en rätt handling. Men samtidigt kunde han inte agera polis och döma någon, när han inte själv var så laglydig. Han borde ha skaffat ett intyg som handledare för Ted, inför deras övningar. Han insåg, att i båda fallen var det för sent. Magnus hade säkert en ny mobil och hade glömt att han blivit av med den förra och Tomas skulle snart hem till Göteborg och låta Ted själv klara sitt körkort. Han var ångerfull för tilltaget och hade berättat för Tomas, det fick duga för stunden.

Han kom att tänka på Håkan och ringde hans mobilnummer. Det tog en stund innan han svarade. Läkningen gick framåt och han skulle eventuellt skrivas ut under morgondagen. Tomas insåg att Håkan hade haft änglavakt som klarat smällen på ett mirakulöst sätt.

- Ont krut förgås inte så lätt, sa han med ett skratt.

Tomas ville inte vara språkpolis, men visste att uttrycket var en språkförvrängning och en dålig översättning från ett tyskt ordspråk, som egentligen betydde *ogräs försvinner inte.* Håkan var säkert som skribent också medveten om det och skulle antagligen aldrig skriva det i en text. Tomas kom att tänka på ett uttryck, som ofta förkom i brottsliga sammanhang. Varför det dök upp förstod han inte först, men hans undermedvetna jobbade ofta på det sättet, med tankar som formades till idéer, eller som i detta fallet, försök till att förstå både Linas och Emmas outredda död.

Förr eller senare kommer det förflutna i kapp dig.

Kunde det ligga något i Astrids aningar om att något inte stod rätt till i Wallmans familj? Wallmans bil var utan tvivel ren från misstankar, om att ha orsakat Linas död. Men vem hade för övrigt anledning att döda henne? Var det en ren olyckshändelse? Vem försökte skrämma Gösta? Vem var Emmas hemliga vän i Arild för mer än tjugo år sedan? Frågorna var många, svaren få, snart borde han som utlovat rapportera något nytt till Bjelke hemma på redaktionen. Det var dags att gräva djupare. Men det fick vänta, snart skulle Micke komma på besök för en golfrunda.

Han såg ut genom fönstret, för att kolla vädret. På morgonen hade det kommit ett lätt regn, men nu tittade solen fram mellan ljusa sommarmoln. Sommaren skulle snart vara över. Han såg hösten pocka på uppmärksamhet långt borta. Klorofyllet i trädens gröna blad skulle minska och ändra färg till gult och sprakande rött, som på en målares palett.

Tomas förstod att han inte skulle uppleva hösten på samma sätt i Göteborg, där han var hänvisad till parker och botaniska trädgården. Han kände en plötslig längtan att stanna kvar här och se årstidernas skiftningar. Men han hade ett jobb och måste försörja sig, det var den bistra verkligheten. Det var alltför lätt att drömma och han tvingade sig motvilligt tillbaka till nuet, när telefonen ringde.

Martin Wallman lät annorlunda än förra gången de pratades vid. Tomas anade, att det var ett medvetet utspel för att få honom mer tillmötesgående, vilket snart bekräftades. Wallman ville ha ett möte med Tomas och föreslog sitt kontor vid en tid som passade. Egentligen hade Tomas ingen lust att prata mer med honom, men blev trots allt nyfiken på vad han ville och avtalade en tid med Wallman.

Micke Blom dök upp på eftermiddagen och propsade på att få bjuda på kaffe hos Flickorna Lundgren i Skäret. Varken han eller Tomas hade besökt stället tidigare, bara kört förbi vid några tillfällen. Denna tisdagseftermiddag i slutet av semesterperioden var det inte så mycket folk där. De beställde var sin tårtbit och slog sig ner vid ett av de runda borden i skuggan. Kaffet kom i en blankpolerad kopparkittel, vattenglasen sattes på den rutiga duken. Ägaren Mats Fejne stod själv denna dag i kakbutiken, medan skollediga flickor serverade och dukade av. De fick säkert motion av att springa de många trappstegen upp till huset, där bakning och disk sköttes.

De gick på grusvägarna bland sommarstugorna efteråt och kom ner till klipporna, som löpte längs hela norra kusten fram till Kullaberg, som skymtade i soldiset. De satte sig på en klippa och såg ut över Skäldervikens vatten. Micke pekade på en låg uppstickare i vattnet långt borta, snett ut från Torekov.

- Där ute har du Hallands Väderö, dit åkte vi med morfar någon gång minns jag. Vi badade i det kyliga vattnet och åt glass som de sålde i kiosken. Det var härliga tider. På hemvägen dörjade vi makrill, som mormor rensade och stekte till kvällens middag.

Micke såg dröjande ut över havet.

- Någon gång firade vi jul i Arild tillsammans med våra föräldrar. Jag minns doften av mat i mängder, syltor, skinka, brunkål som morfar alltid ville ha, sillinläggningar, lax och ål. Där var vi lyckliga Emma och jag, där fanns lugnet som en fristad, skyddad från våld och oroligheter. Men det var tydligen bara en illusion.

Micke fick tårar i ögonen när minnena framkallades på hans näthinnor och blev påtagliga, när de satt där på klipporna inte långt från Arild.

- Alla var nöjda med att det var en olycka, ingen ville ha en skandal i den lugna byn, ingen vågade konfronteras med sanningen. Visst kunde hon ha halkat och drunknat, allt tydde ju på det, men hon träffade någon där, det vet jag. Vi kan kanske åka till Mölle i morgon efter golfen och fråga om de känner till en stockholmsgrabb som var där någon sommar för tjugofem år sen.

Tomas såg på honom och undrade om han menade allvar.

- Men vi kan väl inte bara gå runt och fråga folk, det var nog många som var där på semester och av andra anledningar. Folk kan väl inte minnas sådant.

- Vem vet, Mölle är ju inte så stort. När vi kommer tillbaka till Björketorp skall jag visa dej något. Jag har ett namn.

61

Grillen var tänd och de satt och sippade på var sin gin &
tonic, medan kvällssolen sakta sänkte sig bakom träden. I det
glesa grenverket fladdrade skuggorna på husväggen. Tomas
letade upp Dan Hylanders låtar på Spotify och de kunde inte
låta bli att skratta, när *Skuggor i skymningen* dök upp i högta-
laren.

- Men berätta nu, du hade ett namn.

Micke nickade och hämtade ett litet häfte med röda pärmar.
Han förklarade, att han vid senaste besöket hos sina föräldrar,
hade gått igenom sin systers saker, som fortfarande efter tju-
gofem år låg nerpackade och undangömda i källarförrådet
hos dem. Det fanns någon väska, smycken och andra person-
liga saker som tillhört henne. Foton fanns i ett kuvert tillsam-
mans med några dagböcker med lås, som ingen hade velat
öppna. Men det häfte han hade i handen fanns det inget lås till
och Micke hade förstått, att det var en extra noteringsdagbok
för den sommaren när hon drunknade. Han hade tvingat sig
att läsa den och börjat ana vad som rörde sig i Emmas liv de
dagarna på hennes sista sommarlov.

Häftet innehöll inte mer än ett tiotal sidor och var antagligen
bara minnesanteckningar, som hon senare tänkt att skriva
över i den dagbok hon hade hemma. För Micke var det en del

osammanhängande meningar, som bara ägaren skulle kunna tyda, men mot slutet började han förstå innebörden i orden.

Emma hade jobbat några timmar varje dag i kiosken vid hamnen under tre veckor och lärt känna många ungdomar som kom dit, förutom det vanliga gänget som bestod av Lena, Niklas och Tobbe. Ibland kom några andra mer sporadiskt utifrån någon annan by, men tillhörde inte den ursprungliga kärntruppen, som känt varandra i flera år. Hon skrev bland annat om Betty och Cilla, som försökte komma in i deras gemenskap. De sista sidorna i skrivhäftet upptogs nästan uteslutande om en ny bekantskap hon gjort. Tydligen hade de varit tillsammans ganska ofta, under senare delen av sommarlovet, vilket framgick av de romantiska raderna. Den som hon träffat hade berättat att det var slut med en annan tjej, men ville inte avslöja namnet på henne. Emma hade ingen aning.

Han var några år äldre än Emma och kom ofta körande i en blå Golf och parkerade i utkanten av byn, för att inte väcka uppmärksamhet. Oftast träffades de på ett hemligt ställe, en liten klippavsats, insynsskyddad av buskage, skrev hon. Emma berättade inte för någon om sina möten med denne trevlige kille, som hon fallit pladask för och avslöjade inte hans namn för någon. Micke hade frågat sina föräldrar om de hade vetat något, men de bara skakade på huvuden. Hon hade behållit hemligheten för sig själv.

Tomas lade två köttbitar på grillen och gjorde under tiden iordning en sallad.

- Men du sa att du hade ett namn, skrev hon det i häftet?

- Ja, hon kallade honom för Janne, så han hette väl Jan antar jag. Han bodde hos någon släkting i Mölle under sommarlovet och jobbade tydligen på dagarna i denne släktings företag. Emma preciserade inte vilket, det var nog inte så angeläget i hennes romantiska värld, just då.

- Janne i Mölle. Tror du han finns kvar där?

- Knappast troligt. Han var från Stockholmstrakten och skulle hem och gå på högskola i tre år där, så det var väl bara en sommarförälskelse, som tyvärr tog slut med Emmas död.

- Men kunde ingen få kontakt med honom efteråt när hon hade hittats? Kom han inte till begravningen?

- Nej, det är det som gör det hela så konstigt. De hade tydligen pratats vid så sent som dagen innan Emmas drunkning, om att träffas på loven när de kunde och hålla kontakten under terminerna. Så jag har börjat fundera på om han har något med hennes död att göra. Eftersom ingen visste något om honom, gick det inte att leta efter grabben.

De åt den grillade entrecoten med bearnaisesås och sallad. Micke var en stor vinkännare och hade med sig sitt favoritvin, som smakade utsökt till maten.

- Så det enda vi vet är att killen hon träffade hette Janne. Vi får höra oss för i Mölle i morgon. Mölle är ju inte så stort och hittar man någon urinvånare är det kanske möjligt att få fram något. Vem vet?

Micke tycktes sitta i sina egna tankar, men vaknade till igen, när Tomas berättade om det som hänt sedan Micke var där senast. Han nämnde också smitningsolyckan, där Håkan var nära att stryka med, Göstas katt och inbrottet hos honom.

- Men du skall stanna kvar här, trots allt som händer?

- Ja, jag har fått ett löfte av kommunen att fortsätta med arrendet av tomten, så nu skall jag bara fixa till en del i stugan, både ute och inne, göra det mer trivsamt.

- Så den där byggmästaren fick ge sig?

- Vet inte, Martin Wallman ville träffa mig i övermorgon. Jag vet inte vad han har i kikaren den här gången.

- Martin Wallman? Micke såg ut som ett frågetecken.

- Det är ju han som köpte en båt av mej för några veckor sen, då när jag var här nere senast. Är det han som... Då förstår jag dina kontroverser med den mannen. Han var en besvärlig kund kan jag lova, det var inte lätt att ha med honom att göra. Prutade och hittade alla möjliga fel i kontraktet innan allt var klart.

De skrattade åt besvärliga typer, kvällen var för skön för att hänga upp sig på sådana. De hade inte setts på länge och hade mycket att prata om. Kvällen började bli sval och de gick inomhus. Dan Hylander hade slutat sjunga, skuggorna var kvar.

- Förresten, du hade träffat en tjej, sa du i telefon. Hur har det gått, är ni tillsammans och är det allvarligt?

- Ja, Jenny är en gammal ungdomskärlek till mej. Vi var tillsammans en gång när vi var omkring tjugo, jag vet inte om du kommer ihåg det.

- Jag kan väl inte hålla reda på alla dina tjejer.

- Det var faktiskt inte så många, som du tycks inbilla dej. Jenny var speciell, men jag strulade bort det hela, kanske av rädsla för att binda mej för tidigt. Hon gifte sig, fick ett barn och nu är hon skild. Vi träffades av en slump på stan faktiskt och nu är vi ett par. Du själv då?

Tomas berättade om Sara, men ville inte utveckla vad deras vänskap innebar. Han visste knappt själv för tillfället, även om han trivdes med hennes sällskap. Framtiden fick utvisa. Klockan började närma sig tolv, utanför var natten tyst och mörk.

- Vi har en speltid klockan nio i morgon, dags att sova?

62

Motgångarna hade fortsatt för Martin Wallman, sedan det visat sig att den nye ägaren Tomas Larke också var motvillig till försäljning av sin sommarbostad. Ett beslut som kullkastade planerna för en exploatering av området, som skulle gett en bra avkastning. Men ännu fanns det en chans. I och med Holger Albings död skulle det finnas möjlighet att få Bygg och Miljökontoret att fatta nya beslut i ärendet. Wallman trodde sig veta genom sina bekanta på kommunen, att beslutet att stoppa den gamla byggplanen inte hade undertecknats ännu. Tjänstemannens död dagen efter att beslutet klubbats, hade plötsligt gett Wallman möjligheten att påverka och förhoppningsvis riva upp det. Kanske skulle Albings svek inte påverka något nu, efter att han avlidit.

Han skulle ha ett möte med Larke nästa dag och gick igenom de planer han hade inför besöket. Martin Wallman skulle visa den där tidningskillen vad som var bäst för Björketorp, genom att visa en ödmjukhet och få honom att förstå, vilken betydelse projektet har för bygden. Det där med ödmjukhet var visserligen inte hans starka sida, men han måste stålsätta sig och spela sina kort väl.

I dagens tidning kunde han läsa om kommunens nya idéer om ett hotell i Höganäs hamn. De tidigare planerna hade gått i graven för några år sedan, på grund av den stora opinion som uppstod. Nu var det tydligen aktuellt igen och Wallman blev

genast intresserad, men måste hitta en kompanjon för finan-
sieringens skull. Dags att sondera.

Wallman hade några broschyrer framför sig på bordet. Snart
tänkte han sätta sina planer i verket på en pool hemma, något
han funderat på länge. Han såg framför sig partyn på ljusa
sommarkvällar, med alla vänner och betydelsefulla männi-
skor han kände. Cecilia tycktes bli bättre för varje dag och en
pool skulle nog göra henne gott. Hennes självvalda isolering
var av ondo, hon var inte intresserad av att resa och hade till-
bringat sommaren på egen hand, med något som han inte
hade full koll på. Ibland hade han undrat vad som gjort henne
så skör och ängslig. Det var något som tyngde henne, men hon
ville aldrig prata om det.

Poolbyggets kostnader skulle han på ett enkelt sätt låta smyga
in under den dagliga verksamhetens utgifter, med byggen och
underhåll i bolaget Några hundra tusen hit och dit skulle inte
väcka någon uppmärksamhet. Hans revisor med hustru fick
för övrigt en gratis semester på hans hotell i Thailand, två
veckor varje år och tycktes vara nöjda med arrangemanget.
Sådana människor var guld värda för Wallman. Pålitliga intill
döden. Som Holger Albing.

63

De åt lunch på klubbens restaurang efter förmiddagens golfrunda. Tomas kände att han var något ringrostig, utslagen gick snett och alltför många puttar. Normalt sett hade han spelat en eller två gånger i veckan under sin semester, ofta med Micke, men nu hade allt blivit annorlunda. Men det hade varit en upplevelse att spela där på S:t Arilds bana.

- Det här måste vi göra om snart Tomas! Spelar Sara golf förresten?

- Nej, jag vet inte om hon har lust att börja heller.

- Du kan kanske lära henne. Jenny spelar skapligt, så vi kunde ju träffas alla fyra och gå en runda. De har ju en korthålsbana här nu, det måste vara en bra träningsbana.

- Just nu har jag fullt upp känns det som, jag har varit handledare några timmar för Ted, som skall ta körkort.

- Hur går det med den utredningen, har du kommit nån vart?

- Egentligen inte, vet inte ens om det är nära. Kanske är det bara en känsla, men min intuition säger mej att det kommer att lösas, trots allt. Men det är ju polisens sak.

Det var någon pusselbit kvar som Tomas inte kunde hitta. Något han hört i förbifarten, något viktigt som någon sagt, men som han inte lagt på minnet.

Färden gick bort till Mölle, för att åtminstone göra ett försök att leta efter någon, som kände till en person vid namn Jan, som varit i byn en sommar för tjugofem år sedan. Att det var ett omöjligt uppdrag förstod de båda kompisarna egentligen, men ville ändå ge det en chans. Så här i första veckan av augusti fanns det fortfarande en del turister kvar, men det var inte de som var av intresse.

Vid hamnen fanns gamla bilder om Mölles historia i stora glasmontrar och på en bänk satt två äldre herrar och samtalade. De gick fram till dem och ställde sina frågor. Den ene av männen kom ihåg en Janne på den tiden, som han var jämngammal med. Den andre hade ingen aning. Tomas och Micke gick vidare. En dam i sextioårsåldern gick i sin trädgård och klippte rosorna. Den ende Jan hon kände var hennes man, erkände hon, men hänvisade dem till en bekant, som arbetade på hotell Kullaberg för tjugo år sedan och var väl bekant med alla ungdomarna på den tiden. Hon pekade på en gränd som hette *Gastagudan* och berättade vilket hus det var.

Damen, som hette Sonja var inte hemma. Hennes granne upplyste dem om att hon åkt med bussen till Höganäs, för att träffa sin dotter och barnbarn. Grannen hade aldrig hört talas om någon Jan, men gick med på att be Sonja ringa om hon visste något.

- Men hon börjar bli lite rörig, så det är inte säkert att hon kommer ihåg nåt. Sa ni tjugofem år sen? Herregud, jag kommer inte ihåg vad jag åt till middag igår, hur ska man då kunna minnas nåt för så längesen. Fast... närminnet är ju sämst nuförtiden.

De skrev ner sina telefonnummer och gav till tanten, men hade inte så stora förhoppningar att Sonja ens skulle ringa.

De fortsatte mot bilen som de parkerat på Gyllenstiernas Allé, men gick först in på Hotell Kullaberg och beställde var sin kaffe. Servitrisen såg ut att vara cirka fyrtio år, pratade med en skånsk dialekt och visade sig vara från Lerhamn, en kort sträcka från Mölle. På deras fråga såg hon fundersam ut först. Hon hade varit en del i Mölle på sommaren vid den tiden de frågade om, eftersom hon hade en pojkvän där. Hon mindes en kille som kallades Janne, som inte var från Skåne, kunde hon minnas. Men något efternamn visste hon inte och inte var han bodde heller. Visste bara att han sommarjobbade någonstans. På frågan om hur han såg ut sken hon upp i ett leende.

- Han var riktigt snygg, minns jag. Mörk, lite snobbig, spännande, en trevlig storstadsgrabb, tyckte jag då. Men jag hade ju sällskap då, fnittrade hon.

64

Han hade två timmar på sig innan mötet med Martin Wallman. På väg dit skulle han se om Gösta var hemma och att allt var bra med honom. Tomas märkte själv hur han blivit självutnämnd beskyddare av honom och i viss mån av Ted, efter allt som hänt dem. Tomas hade absolut ingenting emot det, tvärtom, han kände en tillfredsställelse av, att få tillbaka deras tillit och tacksamhet.

Micke hade återvänt hem till Styrsö. Dagarna med honom hade fått Tomas att förstå, vad deras vänskap genom åren egentligen betytt, även när han hade ett fast förhållande med Jennifer och senare med Anna. Micke hade haft några lösa förbindelser och aldrig riktigt fastnat för någon, men nu tycktes det bli ändring på det. Det märktes tydligt på hans sätt att prata om Jenny, sin ungdomskärlek.

Tomas fick plötsligt för sig att ringa till Sara. Det var några dagar sedan de träffades och han var nyfiken på hur middagen med Danilo blev. Hon svarade efter tre signaler.

- Hej Tomas, har din kompis åkt hem nu?

För ett ögonblick tyckte han det lät syrligt, men viftade bort det direkt. Han berättade att de haft några trevliga dagar, med mycket grabbsnack om gamla tider och kommande också för den delen. Tomas hade tidigare avslöjat för henne om Mickes systers drunkningsolycka för längesedan, så hon förstod att de hade en del att prata om.

- Du, det blir ingen kräftskiva hos Håkan och Malin på lördag. Han ringde nu på morgonen och sa att han var inte riktigt i form ännu för fest. Jag tror att Malin varit bestämd på den punkten.

- Oj då, det var ju tråkigt, jag har ju ordnat barnvakt den kvällen. Men jag kan samtidigt förstå dem.

- Men du, vi kan väl ha ett eget kräftkalas, bara du och jag?

Sara var inte sen att haka på och Tomas kunde ana ett leende hos henne. De bestämde att träffas och ordna lite gott att äta och dricka tillsammans. Han lovade att köpa hem det som behövdes för en trevlig kväll.

Gösta öppnade dörren försiktigt med katten Bertil i famnen. Han backade in när han såg vem det var som knackat på. Han såg ut att må bra, så Tomas tyckte att frågor var överflödiga. Han hade bara varit inne i huset en gång tidigare och kunde se, att Gösta fortfarande höll bostaden städad och fin. Det luktade fräscht av rengöringsmedel. Tomas blev positivt överraskad. De satte sig i köket. Under köksklockan hängde en gammal väggbonad med en sirlig text, kantad av broderade blommor, *Egen härd är guld värd.*

- Du visade mej en bild av bilen som du påstod hade kört på Lina, om du kommer ihåg det?

Gösta nickade till svar och såg frågande ut, som om det var onödigt att ifrågasätta hans minne.

- Men jag måste ändå fråga dej igen, om du är riktigt säker på att det var en bil med det märket. Polisen vill gärna komma fram till vem det var som körde, förstår du? Men det var inte Wallmans bil, eller hur?

- Nä.. annan bil.

- Men hur menar du, har han någon annan bil också?

- Mmm. Gösta nickade till svar.

- Så Wallman har två bilar av samma märke och det var den andra bilen som körde på Lina?

- Jaa.. annan bil.

Tomas började få klart för sig varför Niska och hans undersökning inte hade fått fram rätt bil. Det fordon som de sökte kunde helt enkelt vara avregistrerad och stå gömd i något garage. Han ville inte pressa Gösta mer om han sett vem som körde bilen, kanske skulle det göra honom upprörd. Han lämnade mannen med katten och kände en tillfredsställelse över, att ha något att rapportera till Niska. Lösningen kändes nära. Tomas måste också ge Niska namnet på den som Emma träffade i Arild dagarna före sin död. Men först skulle han ta mötet med Martin Wallman.

65

Hon hade kommit in på konstfack och glädjestrålande ringde Åsa sin pappa och berättade. Ett ordnat boende på ett studentrum i närheten tycktes lösa sig, så i början av september var det dags att ta tåget till Stockholm.

 - Det ska bli skönt att lämna Malmö, det händer så mycket här just nu, skjutningar, dödande, upplopp och förstörelse. Man blir livrädd. Jag förstår att det händer saker i Stockholm också, men det känns som om våldet är så nära inpå här.

Tomas hade läst om de senaste händelserna. Hur någon brände koranen på öppen plats, något som blev en gnista för ligister att kasta stenar mot poliser, sätta bilar i brand och med allmän förstörelselusta. Inte för att försvara sin tro, utan för att få en anledning till bråk och skadegörelse. De hade lyckats för stunden. När Malmö vaknade upp var vissa platser av staden slaget i spillror.

Oftast var det som värst före skolstarten i augusti, hade han läst. Någon hade gjort statistik. Kriminella gäng gäckade polis och allmänheten med bilbränder och knivskärningar. Oro spred sig i samhället. Regeringen kritiserades för sin slapphet. Ingen hade något bra svar på var lösningen fanns.

 - Men därute hos dej i Björketorp är det väl lugnt kan jag tänka?

- Jo här det lugnt och skönt, men snart ska jag hem till stan igen, jobbet kallar, semestern är snart slut.

Han ville inte oroa henne med att berätta om några små bagateller som inbrott, förgiftning av en katt, smitningsolycka, polisförhör och två mordutredningar, som han rotade i.

- Är ni tillsammans fortfarande, du och din kille?

- Nej, han gjorde slut när jag bestämde mej för konstfack. Det var lika bra det, jag hittar nog vänner däruppe snart, hoppas jag.

*

Han ringde upp Jonas Niska och förmedlade det som Gösta försökt säga om den andra bilen. Niska hade själv varit inne på tanken om en avregistrerad bil och skulle nu koncentrera sig på Wallmanfamiljen. Namnet på Emmas pojkvän var också intressant tyckte han, men skulle bli svårare att lokalisera. Mycket kunde ha hänt på alla åren som gått, mannen som borde vara runt fyrtiofem år kunde i princip vara var som helst. Han kunde vara kvar i Stockholm, eller bosatt sig utomlands, han kunde till och med vara en bostadslös uteliggare i Rågsved. Niska hyste inga större förhoppningar om att hitta honom, om inte någon med bestämdhet visste hans fullständiga namn. Då skulle man kunna kontrollera hans DNA och jämföra med de som fanns på Emma. Tomas hade inte heller fått något samtal från Sonja, damen i Mölle som eventuellt visste något.

- Har du något nytt till mej som tidningsmurvel i utbyte?

- Jo, kanske det, men jag vet inte om det är något intressant i sammanhanget. Du har kanske hört om Holger Albings död?

- Oj, så tråkigt. Var det han som var den försvunne mannen? Nej det har jag missat. Men vilket märkligt sammanträffande, jag pratade med honom för några dagar sen, när Bygg och Miljökontoret just beviljat mej nytt arrende på min fastighet. Han skulle skicka papper på beslutet. Vad har hänt?

- Han låg död i sin båt ute på havet och det såg i första hand ut som en hjärtinfarkt, men jag har begärt en obduktion. Men det var inte det jag tänkte berätta, utan att när vi kollade hans ekonomi, lade vi märke till att en stor summa pengar hade förts över till hans konto i Schweiz, en gång om året i flera år. Vi håller som bäst på att söka efter vem som skickade pengarna. Men banksekretessen är svår att kringgå. Överföringen slutade tvärt för något år sen.

Medan han pratade med Niska hade han kommit fram till Wallmans kontor. Efter att de avslutat satt Tomas kvar en stund i bilen och funderade. Är det detta som Wallman vill prata om, eller vad är det frågan om? Det där med pengarna till tjänstemannen luktar mutor lång väg, tänkte han. Kan det verkligen vara Wallman som skickat pengarna och har han kanske något med Albings död att göra?

66

Utanför kontoret stod Wallmans Audi och glänste i solskenet. Tomas kunde inte låta bli att snegla efter skador, men visste på förhand, att han inte skulle hitta några. Polisens tekniker hade inte hittat det minsta spår av en olycka.

Tomas visades in av en sekreterare. Det var tydligt att Wallman försökte anstränga sig att hålla en mjuk linje, när de slog sig ner vid ett dukat kaffebord. Vänligheten var spelad och nådde inte till ögonen. Tomas var på sin vakt.

Rummet var stort, med fönster mot havet utanför, hyllor med pärmar, ett konferensbord med plats för åtta personer och ett gigantiskt skrivbord i ljus ek. Istället för det sedvanliga fotot av en hustru, fanns en inramad bild på Martin Wallman och hans dotter Annika vid hans båt i hamnen.

Under kaffet kallpratade Wallman om sin uteblivna semester. Tomas anade, att han kunde ta sina lediga dagar om och när han ville och dessutom tillbringa flera veckor i Thailand på vintern. Han tog ett kex medan han lyssnade förstrött på Wallmans utläggningar.

Sekreteraren kom in med ett papper som Wallman skulle underteckna och lade samtidigt dagens post i en hög på bordet, just som han vecklade ut en ritning på bordet. Hon meddelade att hon gick hem för dagen, de andra anställda hade redan lämnat kontoret. Ett brev föll ner och Tomas böjde sig ner och tog upp det. Hans nyfikenhet fick honom att lägga märke till att det var ett personligt brev, adresserat till Jan Martin Wallman.

Under tiden pratade Wallman sig varm för sitt projekt och bad Tomas att omvärdera sitt beslut och sälja den till ett höjt pris, som han angav. Med anledning av Holger Albings plötsliga död hade ärendet, som han uttryckte det, kommit i ett annat läge. Ett säljavtal placerades framför Tomas.

Tomas hörde inte längre vad mannen på andra sidan bordet sade, han var helt koncentrerad av annat. Han funderade över namnet han sett på brevet. Jan Wallman. Hade han ändrat sitt förnamn till andranamnet Martin? En storstadssnobb hade flickan i Mölle sagt. Martin var ju från Stockholm. Sin ungdomskärlek! Martins fru hette Cecilia, kallades hon för Cilla en gång i tiden? Cilla och Janne? Var det möjligt? Tomas anade att detta var pusselbiten som saknades. Martin Wallman kunde vara den, som Emma träffade i Arild sin sista vecka i livet. Hela tiden hade kanske sanningen funnits inom räckhåll. Det snurrade runt i huvudet, han kände sig dåsig och ville därifrån, men kunde inte resa sig. Försökte säga något, men orden ekade i huvudet, han skakade. Wallman granskade honom ingående. Räckte fram en penna och log försåtligt. Bad honom skriva under avtalet.

Tomas tog pennan, ville bara få slut på alla bekymmer. Han orkade inte kämpa emot längre, yrseln tilltog. Plötsligt såg han två personer i rummet, innan allt blev svart.

67

Han slog upp ögonen och såg Micke sitta på en stol vid sidan av sängen. Tomas förstod först inte vad som hänt, men sakta började minnet återkomma, när Micke berättade.

- När jag var på väg hem ringde Sonja, den där damen i Mölle du vet. Hon hade fått mitt telefonnummer också. Av det hon kunde berätta, fick jag klart för mej vem Janne var och vände direkt och körde tillbaka. Jag visste att du skulle besöka Wallman och körde till hans kontor och kom just som du tuppade av. Du var helt borta en lång stund.

- Nu minns jag att det kom in någon i rummet. Vilken tur att du dök upp i rätt ögonblick. Drogade han mej?

- Han hade skickat hem personalen och försökte få dej att skriva under ett säljavtal, genom att göra dej avtrubbad av något, men det får polisen reda ut. Jag ringde dem direkt. Han blev riktigt förvånad, när han kände igen mej som båtförsäljaren i Göteborg. Han tappade både hakan och talförmågan och förstod, att han hade gjort bort sej rejält.

Tomas sökte i minnet efter vad som utspelade sig på kontoret, men mycket var diffust. Han hoppades att han inte skrivit under något avtal.

- Men vad sa Sonja till dej?

- Hon kom mycket väl ihåg Jan Wallman, även om hon till en början förväxlade namnen en smula och kallade honom för Linus Wahlgren. Men hon kunde snart förklara att han, Janne alltså, hade bott hos en släkting i Mölle och träffat Emma i Arild, under någon sommarvecka det året hon drunknade. Damen hade bekanta i Mölle, intill det hus där Janne bodde, därför visste hon vem han var.

Det visade sig att Sonja på den tiden bodde i Arild, alldeles i närheten av Mickes och Emmas morföräldrar och lade märke till vad som hände i byn. Men så flyttade hon till Mölle och kom aldrig på tanken, att Jan Wallman skulle ha något med Emmas död att göra. Man hade ju hela tiden trott att Emma snubblat på klipporna, slagit i huvudet och drunknat.

- Jag kan hälsa från Jonas Niska, jag pratade en lång stund med honom och han berömde dej för ditt arbete och hoppades nu få mer klarhet i hur allt ligger till.

Tomas log vid tanken och var själv nöjd.

- Jag åker hem nu Tomas, du kan lita på att Sara här tar hand om dej tills du piggnar till.

Tomas såg först då, att Sara hade kommit in i rummet, satte sig på sängkanten och tog hans hand. I den stunden kände han sig lycklig och funderade på när han senast haft den känslan.

68

Nästa dag var han någorlunda återställd och skickade en rapport till sin chef, med information om "kalla fall i Skåne". Han nämnde, att man hade kommit mycket närmare en lösning av de båda flickornas död i Kullabygden och förklarade utan att gå in på detaljer, att man nu kunde jämföra DNA prover med några personer. Utan att skriva om att han blivit drogad och pressad att sälja sin bostad, till en maktgalen man, som mycket väl kunde vara inblandad i mord.

Tomas körde till bilverkstaden och lämnade in bilen för reparation av skadorna i lacken. Jörgen skulle fixa dem på två dagar lovade han. Lite slipning och ny lack, så skulle framskärmen bli som ny igen. I ögonvrån kunde Tomas se hur Magnus dök ner under motorhuven på en bil han höll på med och anade, att han visste vad som hänt föregående dag.

Sara bryggde kaffe och Tomas undrade om hon kände någon som kunde fixa lite i hans stuga. Sara kände en snickare i närheten som hon tipsade honom om.

- Så du åker snart hem och jobbar. När tänker du komma tillbaka?

Tomas kände att han skulle sakna hennes sällskap och hoppades, att det var ömsesidigt. Allt hade gått så fort och han visste inte riktigt hur han skulle förhålla sig till känslorna för henne. Han ville inte såra henne med fagra löften, som inte höll, men kände samtidigt en viss kemi uppstått mellan dem. De trivdes tillsammans och tiden i Göteborg fick utvisa, vilka känslor som fanns för henne.

- Jag har funderat. Jag känner starkt för att skriva en bok och med tanke på allt som hänt, har jag ju fått en hel del av manuskriptet klart. Det borde kunna bli en bästsäljare, skall försöka få tjänstledigt från jobbet och sätta mej här och skriva ett helt år, så jag hoppas på att jag kommer snart. Skulle vara trevligt att träffa dej mer.

Sara verkade glad över svaret och gav honom en kram.

- Hur tror du det går för Wallman nu?

Frågan blev hängande kvar i luften.

69

Två månader senare

Han var tillbaka. Redan när han kom norrifrån över åsen och såg Kullabergs siluett borta vid horisonten, kände han ett sug. Tiden hade gått fort, med jobbet och anpassningen tillbaka till storstadens brus. Han trivdes med det, allt hade varit som vanligt, men nu skulle han tillbringa det närmaste året i sin stuga i Björketorp.

Tanken på att få den ledighet han så gärna ville ha, friheten att disponera sin tid, bestämma sina villkor, fick honom att bli euforisk. Han skulle äntligen få tid att skriva en bok. Om det gick som han hoppades, skulle han och Sara kunna träffas en hel del. Det var som om ett fönster hade öppnats på glänt.

Han svängde av motorvägen vid Erikslund och fortsatte på 112:an mot Höganäs. Tomas tänkte tillbaka på den sista gången de träffades, på deras egen lilla kräftskiva. Kanske var det bra att inte festen hos Håkan och Malin blev av, med tanke på Håkans återhämtning från smällen han varit med om. Sara och han hade haft en härlig kväll i den månljusa augustikvällen, med mat och dryck, sång och skratt, tills de till slut lät känslorna få fritt utlopp. När solljuset väckte dem på förmiddagen nästa dag, kröp hon in i hans famn på nytt. Han log vid tanken, när han svängde av mot Björketorp. Tomas styrde mot Saras hus och hoppades att hon skulle vara hemma. Hon öppnade innan han hann ringa på dörrklockan, Sara hade sett honom komma.

- Hej, jag söker fastighetsmäklare Lindberg.

- Då har du kommit rätt din skojare, sade hon och kastade sig i hans famn och höll på att krossa blombuketten han noga valt ut till henne.

Sara bjöd på kaffe och nygräddade bullar. Hon berättade om att hennes Danilo, hade blivit dömd till två års fängelse, för hans medverkan i narkotikasmugglingen. Till Milan hade hon sagt, att han hade rest bort och skulle inte komma tillbaka på länge. Han hade försökt förstå och tycktes inte vara alltför besviken.

- Berätta nu vad som hänt i utredningen, det går som du förstår vissa rykten, även om det stått en del i tidningen den senaste tiden. Var Martin Wallman inblandad i flickornas död?

För någon dag sedan hade Tomas pratat med Jonas Niska. Han ville att de skulle träffas på en lunch kommande vecka, innan det var dags för honom att lämna Höganäs, för nya uppdrag. Men han hade redogjort för Tomas i telefon om utredningen, som äntligen kunde avslutas.

- Cecilia Wallman var faktiskt den Cilla, som svärmat för Janne Wallman i Arild, fast hon hette då Olsson i efternamn. Janne hade träffat henne vid några tillfällen och hon hade uppfattat det som att de var ett par. Men snart stod det klart för henne, att han hade träffat en annan. Hon hade fått veta att det var Emma och blev väldigt svartsjuk. Hon erkände att hon stämt träff med Emma, som trodde hon skulle möta Janne. I förhören berättade Cecilia om mötet. Det blev bråk som slutade så olyckligt, att Emma snubblade och föll. Cilla hade blivit rädd och rusat därifrån, påstod hon till en början. Men Emma hade inte dött av skadorna som fanns på huvudet, utan av drunkningen, eftersom hon hade vatten i lungorna. Det konstaterade man tidigt och pressade Cecilia att berätta hela sanningen.

- Men ändrade hon berättelsen i andra förhör?

- Cecilia erkände till sist att hon knuffat till Emma, som föll och slog huvudet i en klippkant, hamnade i vattnet och blev liggande i det grunda vattnet. Cecilia hade lämnat henne att dö.

- Usch, så sorgligt!

- Hela livet hade hon haft mardrömmar om Emmas död, de förföljde henne ständigt, påstod hon. När Janne kom ner till Skåne några år senare och startade en byggverksamhet, tog hon kontakt med honom och de blev tillsammans på nytt. Han hade vid den tidpunkten bytt namn till Martin. Hon avslöjade aldrig vad som hänt den där ödesdigra dagen vid klipporna i Arild. Inte för någon. Hon verkade nästan lättad när hon erkänt och hoppades, att det skulle betecknas som en olycka, trots allt.

- Men Linas död, vem var skyldig till den?

- I ett garage hittade man Cecilias avregistrerade bil, en Audi med skador i fronten och undersökning av den visade, att den varit inblandad i Linas död. Där hade Gösta rätt. Man hittade även bevis för, att den hade använts för att transportera bort kroppen och Linas cykel. Cecilia hade pressats hårt av Niska och till sist erkänt att hon kört på flickan. En olycka, sa hon.

- Hon hade brutit ihop och förklarat under snyftningar, att hon varit påverkad av sprit och tabletter, när hon fick för sig att köra till affären och köpa cigaretter. På hemvägen hade hon sett Lina cyklande hemåt och fick en blackout, påstod hon. Hon hade en längre tid vetat om, att Martin var far till flickan och att han genom Holger Albing, skickat pengar varje år till ett konto, som tillhörde Lina. Hon hade bara tänkt skrämma Lina, men upptäckte till sin fasa, att flickan slagit huvudet i en sten och avlidit där i vägkanten av sina skador. I panik hade hon ringt den enda, som hon visste skulle kunna ställa upp för henne. Magnus.

- Hennes son?

- Ja hennes egen son. Men först ville hon inte blanda in honom, påstod att hon gjort allt själv. Men ett DNA avslöjade annat. Magnus kom till undsättning och de hjälptes åt att få undan kroppen. Han kom på idén att stoppa den döda i en säck, som han visste fanns nere i lagret under faderns kontor. Han gjorde som hans mor befallde och sänkte säcken med flickan i havet. Cykeln slängde han i stenbrottets vattengrav. Men någon såg det hela. Gösta.

Han förhördes och erkände direkt, hade väl inget val.

- Men det är ju inte klokt, hela familjen inblandad i mord!

- Nja, inte riktigt. Dottern Annika hade tydligen ingenting med mordet på Lina att göra och inte heller Martin Wallman. Lina var ju hans dotter. Men han var ändå en ful fisk, som försökte tvinga mej att skriva på säljavtalet. Jag hade en otrolig tur att Micke dök upp i rätt tid.

- Men vilken historia! Holger Albing då, vad dog han av egentligen? Var det hjärtat?

- Man trodde det först, men upptäckte snart att han blivit förgiftad under en ganska lång tid. Obduktionen visade det. Frun blev misstänkt, men nekade hela tiden. Vad jag hört finns det inte tillräckliga bevis, för att döma henne för hans död. Göstas katt blev ju också förgiftad och det kan ju inte vara hennes verk. Så det lär bli en gåta att fundera över och ny utredning. Vem vet vad som kommer fram då. Martin Wallman och hans dotter kan mycket väl vara inblandade på något sätt. Min farbrors död har man tydligen också granskat. Så du kan ha rätt, kanske är hela familjen skyldig på något sätt.

Just i det ögonblicket funderade Åklagare Karin Frisk på Åklagarkammaren som bäst på, hur brotten skulle rubriceras inför kommande rättegång.

*

Han körde bort till sitt hus och såg att Ted hade skött den lilla trädgårdstäppan riktigt bra. Inomhus hade snickaren gjort ett bra arbete, de ändringar som de kommit överens om var utförda och med lite nya möbler skulle stugan kunna bli riktigt trevlig. Köket skulle bli nästa projekt, men inte genast. Han hade ju gott om tid på sig. Tomas städade ut byggdammet och kände sig nöjd.

Just som han skulle gå på en promenad i den härliga höstluften, kom Ted på besök. Tomas såg med en gång att något positivt inträffat, grabben såg glädjestrålande ut och visade upp sitt nytagna körkort. Han hade fått arbete på en budfirma i Helsingborg och bodde hemma hos sin mor tillsvidare, men sökte lägenhet i Höganäs. Tomas blev glad för hans skull och hämtade nyckeln till den bil som varit Eriks.

   - Grattis och tack för hjälpen med trädgården. Du får låna bilen i ett år, om du själv betalar för bensin och service på den. Vill du köpa den efter det året, så är det ok för mej.

Ted blev överlycklig och körde iväg med bilen. Tomas gick bort mot stenbrottet, där naturen skiftade färg. Trädens blad lyste i gult och rött och speglade sig i det mörka tysta vattnet. En flock fåglar kalasade med god aptit på rönnarnas röda bär. Sommarens värme var ett minne blott, kyligare dagar kom smygande och de ljusa sommarkvällarna övergick till alltmer mörka skymningar. Luften var fylld av havets friskhet och fick tankarna att klarna. Det kändes som om ingenting mer skulle kunna störa hans känsla av välbefinnande. I en glänta fanns en konstinstallation i form av en röd klänning, som hängde på en galge i en björk. På marken nedanför låg en röd ros på några vita plankor. En udda grej, men hade nog sitt syfte, tänkte han. En berättigad konstinstallation.

Tomas såg en skymt av Gösta, som såg ut att må bra. Han skulle knacka på hos honom en dag och förklara, att han skulle stanna kvar i huset en tid. Han ville tacka Gösta, för att han hjälpt till att avslöja Linas död. Utan hans teckning hade polisen kanske inte kunnat lösa mordet.

På Ica såg han Bim, som var upptagen med uppackning av varor och lade inte märke till honom. Tomas inbillade sig att han skulle kunna smyga därifrån, utan att träffa Bim, men så hördes hennes röst.

 - Men hej, så roligt att du är tillbaka, har hört att du ska stanna ett helt år nu, är det sant?

Tomas kunde inte förneka det och undrade hur ryktet kunnat sprida sig. Men han var luttrad nu. Han skyndade sig därifrån, innan hon satte igång med fler frågor. Han gjorde sig en omelett till lunch och bryggde en kanna kaffe. Tomas lät tankarna på sommarens alla händelser få fäste på nytt. Allt blev så påtagligt, när han var på platsen, där allt hände för inte alltför länge sedan. Men nu var allt över och han såg fram emot en lugnare tid till sitt skrivande. Tomas skulle inte längre befara att Wallman skulle dyka upp. Projekt Björketorp var numera förpassat till papperskorgen, till mångas glädje.

Tomas kollade sin brevlåda, utan att förvänta sig något där. Men till sin förvåning fanns det ett stort brunt kuvert. Det var ett svar på hans DNA prov, som han totalt glömt bort. Han hade utan att tänka sig för lämnat adressen till Björketorp. Ivrigt slet han upp brevet och satte sig vid köksbordet. Sträckte sig efter kaffemuggen och började läsa.

Han visste inte egentligen varför han gjort testet, men det kändes då som en kul grej, att få besked på varifrån han härstammade. Vem vet, jag är kanske ättling till en kunglig person, eller kanske har jag rötterna i något avlägset land i Sydamerika. Så hade tankarna gått den gången.

Först fanns det en allmän inledning, om hur man gjort undersökningen, hur man grundligt sökt efter etniska grupper och geografiska regioner i en lokal gen-pool. Han kunde konstatera, att de närmaste släktingarna fanns i främst Danmark och Sverige, men även i övriga Europa. Längre tillbaka i tiden fanns tecken på släktens ursprung i Skottland. Han bläddrade snabbt vidare, för att få en överblick och skulle sedan närmare gå in på detaljerna och hitta avlägsna släktingar.

Släktsidan började med hans föräldrar. Han blev plötsligt alldeles överrumplad och chockad, när han läste texten i brevet. Tomas stirrade på orden, som började bli suddiga för honom. Tårar fylldes i ögonen och han lade ifrån sig papperet för en stund. Först tänkte han att det var ett skämt, men förstod sedan att det måste vara rätt, eftersom undersökningen var vetenskapligt uppbyggd på hans eget DNA. Det som stod i brevet var just då helt främmande för honom. Tomas tvingade till slut sig själv att läsa det igen, för tredje gången. Det var främst raden i mitten som han stirrade på, namnet mellan sitt eget och moderns namn.

Fader: Erik Oscar Larke

Hur var det möjligt? Erik var ju hans farbror? Eller? Det var så man sagt hela tiden. Hade de tigit om sanningen under hela hans liv? Han sökte oförstående i minnet, sökte efter svar på alla frågor, men ingen fanns kvar att besvara dem.

Tystnaden i huset var som ett ekande hål. Livet passerade revy, alla livsval kom fram i ljuset och han försökte dissekera dem och hitta några tecken som tidigare förbigått honom. Något han borde förstått. Tomas ville att någon skulle komma in genom dörren och förklara allt för honom, men ingen kom och han kände sig så maktlös och ensam. Ensam med den tysta sanningen på bordet framför sig.

Kaffet hade kallnat. Han ringde sin dotter.